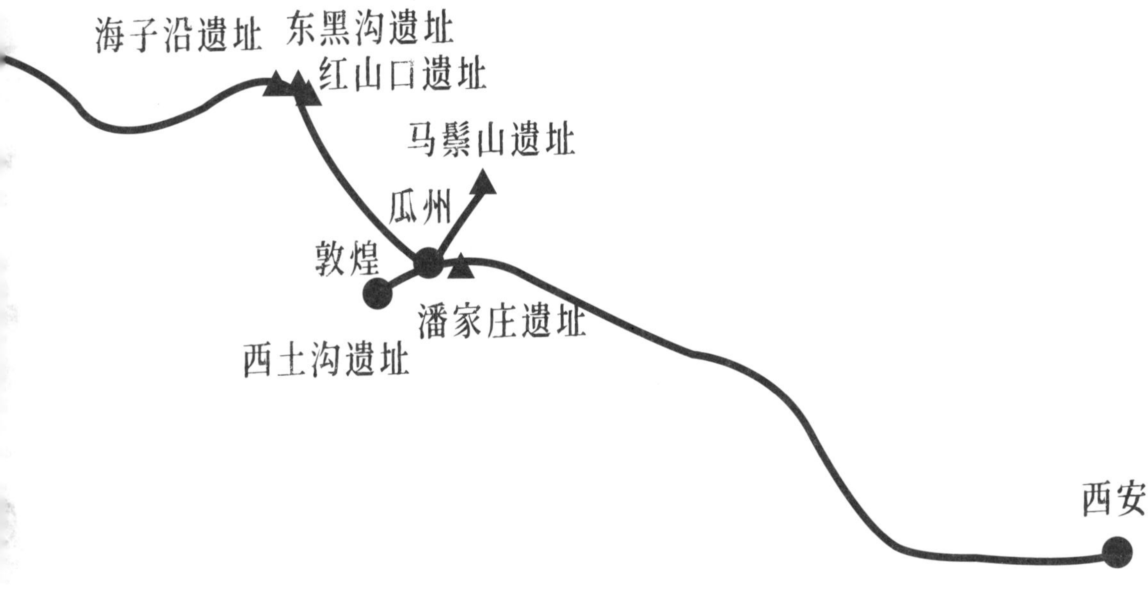

海子沿遗址 东黑沟遗址

红山口遗址

马鬃山遗址

瓜州

敦煌

潘家庄遗址

西土沟遗址

西安

丝绸之路考古纪事

海末平 著

陕西师范大学出版总社

图书代号　WX23N0843

图书在版编目（CIP）数据

长安西望：丝绸之路考古纪事/海未平著.—西安：陕西师范大学出版总社有限公司，2023.8
ISBN 978-7-5695-3432-0

Ⅰ.①长…　Ⅱ.①海…　Ⅲ.①纪实文学—中国—当代　Ⅳ.①I25

中国国家版本馆CIP数据核字（2023）第008097号

长安西望：丝绸之路考古纪事

CHANG'AN XI WANG : SICHOUZHILU KAOGU JISHI

海未平　著

出版统筹　刘东风　郭永新
策划编辑　穆语彤
责任编辑　彭　燕　穆语彤
责任校对　舒　敏　陈柳冬雪
封面设计　观止堂_未氓
出版发行　陕西师范大学出版总社
（西安市长安南路199号邮编：710062）
网　　址　http://www.snupg.com
印　　刷　中煤地西安地图制印有限公司
开　　本　710 mm×1000 mm　1/16
印　　张　17.5
插　　页　4
字　　数　282千
版　　次　2023年8月第1版
印　　次　2023年8月第1次印刷
书　　号　ISBN 978-7-5695-3432-0
定　　价　69.00元
审 图 号　GS陕(2023)072号

电话：（029）85307864　85303629 传真：（029）85303879

大漠戈壁的颜色

李 舫

长安西望，路途漫漫。

翻开海未平的《长安西望：丝绸之路考古纪事》（以下简称《长安西望》），滚滚历史，翻越崇山峻岭、穿过戈壁沙漠，扑面而来。读毕发现，这片广袤的地域，几多风云、几多迷思，我们无比神往，却又知之甚微、知之甚少。

西安，古称长安。作为中国历史上的十三朝古都，是中国最具盛名的古城之一，有其独特的文化内涵和历史遗迹地标。

汉武帝建元三年（公元前138年），张骞率领100多名随行人员，从长安出发一路向西，开启通往西域的“凿空之旅”，也开拓出中华文明远播西域、西域文明影响中国的通道。自此，从古丝绸之路上的“驼铃阵阵”，到如今在亚欧大陆奔驰不息的“钢铁驼队”，传承千年友谊，中国同中亚国家的交往合作，不断书写着新的传奇。

奈何岁月蹉跎。正当东方雄狮沉睡之际，西方工业革命迅猛发展，西方文明借势在全球范围内扩张。从19 世纪至今的100余年里，西方的考古学家一直盘桓在长安以西的漫漫路途、广袤地域，发现了一个又一个惊动世界的奇迹，取得了巨大的成就。扼腕顿足，恨我彼时国弱。在“丝绸之路”这一辉煌的历史大剧中，中国作为最重要的主角之一，却在学术研究中落后甚至缺席。

本质上说，历史学是一种阐释学，是构建文化认同、达到文化自信的一个重要载体。正如丹•布朗在《达•芬奇密码》中所说的那样，“历史总是由胜利者书写”。国外学者几十年的发掘沉淀，早已成就“一家之言”，掌握了中亚历史阐释的先机。壁垒已成，圈子难破。阐释的话语权掌握在别人手里，中华文化自信、文化认同也就很难谈起。

正是面临这样的现实困境，为了突破西方历史话语逻辑，西北大学王建新教授团队长达20余年致力于丝绸之路考古研究。他们从西安出发，一路向西，不畏艰险，沿着河西走廊、天山南北，一直抵达中亚地区，取得了丰硕的学术成果。

西方学术界在丝绸之路考古研究领域棋先一着，积累了大量的资料和成果，占有着话语权。世界丝绸之路研究为他们所主导，自然而然地带有西方视角，甚至欧洲中心论的立场认知。如何为丝绸之路研究找到东方视角，纠正整个研究领域的明显的偏见，弥补其缺陷，从而达到历史认识的真实性、全面性，这是王建新一直在思考的问题。

一次意外的学术活动，让王建新找到了中亚这个着力点。中亚，何以重要？中亚地区往东，是东方的中华文明；往西，是西亚的两河文明、埃及的尼罗河文明；往南，是印度河恒河文明；往北，是草原地带的游牧文明。

中亚，就处在世界文明交会的十字路口。

20多年来，王建新和他的团队从河西走廊和天山山脉的东端，横跨我国新疆地区和中亚各国，走到了天山山脉的西端。他的团队是国内第一支进入中亚地区开展考古工作的学术团体，开拓了我国考古学的视野，将中国考古学界的目光引向世界。

王建新教授团队在游牧文化考古研究方面走在了世界前列，取得了国际学术话语权。他们进入中亚，开始用东方视角研究丝绸之路，用东方话语体系讲述丝绸之路的故事，在这一领域为中国争得了一席之地，发出了中国声音，彻底改变了世界丝绸之路研究的学术格局。他们参与世界历史的研究，面对疑难问题，大胆提出自己的观点，挑战所谓的定论，展现出中国气派的学术自信和文化自信。他们在丝绸之路上回望中华文化，在文化比较中对中华文化的系统性、优越性，以及强大的塑造力、凝聚力、生命力、组织力和动员力有了更深刻的认识。他们以文化遗产为载体，通过联合考古实现了与中亚各国的人文交流合作，促使民心相通、文明互鉴，为丝绸之路经济带建设做出了实实在在的贡献。

读罢《长安西望》，对西安以西地区的历史有了更加深刻的认知。亚洲大陆腹地，受地理、气候、环境等多种因素影响，无数部落在此更替，多种文明在此争锋交融，有太多“掠过大地的疾风”。繁荣与富庶，交融与衍替，文明与野蛮……这里埋藏着太多的谜底有待我们发掘、太多的传奇有待我们揭晓、太多的故事有待我们演绎续写。

采用非虚构文学的方式记述王建新教授及其团队的故事，无疑是个宏大而浩瀚的工程，也是需要勇气与学识的壮举。要想写明这片地域丰富而悠久的历史，作者必须首先成为历史学家；要想说清一路向西的历史演变、风物掌故，作者必须努力成为积淀深厚的考古学者。

值得一提的是，这部厚重著作问世背后的故事。

2021年9月，《美文》杂志副主编穆涛敏锐地发现，王建新教授所开展的丝绸之路考古工作，用实实在在的行动和成果响应和服务了国家重大战略，如果能用非虚构文学的方式记述王建新教授及其团队的事迹，将是一件非常有意义的事情。于是——就有了海未平这些妙不可言的文章在《美文》杂志的连载，一年之后，这些沉甸甸的文字变成了沉甸甸的著作。于是——我们便看到了这部由文学家做军师、考古学家做先锋、历史学家做史官的集团“作战”的成果。

所幸作者海未平出身历史专业，学养深厚，读完《长安西望》全书，掩卷那刻不由得深深慨叹：不负所望。全书讲述以王建新教授为代表的中国考古学者投身中亚考古的故事，有理想萌芽的铺陈，也有考古过程艰难的记述，更有耀眼学术成就的展现。丰富而多变的文化，广远地域上的悠久历史，像诗歌一般从作者笔端汩汩流出，“种群大熔炉”的“文化万花筒”徐徐铺展在世人面前。

丰富的知识呈现，并非简单的罗列，文学的技法点缀其间，更加引人入胜。学者个人的学术转向，时常受个人兴趣点变换的影响。王建新教授的学术转向，受到日本著名考古学家樋口隆康一次报告提问——“中国境内月氏的考古文化遗存在哪里，诸君知道吗？”——的影响。乍一听，似乎有传奇、轻率的印象，读过全书，发现作者用心之处也正体现于此。作者用大篇幅介绍了樋口隆康的学术成就，特别是在争议问题上的执着坚守，让读者不禁对樋口隆康肃然起敬，敬佩其学术成就和学术品格，从而让王建新教授的学术转向更为合情合理、顺畅自然。

书中时常可见作者这种看似闲庭信步，实则别具匠心的走笔，不仅丰富了全书的知识内容，也拓展了全书的思想厚度。

作者试图讲述中亚历史上发生过的六次较大规模的文化融合与衍替，却先抛出一个令人感伤的结论：“中亚真的就是一个十字路口，来往的都是过客。”正因为如此，它几乎集成了欧亚大陆各大文明的要素，它的多样性正是丝绸之路多样性的集中体现。

典型人物先进事迹的展现，往往容易陷入“好人好事”的宣传和说教中。作者有意避开或者升华此类写法，不只是叙述王建新教授团队的故事，也记述他们的工作内容，记录他们的学术成就，其间融会着对王建新教授学术历程乃至丝绸之路考古的思索。

王建新教授团队勇做中亚考古的先行者、开拓者与奋斗者，勇于突破西方学术壁垒，努力打破西方学者在该领域对话语权的控制。毫无疑问，王建新教授团队的事业，是具有突出政治贡献和政治意义的。作者在写作中，更是努力真实叙述王建新团队的卓越贡献，不勉强、不喊口号，也不生硬拔高，而是注重用事实进行呈现，平实可信，流畅准确。

那一年，王建新教授63岁，正带领团队在撒马尔罕的泽拉夫善河流域进行考古发掘，彼时，中亚考古工作刚刚打下基础，大月氏研究还有许多悬而未决的问题，时间上——这时距离王建新教授开展丝绸之路考古已经过去了17年，距离西北大学创办考古专业已经过去了近60年，距离西北大学开展考古研究已经过去了80年，距离前辈黄文弼先生开创丝绸之路考古已经过去了90年。

海未平用近乎白描的笔法描述了王建新的呕心沥血、披荆斩棘，读后无法不为之动容："王建新教授63岁了。他头发被风吹成了大漠戈壁的颜色，长而浓密的眉毛表露着刚毅和坚定，沉静的眼神闪烁着阅历和智慧积淀出来的通透。他脸膛上的皱纹如同岩石上的刻痕，这不仅仅是岁月的刀功，也是执着和无时无刻不在思考的印记。他的背已经微微驼了，因为谦逊，也因为常年奔波操劳。"

大漠戈壁的颜色，何尝不是王建新和他的团队的颜色？又何尝不是海未平这部作品的颜色？曾几何时，金戈铁马踏碎琵琶语，葡萄美酒盛满夜光杯。而今，目之所见，黄沙漫漫、烽烟袅袅、戈壁茫茫，可是有心的人会在荒凉的土地里看到时间的涟漪。

恰如作者所言，曾经，丝绸之路的历史状貌任由他人以自己的喜恶和偏好，大言不惭地描绘和"还原"；至今，中国及中国文化对丝绸之路和人类文明的贡献，仍然没有回归其实际位置。想要让世界正确认识中国和中国文化对丝绸之路以及人类文明的贡献，犹待像王建新教授这样的更多后来者。

毋庸置疑，我们应该向王建新教授团队所做的贡献致敬，向矢志于探古求源、激扬中华文化自信的考古学家们致敬。我们也应该向海未平这样优秀的记述者学习、致敬，让更多华夏儿女的优秀故事保留在璀璨的中华民族现代文明之中。

2023年7月7日

李舫，学者、作家、文艺评论家，中国作家协会全委会委员、中国散文学会副会长、中国作协文艺理论评论委员会委员。出版作品《大春秋》《不安的缪斯》《在响雷中炸响：一个人的电影史》《纸上乾坤》《魔鬼的契约》《风笛声中的城堡——爱丁堡纪行》《中国十二时辰》等；主编大型文学书系"丝绸之路名家精选文库""观天下·新世纪散文精品文库"。曾多次获中国新闻奖；获第八届鲁迅文学奖。

目录

塔什干之夏

接见

每年6月是塔什干城最好的时节。碧空如洗，温度适宜，甜美欢畅的奇尔奇克河和银子般的湖泊陂塘，沁润着塔什干的葱茏和茂盛，艳阳下清真寺圆形穹顶上的琉璃五彩斑斓。城东黛青色的恰特卡尔山，守望着这座城的活力和越来越现代化的面孔，一如它守望这座城千年来的古老与悠久。

塔什干，乌兹别克斯坦首都，中亚大都市之一，位于西天山西麓，早在公元前2世纪就筑有城池，汉译石头城。隔山而居的是西天山东麓的中国喀什，两城都由冰雪融水所滋养，绿洲上平畴沃野，阡陌纵横，肥腴富足，人烟如织。只是喀什的河向东奔流，而塔什干的河向西南而去。

和喀什一样，塔什干也是丝绸之路上的历史名城，当年欧亚大陆贸易通道上的商业枢纽。西汉张骞出使西域，以凿空之旅，与西域各国建立了直接的官方联系，此后使团来来往往，商队络绎不绝。大唐玄奘西行取经，沿途传播中国文化，在讲经诵佛中，与各国人民广结善缘，在中亚和南亚千百年来的文献记述里，他的音容代表着中国和中国人的美好形象。张骞、玄奘，都曾在塔什干留下足迹。塔什干城从古到今一直见证着中国和中亚人民的友好往来、文化交流和民心相通。

2016年6月22日，进入人们视野的是一群来自中国的考古工作者。他们通过学术研究和学术交流增进着中国和中亚人民的人文交往和文明互鉴。

当地时间18时15分，正在乌兹别克斯坦进行国事访问的习近平主席，在塔什干亲切接见了中国国家文物局、中国社会科学院和中国西北大学在乌开展考古发掘及文物保护的工作人员。习近平主席与大家逐一握手，详细询问了每位考古、文保人员的单位和姓名，并在接见结束时与全体人员合影留念。而在出访前夕，习近平主席在乌媒体发表署名文章《谱写中乌友好新华章》。文章中写道："中乌都有着悠久历史和灿烂文化。人文交往一直是中乌关系的重要组成部分……中国国家文物局、中国社会科学院、中国西北大学等单位积极同乌方开展联合考古和古迹修复工作，为恢复丝绸之路历史风貌作出了重要努力。"

习近平主席接见的人员中，来自西北大学的是该校中亚考古队的王建新教授和梁云教授，以及硕士毕业生吴晨。他们正在撒马尔罕的泽拉夫善河流域进行考古发掘，追寻从中国迁徙到中亚的古代游牧人群大月氏的踪迹，开展丝绸之路考古研究。

王建新教授63岁了。他的头发被风吹成了大漠戈壁的颜色，长而浓密的眉毛表露着刚毅和坚定，沉静的眼神闪烁着阅历和智慧积淀出来的通透。他脸膛上的皱纹如同岩石上的刻痕，这不仅仅是岁月的刀功，也是执着和无时无刻不在思考的印记。他的背已经微微驼了，因为谦逊，也因为常年奔波操劳。

此时此刻无疑让人万分激动。无论对于他个人还是对于他所在的西北大学，以及全国所有的考古工作者，这都是一个莫大的荣耀。陪在他身边的是他的学生和伙伴，人到中年儒雅沉稳的梁云。王建新教授想起了和他一起战斗的同事们，马健、任萌、习通源、赵东月、热娜，还有刘瑞俊、冉万里、杨璐、周剑虹、田多、李悦……光荣和喜悦，幸福和激动，应该与他们一起分享，当然，也包括他身后的西北大学的师生们。

这时距离王建新教授开展丝绸之路考古已经过去了17年，距离西北大学创办考古专业已经过去了近60年，距离西北大学开展考古研究已经过去了80年，距离前辈黄文弼先生开创丝绸之路考古已经过去了90年。

◆ 中乌考古队考察铁尔梅兹古城遗址

他忽然感到责任重大，时间紧迫。十几年来，沿着河西走廊，到天山南北，一直到今天站在中亚的土地上，他是西北大学几代考古学人中走得最远的一位，取得了非常有分量的成果，在理论和方法上也有重大突破。但中亚考古工作才刚刚打下基础，大月氏研究还有许多悬而未决的问题，一切都还需要深入探索和研究，要做的工作还很多，要走的路还很漫长。因为，虽然他们是中国历史上第一批进入中亚开展丝绸之路考古工作的学者，但相比于西方，还是迟到了，落后了。而且中亚的考古工作面临很多艰巨的挑战：由于中亚特殊的地理位置、地理环境和文化演进，这里一直是世界考古学界的聚焦点，更是考古学学术的角力场和竞技场。中亚文化异常复杂，历史上，周边力量和人群多次进入，文化多次融汇，种群多次融合，形成了多元的文化形态，文化堆积纹理交织，很难辨析。中亚，这个有限的区域空间，却投射着整个欧亚大陆的文化倒影。中亚一直是丝绸之路上牵一发而动全身的所在。

大熔炉与万花筒

把目光投向世界地图东经60°北纬45°。这里是中亚内陆湖泊咸海。咸海的两条水源河，北边的叫锡尔河，南边的叫阿姆河。两条河及其支流所涵盖的地域在中国古代被称为河中地区。这块区域位于天山山脉、帕米尔高原与里海之间，是一大片广袤而干燥的荒漠。锡尔河和阿姆河中上游，以及沿天山、帕米尔西麓的绿洲，古时候叫索格底亚那，中国古代称之为粟特。锡尔河和阿姆河下游及咸海周边的绿洲，古时候叫花刺子模。阿姆河以南一直到阿富汗兴都库什山周边的绿洲，古时候叫巴克特里亚。自古，中亚的文明就发生、衍替、幻灭在这些绿洲之上。

中亚地区往东，是东方的中华文明；往西，是西亚的两河文明、埃及的尼罗河文明；往南，是印度河恒河文明；往北，是草原地带的游牧文明。中亚就处在世界文明交会的十字路口，表面看来是三大农耕文明和游牧文明的边缘地带，但从交通的角度看，这里何尝不是另外一个中心？

中亚，一个注定有很多故事的地方。

绿洲农业天生脆弱。水源的有限制约了它的规模与扩张，地域的分散阻止了它的集中与联合，所以绿洲农业不能像大平原农业那样形成并供养一个强大的国家机器，以此抵御侵略、赓续文明。传统社会里，中亚几乎没有建立过像样的、统一的、强有力的国家政权，大部分时间都只有一些分散的绿洲城邦。在农耕文明与游牧文明竞争的时代，中亚始终处于下风，周边地区的势力像潮汐一样，一次又一次拍打、浸漫着这一区域。中亚真的就是一个十字路口，来往的都是过客。

这里发生过六次较大的文化融合与衍替。

中亚第一次文化融合是因为波斯文化的到来。

中亚的北方，北纬50° 上下，属于西风带，酥油般的雨水浇灌出一条从欧洲喀尔巴阡山脉至东亚大兴安岭的草原地带。这片横亘在欧亚大陆上的大草原，自古是游牧人群的家园和舞台。黑海和里海北岸、伏尔加河下游、乌拉尔山、阿尔泰山、额尔齐斯河和叶尼塞河上游，以及蒙古高原之上，酝酿和爆发

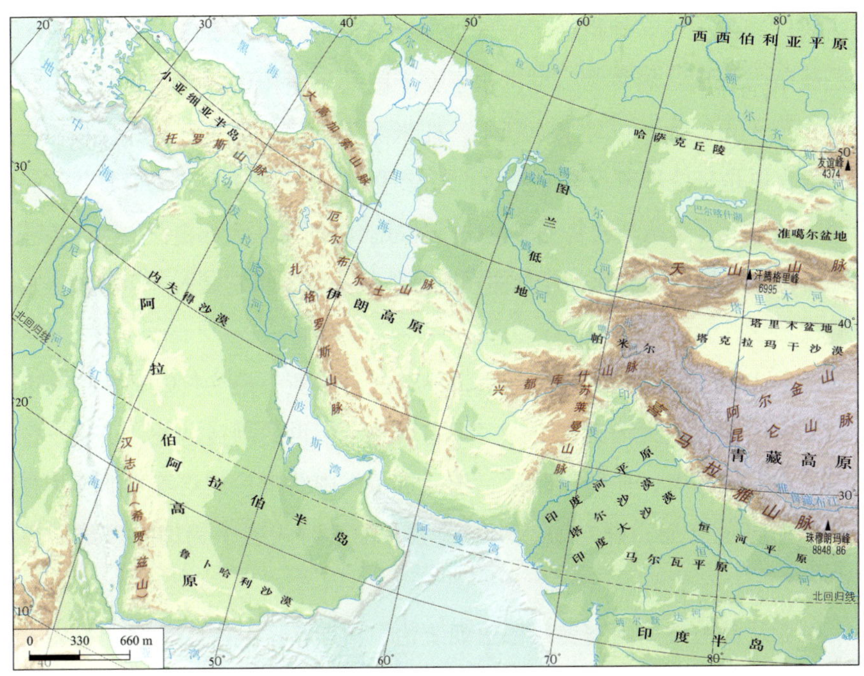

◆ 中亚地图

过几多征战与杀戮？上演和更替过几多悲喜与兴衰？驰过莽苍草原的不仅仅有疾风骤雨，还有铁骑与刀剑。

公元前3500年，里海和黑海北岸的古印欧人开始南迁。公元前1500年左右，印欧人中被称作雅利安人的一支南下到中亚南部和伊朗高原定居。而远在东方的黄河中下游，正值夏商交替之际。公元前1000年前后，雅利安人建立了米底和波斯两个政权。在东方的中国，改朝换代正轰轰烈烈地进行，这次是周朝推翻了商朝。公元前553年，波斯崛起，建立起了波斯阿契美尼德王朝，他们的王是居鲁士二世。此时，中国已经步入了春秋晚期。

居鲁士二世，被称为“万王之王”“大地之王”，颇具雄图大略，狡黠而凶悍，统一伊朗高原让他雄心勃勃，也让他更为贪婪。他挥师北上，攻伐中亚。而此时，游牧在中亚的是马萨格泰人。马萨格泰王是继承丈夫王位的托米丽司女王。公元前529年，居鲁士二世遣使向女王求婚。托米丽司是一位清醒而聪慧的女人，她深知居鲁士二世贪恋的不仅仅是她的美色与贤惠，还有脚下这块广袤的土地。她拒绝了居鲁士二世的求婚。拒绝之后，紧随而来的必然是战争与杀戮。居鲁士二世诱杀了女王的儿子斯帕尔伽披赛斯。没有什么比失去孩子更能让一位母亲疯狂了。托米丽司不仅仅是受所有部众和臣民爱戴的王，更是一位母亲。丈夫去世了，天塌了，儿子被杀了，心肝被掏了，托米丽司调集所有军队与居鲁士二世决一死战。波斯军队大部覆亡，而“万王之王”居鲁士二世当场战死，托米丽司割下他的头颅，将它装入一个盛满人血的皮囊。

居鲁士二世之后的大流士一世，继续征讨中亚，最终打败马萨格泰人，占据了这一地区。大流士一世除了具有居鲁士二世的刚猛之外，更是一位有政治谋略的统治者，他厉行改革，统一货币集中财政，建立行省加强集权，修筑驿道畅通交通，确立琐罗亚斯德教（旧称拜火教）为国教以统一思想意识。

中亚从此被波斯阿契美尼德王朝统治。波斯帝国共有二十多个行省，而中亚就有七个。波斯人不仅仅在中亚建立据点与城堡，更重要的是鼓励移民和推行文化。中亚的语言文字、政治体系、社会结构、生活方式、宗教信仰全面波斯化，最终连种群都发生了深刻改变。这里成为信仰琐罗亚斯德教的波斯语地区。中亚的画板上被波斯文化狠狠地涂了一层，波斯文化的元素甚至脉续至今。

中亚第二次文化融合是因为希腊文化的到来。

希腊马其顿帝国的崛起，发生在希腊内部各城邦之间的伯罗奔尼撒战争期间。马其顿位于希腊半岛北部，本是希腊众多城邦中不受重视的、边缘化的落后小国。然而世事难料，国运往往跟人的命运一样充满戏剧性：被轻视的有可能成为最尊贵的，最边缘的却有可能独立潮头。就在雅典和斯巴达各率盟军互相杀戮之时，马其顿置身事外，作壁上观。当希腊各城邦危机重重、开始衰落的时候，公元前359年即位的马其顿国王腓力二世开始厉行改革，发展经济、建设军队、加强王权。马其顿迅速成为军事强国，并收服希腊各城邦。

◆ 亚历山大帝国疆域

公元前336年，年仅20岁的亚历山大即位，两年之后开始率军远征东方，并于公元前330年攻灭波斯帝国，又于公元前329年占据中亚。此时距离波斯大帝居鲁士二世征战中亚，已经过去了200年。而就在亚历山大大帝即位的前两年，公元前338年，东方的中国正处于战国末期，秦国已经完成了商鞅变法，变法主导者商鞅被车裂而死，但变法成果保留了下来，秦国开始为统一中国夯实基础。

希腊文化不同于游牧文化，也不同于中国的农业文化，它是典型的商业文化。希腊半岛多山地少平原，不宜稼穑，但它处于埃及尼罗河文明和西亚两河文明的中间，扼守黑海和地中海的水道，故借地利之便发展贸易，成了亚、非、欧商贸中心和掮客聚居地。希腊人在小亚细亚半岛、地中海和黑海沿岸四处建立商业殖民据点，形成了联系广泛而紧密的海洋贸易网络，却唯独缺少了通往东方的陆上商道——这一商道被波斯占据了。所以，亚历山大大帝所征服的区域沿着东西方的贸易通道延伸。而秦帝国的疆域基本上在400毫米降雨线之内，这里的土地适合种植粮食，发展农业。

天妒英雄。公元前323年，亚历山大大帝突然病亡，时年33岁。帝国很快分裂为四个部分，马其顿王国、色雷斯王国、托勒密王朝和塞琉古王朝。中亚在塞琉古王朝统治之下，成为巴克特里亚总督区，希腊人大举迁入。公元前255年，巴克特里亚独立，中国史书称之为大夏，其政权一直延续至公元前130年。

希腊人统治中亚长达200余年。他们以建立殖民据点为手段，在中亚修筑了众多城堡，构建起了自己的政治统治和经济控制网络。1500年以后，近代西方探险家和考古学家前赴后继、趾高气扬地进入中亚，以文化布施者的态度探寻这些城堡遗址，妄图恢复祖先的荣光，夸大欧洲文化对中亚文化的贡献。不过，不可否认的是，希腊文化特别是它的建筑和艺术以及商业模式，对中亚文化的影响确实很大。希腊的艺术风格也给传播到此处的佛教艺术打上了深深的烙印。

中亚第三次文化融合和衍替是贵霜帝国完成的。

灭亡巴克特里亚王朝的是来自中国的神秘部族大月氏，也就是张骞当年历尽艰辛一路追寻，希望与其建立军事联盟的大月氏，也是2000多年后的今天，西北大学王建新教授苦心孤诣四处探寻，渴望揭开其神秘面纱的大月氏。大月氏早年游牧在中国西部“敦煌、祁连间”，充当着东西方贸易的中间商。他们垄断了玉石贸易，富足而强大。匈奴和大汉帝国崛起之后，东方开始了新的秩序重构，大月氏被匈奴击败，向中亚迁徙，在伊犁河谷停留一段时间之后，继续南迁，征服了巴克特里亚，据其地而居。公元前129年，张骞历尽万难抵达这里，但大月氏已经乐不思蜀，无意与匈奴为敌。

公元25年前后，月氏五个部落之一的贵霜统一其他四部，建立了贵霜帝国，领土包括中亚和南亚印度河流域。游牧人群的统治方式不同于农业人群。农业人群以地域设置管辖机构，进行征税和社会治理，人们自我介绍时总是说自己是某某地方人。而游牧人群并不定居在固定的土地上，所以统治者统御人民时将其按人群划分，派遣官员或者认可原来的头人为某一人群的头领，此即游牧民的部落，跟人种和民族并无关系，一个部落里往往混有多个人种和族群，人们自我介绍时总是说自己是某某部落人。贵霜是大月氏一直以来就有的部落，还是在征服中亚过程中收服的当地民众，仍是学术界有争议的问题。所以贵霜帝国是大月氏人建立的帝国，还是当地塞人、希腊人、东伊朗人联合建立的帝国，存疑至今。

贵霜帝国对于中亚文化的建设厥功至伟。贵霜融合希腊、波斯、印度文化，发展出犍陀罗文化，对中亚的文化艺术和建筑影响深远。贵霜帝国大力推行佛教，改变了中亚波斯琐罗亚斯德教一家独大的格局，形成了中亚历史上一次文化巅峰，留下了厚厚一层文化堆积，并对欧亚大陆的文化传播和繁荣产生了巨大的推动作用。这一时期的中国，正处于西汉、东汉、魏晋南北朝时期，佛教也在这一时期传入中国，并逐步推广。

公元425年，贵霜帝国灭亡于来自北方草原的嚈哒人。对中亚文化来说，嚈哒人只是掠过大地的疾风，留下的不多，带走的不少。公元558年至567年，嚈哒帝国灭亡于内乱以及萨珊波斯和突厥人的夹击。

突厥勃发于北方草原地带阿尔泰山脉，于公元552年建立汗国，最盛时期领有咸海到大兴安岭的广袤疆域。当时，中国处于南北朝后期，突厥与北周和北齐来往紧密，它利用两个中原政权之间的矛盾，为自己谋取最大利益。隋朝时期，突厥分裂为东、西汗国。中亚为西突厥所据。公元618年，大唐建立，12年后的630年，大唐攻灭东突厥汗国，39年后的657年，攻灭西突厥汗国，并在中亚设置北庭大都护府和安西大都护府。

中亚的第四次文化变动是因为中华文化的影响，这是一次文化融汇而非衍替。

早在公元前60年，西汉击败匈奴之后就设置了西域都护府，中原到中亚的丝绸之路彻底打通。东汉继承旧制。三国时，曹魏政权仍然任命西域戊己校尉，屯垦戍边。唐代学习和沿袭汉代以来的政策，统御和羁縻中亚各族，时间长达100年左右。中原和中亚往来紧密，丝绸之路走向全盛。中国的造纸术、冶铁术、灌溉术，以及养蚕、缫丝的技术通过丝绸之路传播至欧亚大陆腹地。泱泱大国，华夏衣冠，中华文化辐射至整个欧亚大陆，产生了极强的文化吸引力，影响深远。

但中亚的实际控制者仍然是突厥语族人和当地贵族，其中突厥乌古斯、葛逻禄、突骑施逐部势力强大。此外，西亚阿拉伯帝国几乎与大唐同时崛起，公元705年，其势力已经到达中亚地区。公元751年，大唐帝国和阿拉伯帝国在怛逻斯大战一场，大唐战败。此后4年，安史之乱爆发，大唐再也无力无心对抗阿拉伯帝国对中亚的侵入，从此退出中亚。

中亚因此开启了第五次文化流变与衍替，那就是突厥化和伊斯兰化。

阿拉伯帝国进入中亚后，采取各种手段强迫中亚人民改宗伊斯兰教，并破坏原有文化，琐罗亚斯德教和佛教在中亚不再流行。公元840年，回鹘南入中亚和新疆，与突厥葛逻禄部建立喀喇汗王朝，可汗自称“桃花石可汗”——“桃花石”是古代中亚人对中国和汉族人的称谓。此后，突厥各部逐步在中亚扎根，开始的时候以马穆鲁克（奴隶兵）的身份和角色进入阿拉伯帝国的各个割据政权，之后“家奴僭主”的戏剧开始上演，这些突厥兵逐渐掌握了军政要害。公元962年，也就是赵匡胤黄袍加身建立宋朝之后两年，第一个突厥国家伽色尼王朝在中亚南部和阿富汗地区建立。当东方宋、辽、金、夏对峙的时候，中亚两河流域先后建立了突厥塞尔柱帝国和花剌子模帝国，中亚的突厥化和伊斯兰化走向深入，突厥语族的各支语言成为中亚的主体语言。

这期间，东方文化再次蔓延至中亚。1124年，在契丹人建立的辽王朝被女真人建立的金王朝消灭之前，契丹贵族耶律大石西逃中亚建立西辽王朝。西辽完全照搬中原汉制，并吸引了大量中原移民，中原文化随之而来，对欧亚大陆产生了一定影响，俄罗斯人至今用“契丹”指称中国。

13世纪，蒙古帝国入侵之后，统治中亚的是察合台汗国，后来也被突厥化和伊斯兰化了。察合台汗国瓦解之后，15世纪至16世纪，中亚民族国家逐渐定型，从帖木儿帝国到布哈拉、希瓦、浩罕三汗国，中亚的突厥化和伊斯兰化彻底完成。突厥语族国家奠定了近代中亚的政治版图和文化形态。

中亚的第六次文化融合和衍替是因为沙皇俄国的入侵。18世纪末，沙皇俄国开始入侵中亚——从哈萨克大草原开始，直到1876年占领浩罕汗国。沙皇俄国和苏联对中亚进行了长达120年的斯拉夫化，中亚受其影响巨大。苏联推行无神论，中亚伊斯兰教的影响被淡化。苏联在中亚推行俄语和西里尔字母，俄语至今仍是中亚国家的通用语言。直到20世纪90年代中亚五国相继独立，其民族文化才得以逐步恢复与重建。

中亚文化就是这么丰富与多变，无愧于“种群大熔炉”和“文化万花筒”的称谓。我们很难像对中国、希腊、波斯、阿拉伯、美国那样，给中亚的文化概括出一个确切的定义。它的形态和表征太复杂，肌理和内涵太多元。它几乎集成了欧亚大陆各大文明的要素，它的多样性正是丝绸之路文化多样性的真实写照。所以，中亚考古是丝绸之路考古的王冠，是解开欧亚大陆文明交往的锁钥。离开了中亚考古，丝绸之路考古就等于失去了灵魂和法门。因此，中亚考古更能激发考古学家的求知欲和探索欲，中亚注定是考古学家的天堂。

然而这一领域，西方人一直走在前面，话语权也一直由他们所掌握。从19世纪至今的100余年里，西方的考古学家一直盘桓在此，取得了巨大的成就。

西方的狂欢

就连“丝绸之路”的名字都是由欧洲学者提出并被学术界所接受的。

李希霍芬，这位蓄着普鲁士大胡须的德国地理学家、地质学家，于1868年至1872年对中国进行了7次地理考察。确切地说，李希霍芬算不上真正意义上的德国人，他出生时德国尚未统一——德国的统一在1871年普法战争之后，那时才有了“德意志国”——他只能算是普鲁士人。他来中国时，清王朝刚刚平息太平天国运动不久。在第一次和第二次鸦片战争以及太平天国运动的打击之下，帝国的基石已经松动，江南各省渐存离心。李希霍芬考察了长江中下游和黄河中下游地区，最远到达陕西宝鸡，并从那里南下四川成都后顺长江而下，返抵上海。李希霍芬第一次来中国的时候才35岁，为了使考察顺利，他还将护照上的姓氏改为“李”，以便与当时的权贵湖广总督李鸿章攀上“关系”。但在考察途中他还是遇到了危险。在山东博山煤矿，愤怒的矿工们差点把他围困起来，李希霍芬藏到当地的一个地主家中才躲过一劫。1872年，李希霍芬返回德国，受到德意志皇帝威廉一世的嘉奖和赏识，迅速成为学术界和社会名流中炙手可热的人物。

在中国考察期间，李希霍芬发现，古代的时候存在一个从中国通向欧亚大陆西端的交通道路网。1877年，44岁的李希霍芬开始出版他的名著《中国》第一卷，他在其中提出“丝绸之路”的名字，并在一张地图上标注了“海上丝绸之路”的字样。

◆ 李希霍芬及其名著《中国》

扼腕顿足，恨我国弱。在“丝绸之路”这一辉煌的历史大剧中，中国作为主角之一，却在学术研究中落后甚至缺席。丝绸之路的历史状貌任由他人以自己的喜恶和偏好，大言不惭地描绘和“还原”。至今，中国及中国文化对丝绸之路和人类文明的贡献，仍然没有回归其实际位置。而让世界正确认识中国和中国文化对“丝绸之路”以及人类文明的贡献，就是王建新们的使命。

令人痛心的还在后面。

斯坦因，英国籍匈牙利人，全名马尔克·奥莱尔·斯坦因，1862年出生在匈牙利布达佩斯的犹太人家庭。这是个让中国考古学界如鲠在喉的人物。斯坦因崇拜的偶像是亚历山大大帝，中学时受到《马可·波罗行纪》和《大唐西域记》的熏陶和触动，立志游历和研究东方。21岁博士毕业后，他前往英国伦敦大学、牛津大学和剑桥大学从事博士后研究工作，主攻东方语言学和考古学。

◆ 斯坦因考察中亚

这是一个学霸级的精英人物。

斯坦因的事业开始于担任印度旁遮普大学注册官和拉合尔东方学院院长。其后的30余年里，他多次前往克什米尔和中亚探险、考察。1906年，他第二次进入中国，在和田物色了一个向导兼“师爷”蒋孝琬，并于1907年到达敦煌莫高窟，见到了掌管藏经洞钥匙的王圆箓道士。斯坦因欺骗王道士，说唐僧曾西天取经，而他现在从印度来专程寻访唐僧遗典，然后用40块马蹄银“买”走了24大箱遗书、遗画及5大箱其他文物。法国人伯希和，俄国人奥勃鲁切夫、奥登堡，日本人橘瑞超、吉川小一郎，美国人华尔纳，也都从莫高窟盗走了大量文物。

今天，所有研究敦煌学和丝绸之路的中国学者，如果要查阅有关文献，很多时候都得去英国国家图书馆和法国巴黎国立图书馆，预约申请，等待审核。得到同意之后，登记签名，留照存记，然后戴上手套，才能一抚原典，甚至最终也只能查阅影印资料。想象一下那种心情吧，正如陈寅恪先生所痛心疾首的，“敦煌者，吾国学术之伤心史也”。

1865年2月，在斯坦因三岁的时候，斯文·赫定在瑞典首都斯德哥尔摩出生。15岁时，他在斯德哥尔摩港口参加了迎接探险家诺登舍尔德从北冰洋探险归来的盛大仪式。诺登舍尔德的成就与荣耀让这名少年热血沸腾，激动不已，他发誓也要做一名探险家。1886年，他师从李希霍芬研习地理，正是受李希霍

◆ 斯文 · 赫定

芬的影响，他将中亚和中国探险作为毕生的事业。他沉醉其中，甚至狂热至一生未娶。他宣称，我已经和中国结婚了。

斯文·赫定通过不同路线多次前往中亚地区和中国。他曾从波斯进入土库曼斯坦阿什哈巴德，再到乌兹别克斯坦历史名城布哈拉、撒马尔罕，最后抵达塔什干，沿途考察了许多古代城堡遗址，并发掘了佛教废墟。斯文·赫定几次穿越塔里木盆地塔克拉玛干沙漠，沿流考察了塔里木河。后来，他还进入西藏，绘制了西藏部分山川地形图，填补了西方地理学“空白”。

为人熟知并让斯文·赫定本人引以为傲的，是他“发现”了楼兰遗址。

1900年3月29日，斯文·赫定的探险团到达罗布泊北岸。这是斯文·赫定第二次进入塔克拉玛干沙漠，这次考察得到了瑞典国王奥斯卡和富豪伊曼纽尔·诺贝尔的资助。而此时中国的京津地区，义和团运动风起云涌：这年1月，慈禧太后发布了维护义和团的诏令，义和团团民开始进入天津，6月初，又进入北京城。11日，驻天津的各国领事组织联军开始向北京进发。当北京战火纷飞的时候，遥远的罗布泊却要发生一起丝绸之路考古史上的重大事件。斯文·赫定来到一处貌似可以掘井取水的地方，结果发现铁铲丢失，于是派一名向导沿路返回寻找。走到中途，狂风大作，向导迷了路，等到风暴过后，向导发现自己竟然在一座古城遗址的边上，于是立刻向斯文·赫定汇报。楼兰古城就这样浮出了历史的水面，呈现在了世人面前。一年以后，斯文·赫定做了初步的发掘。此后的100余年时间里，中外考古学家对楼兰古城进行了系统的调查和发掘，出土了许多惊艳天下的珍贵文物，包括那位1980年出土的带有神秘笑容的“楼兰美女”，还原了当年楼兰古城的繁荣与富庶，以及丝绸之路上商业贸易与文化交流的盛况。

1909年，斯文·赫定回到斯德哥尔摩，迎接他的是他少年时代就渴望的诺登舍尔德那样的欢迎仪式和无上荣耀的名誉，他被认为是全瑞典最重要的人物之一。

1926年年底，斯文·赫定第五次抵达中国。他这次将会与我国丝绸之路考古研究的开创者、西北大学考古研究的创立人之一黄文弼先生有一次深入的交际。

还有一位瑞典人不得不提，那就是地质学家、考古学家安特生。在中国人的眼里，他一半是“天使”一半是“魔鬼”，许多人称赞他为“了不起的学者”，也有人骂他是“殖民主义和帝国主义的帮凶”。

1874年7月3日，安特生出生在瑞典中部一个小镇。他从小受到良好的教育，27岁时获取乌普萨拉大学地质学博士学位。1901年，当斯文·赫定因为发现和发掘楼兰古城而名扬欧洲之时，安特生却因为一次不成功的南极考察而情绪低落。1906年，他开始在自己的母校乌普萨拉大学担任教职。8年之后，年届不惑的他已经在地质学界略有声名。这年，他收到了来自中国的邀请。北洋政府农商部矿政司需要聘请一位地质学家担任顾问，农商部地质调查所负责人、我国地质事业奠基者、著名地质学家丁文江先生极力举荐安特生，而且当时的瑞典被中国认为是“西方几个没有帝国野心的国家之一”，安特生的中国之旅得以成行。

安特生是从中亚进入中国的，他花了一个月时间对我国西部进行了考察。来华的第一年安特生就不负众望，发现了张家口宣化龙烟铁矿，并受到袁世凯的接见和嘉奖。由此可见，安特生是非常敬业和专业的，他是一名称职，甚至算得上卓越的顾问和专家。但安特生的主要功绩并不在地质勘探，而在考古研究上。

◆ 安特生

1921年，热衷于收集化石的安特生和他的助手在北京周口发现了一些动物化石，后来，其中的一枚被确认为古人类的牙齿，北京周口遗址就这样被发现了。同年，安特生在河南渑池发现了仰韶遗址并进行了初步发掘，出土了大量精美的彩陶，还在一块陶片上发现了水稻粒的印痕。仰韶遗址属于新石器文化，年代在公元前5000年至公元前3000年之间。这让安特生大惑不解，因为西方一直认为中国没有石器时代。安特生查阅了大量文献资料，发现仰韶遗址出土的彩陶纹饰与土库曼斯坦的亚诺遗址以及沙俄南部特里波利遗址出土的彩陶纹饰有一点点相似，便据此提出了“中华文化西来说”。

为了证明自己的观点是正确的，1923年5月，安特生组团前往青海和甘肃，试图在丝绸之路沿线寻找彩陶传入中国的证据链。他的第一站是青海，在青海，他发现和发掘了仰韶文化晚期的朱家寨遗址，不久又发现了青铜时期的卡约文化遗址。也就是从这时候开始，安特生放弃了地质学研究，将主要精力倾注在中国史前考古之上。1924年3月某日，安特生在甘肃兰州的街市闲逛，突然看到一位烟草小贩用来盛放烟末的破旧的彩陶罐与仰韶遗址出土的彩陶罐非常相似，询问之下，获知这个陶罐来自临洮一带，于是马上率队前往临洮。结果，他在洮河河谷及附近地区发现了著名的马家窑遗址、齐家坪遗址、辛店遗址、半山遗址、寺洼遗址，此后又在青海民和县发现了马厂塬遗址，在河西走廊发现了沙井遗址。安特生发现的这些遗址对研究丝绸之路沿线甘青地区新石器时期、青铜时期、早期铁器时期的历史文化具有重要意义。

安特生还将这些遗址做了一个时段划分，不过后来被越来越多的考古发掘证明是错误的。1932年，安特生意识到“中国的彩陶质量高于西方”。1943年，安特生又承认仰韶彩陶跟西方无关，不过他也无法确定其起源。

这一工作是由中国的考古学家们完成的。

1956年至1957年，河南陕县的庙底沟遗址被发掘。研究发现，庙底沟遗址（约公元前4000年至公元前2800年）是仰韶文化的中晚期类型。随后的几十年里，黄河流域发现和发掘的几千座仰韶文化遗址，绝大多数都是庙底沟类型。考古学家们推测，这一时期是该类型文化的大爆发时期，农业兴起，人口增长，人们以豫、陕、晋地区为中心，迅速向周边地区扩张。经过长期研究，考古学家们断定仰韶文化彩陶为中国本土所产，马家窑文化则受到了仰韶文化的深刻影响：庙底沟文化彩陶传播到青海、甘肃一带，融合当地工艺，最终形成了马家窑文化彩陶。考古资料也证明，仰韶文化彩陶并非安特生所说的由西向东传来，恰恰相反，是由中原向西北地区传播的。“中华文化西来说”不攻自破。

安特生在丝绸之路沿线的考古工作虽然“别有所谋”，但却建立了中国史前考古的新方向。现代以来，特别是新中国成立以来，众多的考古学家沿着丝绸之路开展新石器时期和青铜时期的考古工作，清晰地描绘出了河西走廊史前文化发展的脉络及其与中原文化的关系。而王建新他们在追寻大月氏时，在东天山做了大量工作，基本搞清楚了东天山与甘青地区之间的文化渊源，为复原新疆东部地区史前史做出了巨大贡献。

安特生被誉为“仰韶文化之父”，甚至被誉为“中国现代考古学的开拓者”。然而，中国自己的文化溯源研究由一位西方考古学家开启，这不由得让人心生遗憾。

100余年来，西方考古学家一直独占丝绸之路中亚考古领域。他们中的多数是在寻找希腊—巴克特里亚的城堡遗址。

1923年，法国有名的犍陀罗佛教艺术研究学者A.富歇就开始了对中亚南部一直到阿富汗兴都库什山周边地区的考古调查。1937年，他在帕尔万盆地贝格拉姆遗址发现了一座古代货仓。贝格拉姆就是玄奘《大唐西域记》中记载的迦毕试国的都城，它扼守中亚到南亚的交通咽喉，是丝绸之路上重要的关卡。当时的发掘者J.哈京无意之中打开了两间泥墙密封的仓库，发现里面装满了贵霜时代的宝藏：罗马的玻璃制品、青铜器和石膏模型，印度的象牙工艺品，以及中国的漆器。

1961年，著名的阿伊哈努姆遗址被发现，也是事出无意。当时的阿富汗国王查希尔在此处狩猎，发现一个农家院子里有石刻的雕像和一个希腊风格的柱头、坛座，就将此事告诉了法国考古调查队的施隆伯格。1965年，发掘正式开始，领队是法国人P.贝尔纳——考古就是如此富有戏剧性，经常“踏破铁鞋无觅处，得来全不费工夫”。

这是一座典型的希腊—巴克特里亚城堡遗址，位于中亚南部塔吉克斯坦和阿富汗边境阿姆河和其支流科克恰河交汇的三角高地上。遗址中有希腊式的宫殿、神庙、体育场和剧场，以及科林斯式柱头和赫尔墨斯柱。从出土的文物分析，该城建于公元前300年以前亚历山大大帝征服此处后不久，毁灭于公元前145年左右，这正是大月氏南下灭亡巴克特里亚王朝的时候。阿伊哈努姆遗址发掘的成果刊登在《法国学院纪要》年度报告上，已经出版8卷。该遗址的发掘至今仍未结束。

这只是西方国家在中亚考古的一个缩影，事实上，英国、美国、德国、意大利等国的考古学者都在中亚有发掘现场，长年累月下来取得了丰硕的成果。

中亚旧石器、新石器时代遗址的考古发掘几乎被俄国学者垄断了，各种发掘报告浩若瀚海。因而，研究中亚史前文明和欧亚大陆游牧文化，不懂俄语、不研习俄国的研究成果等于没有入门。

日本对于丝绸之路的痴迷和热心，达到了匪夷所思的程度。20世纪20年代到30年代，日本一些人也像西方所谓的探险家那样，深入我国西部，沿丝绸之路“科考”“调查”，侦探我国国情、民情，抢掠珍贵文物。几十年来，日本学术界、出版界以及新闻界都对丝绸之路热情高涨。20世纪50年代，日本社会掀起了“丝绸之路热”。80年代，日本学术界认为丝绸之路的东方终点应该是日本而不是中国。中亚各国独立之后，日本考古界大举进入，与中亚相关国家合作，在乌兹别克斯坦阿姆河支流苏尔汉河流域各大遗址考古发掘，成果惹眼。

近年来，韩国考古工作者也已前往中亚，几年下来也饶有收获。

西方考古学者用他们在中亚发掘的文物、研究报告、学术论文和学术专著，以及系统的考古学理论和方法，筑起了一道壁垒。在这个壁垒围起来的圈子里，他们是主导者，丝绸之路考古的话语权牢牢掌握在这些西方文化中心论者的手里。壁垒难破，圈子难进。

迟到但绝不缺席

塔什干，王建新教授并不陌生的城市。2009年以来，他已经多次往返这里。高大茂盛的悬铃木浓荫密布，宽阔的街道洁净而清爽，傍晚的微风正从恰特卡尔山上吹拂而来。披着霞光的塔什干，今天比以往更加清新明丽。

王建新他们没有在塔什干驻留，当夜就赶回撒马尔罕。300多公里的路途中，王建新和梁云像往常一样一路交谈，谈目前的工作进展，谈已经出土的文物，谈未来的工作打算。只不过这一次，王建新的话语明显多了很多，语调和语速也明显高昂和急促，眼神更加坚定而明亮。

这次接见对他们而言，不仅是鼓舞和勉励，更是鞭策和厚望。中国固然是迟到者，但绝对不做缺席者。

而此时此刻，2000公里之外的东方，古城西安灯火辉煌。在西北大学这所一直致力于丝绸之路研究的百年学府里，当师生们获悉这一消息时，全都沸腾了。

为什么是西北大学

初识西北大学

很长一段时间里，西北地区给人的印象和直觉是干旱、荒凉、闭塞、贫穷，以及落后、愚昧、粗鲁。

以“西北”命名的西北大学深受这种印象和直觉之苦，以至于很多时候，学校的教师参加全国性的学术会议，在介绍自己时都得加上一句，“王岐山、贾平凹、张维迎是我们的校友”。

其实，西北大学品格高贵，实力不俗。

西北大学是国家“211工程”建设院校和“世界一流学科”建设高校，到现在一共走出了29位两院院士、4位中国科学院哲学社会学学部委员。西北大学地质学专业排名位居全国前列，一个系就有4名院士；考古学曾与北京大学考古学并列第一。不到2000人的专任教师队伍每年有140余项国家自然科学基金立项，30余项国家社科基金立项，立项数量位居全国高校40名前后。

西北大学“地源于陕，学源于京”。“陕源”即陕西大学堂，“京源”即抗战时期京津地区四校一院内迁至陕西所组建的国立西北联合大学。无论是“陕源”还是“京源”，都孕育在国难当头之时。

1900年8月14日，八国联军攻入北京。作为都城，北京城在短短40年内已经两次被西方列强所攻破。上一次是1860年10月第二次鸦片战争期间，英法联军杀入北京，纵火焚烧了圆明园，“万园之园”的皇家苑囿化为一片废墟。当时，咸丰皇帝无奈“北狩”热河，慈禧是咸丰皇帝的懿贵妃，也伴驾随行。而这次，慈禧携光绪皇帝仓皇“西狩”，狼狈到要换上老百姓的衣裳。慈禧的两次逃亡都是胆破心惊弃京而去，第一次跟随自己的丈夫尚有依靠，这一次65岁了，还要带着自己的外甥兼侄儿，那位自己扶持上来的傀儡皇帝，一路心情可想而知。但这绝不仅是慈禧个人的惊恐和羞耻，而是整个中国的奇耻大辱。

慈禧一行经过怀来、宣化、太原、霍州，然后渡过黄河，于10月26日抵达西安，驻跸陕西巡抚衙门（原址在今西安市北院门），帝国的余晖洒落在破旧的西安城内。

第二年年初，两件大事在西安发生。

1901年1月29日，清廷发布“新政”上谕，称“世有万古不易之常经，无一成不变之治法”，开启了“新政”改革。

2月20日，正月初二，西安城还沉浸在过年的气氛之中，清廷赐死军机大臣赵舒翘。赵舒翘是陕西西安人，父母早亡，由叔母抚养成人，1874年中进士，后累官至江苏巡抚，1899年任总理各国事务衙门大臣、军机大臣。平民出身的赵舒翘，靠一己之力攀升至朝廷要员，足以说明他的干练与聪慧，他是晚清时期陕西读书人的骄傲和楷模。义和团运动期间，赵舒翘受胁于同朝大臣刚毅，主张对“拳匪”“因势利导”“抚而用之”。如今八国联军向清廷提出重惩“首祸诸臣”的要求，而刚毅已经病故在逃亡路上，赵舒翘成为首当其冲的人物。慈禧本想以革职留任应付，结果联军威胁西进，步步紧逼，慈禧无奈妥协，改判“交部严处”，又改“斩监候”，再改“斩立决”。正在过年的西安市民一片哗然，聚众上街请愿。慈禧迫于压力，改“斩立决”为“赐令自尽”。正月初三，赵舒翘“吞金及砒霜均未死”，监刑人再三催促，“亲眷以绵纸遍糊其七窍，再灌酒而闷煞”。一介重臣最终耻死，而且还死在自己的家乡，可惜可怜可叹可恨。无论赵舒翘是死于八国联军的死死相逼还是政治对手的迫害，对西安人乃至全陕西人来说都是晴空霹雳般的警醒和刺痛。此后，陕西在历次革命中总是走在北方诸省的前列莫不与此相关，而陕西学界始终抱守强国之志，也莫不与受此刺激有关。

1901年10月，清廷颁布“兴学诏”，命令“各省所有书院，于省城均设大学堂”，开办近代化高等教育。陕西巡抚、湖北人李绍棻就近上书，申请在原游艺学塾旧址创办陕西大学堂——游艺学塾是甲午战争后，陕西官方兴办的培养实用人才的学校。1902年1月，慈禧和光绪銮驾回京，5月，陕西大学堂开学，首届招生40名，总教习为曾任光禄寺少卿的湖北人屠仁守。

陕西大学堂继承游艺学塾“自强之道，以作育人才为本”的思想，开设中学4门，即性理格致、政治时务、地舆兵士、天文算术，以及算艺、质测、电化、文语等西学4门。其官厅楹联“博古通今适于世用，砥德砺行报以国华”阐明了办学宗旨——自强救国从一开始就是陕西大学堂的最高追求。许多著名人物都曾担任过陕西大学堂教习，比如，邵力子就曾任西洋史教习。另一个不得不说的教习是教授数学的日本人足立喜六。足立喜六在工作之余对西安附近的历史遗迹进行了详细考察和实地测量，并结合历史文献记载，对汉唐帝陵、汉唐长安城及长安附近的名胜古迹进行了深入研究，最终撰成《长安史迹研究》一书。此书配有照片171张，插图38幅，研究之细、之工、之专，让人钦佩。至今，这本书仍是我国学者研究古代长安的案头参考书。

1905年，陕西大学堂更名为陕西高等学堂。辛亥革命爆发后，陕西高等学堂当年的公派留日学生张凤翙发动西安起义，很快占领全城，并成立了军政府。1912年3月，已任中华民国秦军政分府大都督的张凤翙合并陕西高等学堂等五校，创建西北大学，以应西北“现时之建设、将来之建设”以及“外部之防御”。

这一时期的西北大学最大的盛事，莫过于1924年的“暑期学校”。当时署理陕西的是河南军阀刘镇华，他延聘河南人傅铜担任西北大学校长。傅铜曾留学英国，是著名哲学家罗素的学生，也是清华大学校长梅贻琦的连襟。1924年，傅铜联合陕西省教育厅举办“暑期学校”，邀请鲁迅、夏元瑮、蒋廷黻、王桐龄、陈定谟、李济等国内著名学者，以及著名记者孙伏园前来授课，这是陕西近代以来第一次学术盛宴。鲁迅先生讲授的《中国小说的历史变迁》后附录于《中国小说史略》出版。先生课余经常前往易俗社赏戏，以此消解仲夏的溽热。先生感怀秦腔苍凉悲怆的古老唱腔，为易俗社题词“古调独弹”，并赠予讲学所获的50元现洋。之前，鲁迅先生本来打算创作一部历史小说《杨贵妃》，但当他来到西安之后，才发现西安城已经凋敝不堪，了无大唐的影子，便最终放弃了。

1927年国共合作时期，西北大学收束办学，改建为西安中山学院，时任西安中山军事学校政治处处长兼学校党的书记的邓小平，曾在此兼任授课教师。1928年，西安中山学院改为西安中山大学。1928年至1930年，陕西旱灾严重，1931年，西安中山大学在困境之中走到尽头，改为陕西省立高级中学。西北大学的“陕源”到此几近中断。

而现在的西北大学，学科学制以及优良的学术传统均来自“京源”国立西北联合大学。

又是一次民族危亡的紧要关头。1937年“七七事变”爆发之后，京津地区很快被日军占领，许多大学校园成为日军司令部或者兵营。当日的学术圣地和教育殿堂成了侵略者的魔窟，偌大的京津已经放不下一张书桌。为了保存中国高等教育力量，赓续中华民族文明，民国政府于当年9月下令，以“北京大学、清华大学、南开大学和中央研究院的师资设备为基干，成立长沙临时大学。以北平大学、北平师范大学、北洋工学院和北平研究院等院校为基干，设立西安临时大学”。10月，河北省立女子师范学院部分师生根据民国政府教育部令，也西迁来陕，参与组建西安临时大学。后来，长沙临时大学迁至云南昆明，成立了赫赫有名的国立西南联合大学。而西安临时大学迁至陕西汉中，成立了国立西北联合大学，这就是现在的西北大学的前身。国立西北联合大学的基干之一，北平大学可溯源至1902年成立的京师大学堂速成科仕学馆，因而这也是西北大学“京源”的最早源头。在抗日战争期间，国立西南联合大学和国立西北联合大学是中国高等教育的两大堡垒。

1937年11月1日，西安临时大学正式开学，15日开始上课。此时正值深秋时节，叶落枝枯，西北风夹杂着尘沙吹过街巷，西安已经寒气逼人。而比气候更寒冷的是时局与社会环境。“西安事变”过去不足一年，各种倾轧、斗争和清算还没结束，太原会战失利的消息不断传来，西安城内人心惶惶。但这并没有影响全国各地流亡而来的学生的学习热情，相反，还增强了他们救亡图存的意志和决心。

组建西安临时大学的北平大学、北平师范大学和北洋工学院学制与体制并不相同，北平大学是学习法国拿破仑时代帝国大学制的产物，北平师范大学则参照日本学制，而北洋工学院一直效仿德国学制。所以西安临时大学没有设置校长，而由三校校长徐诵明、李蒸、李书田和教育部特派员陈剑翛组成常务委员会管理校务。

战时窘迫，加之迁徙仓促，西安临时大学并没有完备的校园整建制接纳所有师生，办学地点分别散落在西安城内三处。第一处在城隍庙庙后街4号，这里是清代留下来的“凤邠盐法道属”官衙，校本部、国文系、历史系、外语系、家政系借地此处。第二处在城墙西南角东北大学校园内，也就是现在的西北大学太白校区，数学系、物理系、化学系、体育系及工学院寄居于此，校门两侧各挂东北大学和西安临时大学校牌。西北地区为何会有东北大学校园？原来，“九一八事变”之后，位于沈阳的东北大学就开始流亡，于1931年9月迁至北京，1936年2月随调防至陕西的东北军迁来西安，并在西南城角建设校区。1938年3月，东北大学迁往四川三台。抗战胜利后，东北大学归建沈阳，原西南城角的校区被民国政府划归西北大学使用。因为国难，西北大学与东北大学才有了时空交集。现在的西北大学校园内，张学良将军修建的大礼堂依然矗立，斑驳的墙壁上似乎还留有当年的温度，高高的穹顶下似乎依然回荡着激昂的歌声。西安临时大学的第三个办学地点在今天的北大街通济坊，法商学院、医学院、农学院，以及教育系、生物系、地理系在此上课。

西安临时大学历史系，主任由北平大学著名教授许寿裳兼任，教授有李季谷、许重远、陆懋德、谢兆熊，都是名震云霄的人物。这些学者大都有海外留学经历，个个都是学富五车、贯通中西的学界翘楚。黄文弼先生此时正在西安，他是中央古物保管委员会驻西安办事处的委员，因此也受聘担任西安临时大学历史系讲师。

1938年初，日本逼近潼关。3月16日，西安临时大学迁往陕西汉中，4月更名为国立西北联合大学。8月，国立西北工学院、国立西北农学院分立而出——国立西北工学院就是今天的西北工业大学前身，国立西北农学院就是今天的西北农林科技大学前身。一年之后，1939年8月，国民政府行政院决定，国立西北联合大学改为国立西北大学，该校原有之师范学院和医学院独立，分别改为国立西北师范学院和国立西北医学院。国立西北师范学院是位于甘肃兰州的现西北师范大学的前身，国立西北医学院是合并于西安交通大学的前西北医学院的前身。国民政府任命胡庶华为国立西北大学校长，继承西北联大的教学体制，仍为西北地区唯一之大学，而其他院校均为学院。组成国立西北大学的文、理、法商学院均来自原北平大学的主体文理学院和法商学院。抗战胜利后，国立西北师范学院的一部分回到北京，建成北京师范大学；国立西北工学院的一部分回到天津，建成天津大学。而北平大学并未复校，现在的西北大学是继承其主体的唯一大学。

国立西北联合大学为西北地区带来了现代化高等教育，使陕西一跃成为中国高等教育的重镇。不仅如此，它也带来了生活方式和思想观念的革新与涤荡，让西北地区快速融入现代化的洪流之中。国立西北联合大学救亡图存的精

◆ 国立西北联合大学影壁

神与陕西大学堂自强救国的理念异曲同工，陕西乃至西北地区民族意识的觉醒和爱国主义精神的根植，就是它们最大的贡献。而西北大学不仅继承了国立西北联合大学的学科布局，同时也继承了大学堂时代和联大时代烙入灵魂的深沉的爱国精神。这就是西北大学多少年来能够攻坚克难、砥砺前行的内在动力和精神基因。

考古“张骞墓”

1938年5月，汉中盆地山黛水碧，蔷薇和海棠如火怒放，油菜快要收割完毕，水田里开始插上秧苗。迁来汉中城固的西安临时大学4月份更名为国立西北联合大学，黄文弼先生被聘为历史系教授。此时，历史系成立了考古委员会，委员有许寿裳、李季谷、陆懋德、黄文弼、何士骥、周国亭。

考古委员会成立后，邀请国立西北联合大学徐诵明、李蒸，以及黎锦熙、

◆ 国立西北联合大学师生考察“张骞墓”

许寿裳等教授踏勘调查汉中周边的古迹遗址。这次考察活动，考古委员会是用了心思的，其邀请的教授中，徐诵明和李蒸是校务委员会常委（其他两个常委是李书田和陈剑翛，李书田正在奔走筹建国立西北工学院独立之事，陈剑翛此时已经被任命为湖北省教育厅厅长），黎锦熙是校务委员会秘书长，许寿裳是历史系主任，他们都是学校决策层的核心。

考古委员会提出发掘和研究张骞墓、萧何墓、樊哙墓、李固墓以及勉县武侯祠中的民间石刻、褒城石门和汉中其他古代文化遗迹的计划，得到了校务委员会的肯定和支持。

汉中是一个文化积淀深厚的地方。汉中盆地自古气候温润，环境优渥，战争和灾难较少，文化遗存特别是汉代、三国时期的文化遗存很多。秦末楚汉相争，汉中是刘邦的封地，刘邦以此为根据地“明修栈道，暗度陈仓”，最终占领关中而统一全国。汉朝的国号就与刘邦当年被分封为汉王关系至深，而汉字、汉族、汉服都得名于汉朝。三国时期，刘备的蜀汉占据此处，将此处作为征讨关中的根据地，诸葛亮六出祁山就是从此出发的。诸葛亮死后亦葬于汉中勉县定军山。

汉中还有一位名人，那就是丝绸之路的开拓者张骞，其故里就在今城固城南汉江之畔的博望村。张骞早年参军，后来被遴选为汉武帝的“郎”，也就是皇帝身边的侍卫队成员。史料对其出身与家庭情况记载不详，可知他的身世并不显赫。但皇家侍卫队成员必须是信得过靠得住的人，一般都由世家子弟或者功臣之后充任，张骞能够被选中，可能与西汉皇室对汉中的特殊感情有关系。

张骞应汉武帝之诏出使西域，第一次是在公元前138年——为了寻找大月氏以建立军事联盟，共同攻击匈奴。这次出使并不顺利，张骞被匈奴俘虏并软禁10年，娶匈奴妻并生子。之后，他寻机逃出，前往中亚，在康居和大宛国王的帮助之下抵达大月氏，但大月氏已经占据大夏之地，远离匈奴，早无攻击匈奴之志。一年之后，张骞无功而返，途中再次被匈奴俘虏，羁押一年左右，后匈奴内乱，张骞趁机携妻子和孩子逃出。回到长安时，当初随张骞出使的100余人只剩下随从堂邑父一人，距离当年出使也已经过去了12年。汉武帝授张骞为太中大夫，堂邑父为奉使君，以表彰他们的功绩。

但张骞被封为博望侯是因为军功，与出使西域并无关系。公元前123年，张骞作为校尉随大将卫青进攻匈奴，大获全胜，汉武帝授其爵位。公元前122年，张骞还曾试图探寻从西南前往印度的通道，没有成功。一年之后，公元前121年，张骞受命跟随"飞将军"李广再次进攻匈奴，李广轻敌，率先遣军进入匈奴腹地，却被重重包围，等到张骞带兵赶到救出李广时，先遣军几乎已经全军覆没。张骞因过被削去爵位，贬为庶人，享有博望侯封号不过两年工夫。

张骞第二次出使西域是在公元前119年，他被汉武帝起用为中郎将，带领300余人出使乌孙，仍是为了建立对抗匈奴的军事联盟，最终仍然无功而返。但这次他遣副使分别前往大宛、康居、月氏、大夏等国，扩大了大汉帝国在中亚的影响，与中亚各国建立了外交关系。四年之后，张骞回到长安，一年之后就去世了。张骞去世后归葬故里，坟茔据说在今汉中城固县城之西饶家营村。

国立西北联合大学考古委员会准备发掘张骞墓，知会当地政府后，得到了支持，县政府保安队、联保主任、保长、甲长等也纷纷积极协调。在现场实施发掘工作的是历史教师何士骥、周国亭以及一些学生。而主持相关工作和参与研究的有许寿裳、李季谷、陆懋德、许重远、黄文弼、吴世昌等人。

1938年7月3日，正值盛夏，稻田如毯，绿树如茵，田地里没有太多的活要干，农民们也比较清闲。考古队进入饶家营村的水田里，开始发掘"张骞墓"前东西两侧的石虎。石虎陷入水田，只露出一部分。村里人流传，这对石虎，"水涨石高"，始终会露出水面几寸，但不能动它们，越动陷入地下越深。也许是因为有保安队的人陪同而来，村民们并未阻拦考古队的工作，这次发掘一天就完成了，石虎也最终被发掘了出来。据后来的发掘报告记述，石虎"蹲伏在地，头毁，足残，尾缺。表面多剥蚀，未见花纹与刻字……东面石虎曾经翻动，西面石虎未动，惟肋骨每兽左右各七，隐然可见。颜色青黑，制作古朴，状极生动，于考古学上、艺术上，确为极有价值之作品"。此外，东西两个掘坑的地层"大致相同，各可分为地面土（或名耕种土）（最上层）、青灰色土（次层）、褐色土（微黄）（最下层）"，"因久经水湿及扰动之故，层次虽有，似非原有状态"。两个坑出土了近30块碎砖、30余块瓦片，"所出砖瓦、陶片，十之七八，均为磨光而无锋棱，为上下翻动过多之证，决非器物埋藏地下所有之原状也”。

1938年8月24日，天气已经转凉，稻子渐次成熟，有些稻田已经开始搭镰收割。考古队第二次进入饶家营村，开始发掘“张骞墓冢”。这时候，“张骞墓”已经破败不堪，“有已露面之汉代花纹砖砌成之拱门门楣一部，砖约二十余，砖下即为一洞。细察洞周封土，至为虚松，有一推即倒之势”。发掘工作并不顺利，中间遭遇连绵大雨，但考古人员并未停工，直到“墓底忽遇一泉，吾人工作，均须赤足裸臂，至为不便；又预算经费，亦已用罄，继续为难，故遂告停工”。实际上，考古队停工，更为主要的原因是张氏后裔的直接干涉。

当时的考古工作只进行到墓道的位置，但张氏后裔风闻“祖坟”被掘，便组织了上百人，头缠红布（陕西的风俗，祭祀祖先时，曾孙以下戴红不戴白），手持叉、锨、锄等农具，从几公里之外的博望村赶到现场，将考古队团团围住。其实，在发掘工作开始之前，何士骥按照学校的指示，已经和县政府及张氏后裔进行了沟通，整个发掘过程中也有两名张氏后裔现场监督。但“祖坟”被“掘”对中国人来说，意味着最为恶毒的羞辱。经过中间人的调停，考古工作暂时停止，考古队答应将发掘改为修葺修缮，并勒石树碑。碑文《增修汉博望侯张公墓道碑记》由研究《红楼梦》的学者吴世昌撰写，而书丹者是黎锦熙教授。这道石碑现在依然矗立在“张骞墓”的左侧，它不但是国立西北联合大学师生对张骞丰功伟绩的旌表与纪念，同时也是国立西北联合大学师生们投身文化抗战、救亡复兴的见证。

这次发掘工作前后持续十余日，墓道和耳室的考古探方只有5平方米左右，出土了残破马骨、灰陶片、带釉陶片、带耳瓦罐、汉砖、五铢钱，最重要的是“有似印泥者一方（亦似封泥），篆书‘博望口（或造）铭’四字”。吴世昌在《增修汉博望侯张公墓道碑记》中写道：“所见墓道汉砖、破残马骨、五铢汉钱之属，即可断为汉墓；而散乱陶片中，间有‘博望’汉隶，尤足证为张公原墓无疑。”

1939年8月，“张骞墓”出土古物在国立西北联合大学考古室公开展出。新中国成立后，“张骞墓”中的汉砖、封泥等3件文物保存在西北大学文物陈列室，后被征调到北京参展，现藏于国家博物馆，西北大学仅留复制件。

“张骞墓”考古发掘结束后，也陆续产生了一些学术成果，何士骥、周国亭发表了《发掘张骞墓前石刻报告书》，黄文弼发表了《张骞使西域路线考》。1942年，何士骥又完成了《修理张骞墓工作报告》。后来有人评价这次考古活动是迄今为止“对张骞墓唯一的一次正式发掘和科学发掘，在中国外交史、对外开放史、文化交流史和‘丝绸之路’研究上均有重要意义”。

当时参加和指导这次考古发掘的还有时任陕西省考古委员会工作主任的徐炳昶先生，他和黄文弼先生有着至深的工作交往和个人友谊。在国立西北联合大学考古委员会的成立和“张骞墓”的发掘修葺中，都有他们的极力推动与积极促成。

开创者与奠基者

1939年8月，国立西北联合大学改为国立西北大学。这一年，历史系设立考古室，黄文弼先生担任考古室研究部主任。其后，许寿裳教授卸任系主任，古文字学家、商周史研究专家丁山教授出任系主任，两三年后，丁山教授卸任，前往中央大学任教。

1942年9月，黄文弼先生开始担任历史系主任。他甫一上任，即主导开设了考古学、史前史等课程，这是西北大学历史上第一次开设有关考古学的课程。同时，黄文弼先生也专心致志开展西北史地和考古学研究，这与他此前两次参加西北科学考察活动有直接关系。

黄文弼，1893年4月23日出生于湖北汉川县的一个商人家庭。据记载，他的家乡是榔头黄家嘴。汉川县城在汉江北岸，而黄家嘴在汉江之南，东去五六十公里就是武汉。黄文弼少年时代就读于汉阳府中学堂，1915年考入北京大学哲学门，老师有蔡元培、胡适、陈独秀、梁漱溟等，同学则有冯友兰等。大学期间，他主要从事宋明理学和目录学的研究，毕业论文是《二程子哲学方法论》。1918年，黄文弼毕业留校，任职北京大学文科研究所。此后不久，文科研究所改组成立国学门，主任由沈兼士担任。黄文弼很受沈兼士的欣赏，在

◆ 黄文弼先生

沈兼士的举荐和提掖下，他担任了国学门助教，后来又任讲师、副教授，同事有董作宾、徐炳昶、顾颉刚等人。黄文弼深受沈兼士的影响，研究方向逐渐从中国古代哲学转为考古学。

沈兼士是当年著名的“北大三沈”之一。“三沈”即沈氏三兄弟——沈士远、沈尹默、沈兼士，他们同为北京大学教授，是新文化运动的先驱，也是名震全国的国学大师。“三沈”原籍浙江吴兴，祖父随左宗棠入陕，之后，父亲便一直在陕西安康、汉中一带任职，所以沈氏三兄弟都出生在陕西安康汉阴县，直到青年时代才离开。现在，汉阴县还建有“三沈”纪念馆。汉阴县山清水秀、风光秀丽，一派江南景象，从这里沿汉江而下，与长江汇合的地方就是黄文弼的家乡湖北汉川县。

时光来到1926年，这是中国的多事之秋。

第二次直奉战争之后，张作霖暗中控制了由段祺瑞任中华民国临时执政的北京政权，并一直排挤冯玉祥的国民军。3月，冲突爆发，日本军舰掩护奉军进逼天津大沽口，被冯玉祥的国民军击败。日本恼羞成怒，联合英美等国援引《辛丑条约》，向段祺瑞政府下通牒，要求其撤除大沽口防务。3月18日，北京市民及学生5000余人集会，反对“八国通牒”，后游行至段祺瑞执政府门前抗议，被开枪镇压，死亡47人，其中包括北京女子师范大学学生刘和珍，这就是震惊中外的“三一八惨案”。4月，段祺瑞政府倒台，张作霖的奉军军事占领北京。此时，广州的国共合作政府中，蒋介石野心渐起，在“三一八惨案”过去两天之后就发动了“中山舰事件”，5月又通过《整理党务案》，挤压共产党的政治资源，为自己腾出膨胀空间。同时，广东革命政府的北伐战争打响，北伐军势如破竹，进军迅速，到年底的时候，革命力量已经从珠江流域推进到整个长江中下游。

也就是这个时候，瑞典探险家斯文·赫定带领考察团第五次来到中国。斯文·赫定已经61岁了，这次是受德国汉莎航空公司的委托，为开辟经中亚通往中国的航线做气象考察。这支考察团由不同学科和不同国家的科学家组成，考察目标是中国西北的戈壁沙漠和蒙古等地。1927年1月30日，斯文·赫定获得了北京张作霖大帅府的科考许可。这是一个有损国家主权的决定，因为这意味着斯文·赫定考察团所获文物和数据将被他们带走，况且空域资源岂容他人随意测量使用？消息传出，北京知识界群情愤慨，随即联合舆论界造势反对此决定，这给张作霖大帅府和斯文·赫定造成了很大压力。国家虽然不堪，但中国知识分子的良知和自觉却并未沉沦。3月9日，斯文·赫定致函沈兼士，请沈兼士代向中国学术团体协会转达谈判合作的意愿。中国学术团体协会派出徐炳昶和刘半农等人与斯文·赫定交涉谈判。4月26日，双方达成一致，签订了“中国学术团体协会为组织西北科学考察团事与瑞典国斯文·赫定博士订定合作办法”。其中规定：双方在中国学术团体协会领导下成立西北科学考察团；设中国及外国团长；中外科学家各占一半；采集品留在中国。5月29日，西北科考团出发，徐炳昶担任中方团长，中方团员包括考古学家黄文弼、地质学家袁复礼等人。

当时，铁路只通到包头，科考团到达包头后，骑骆驼向北越过阴山，然后一路向西，穿过巴丹吉林沙漠和戈壁进入新疆。科考团在额济纳架设气象仪器时，被新疆省主席杨增新侦知，误以为是大炮，紧急在哈密布防了一个团的兵力以加强防守。后来误会消除，科考团才得以继续工作。

科考团此次科考用时3年，行程18000多公里。这是中国考古学家的脚板第一次踏过祖国西部和丝绸之路。黄文弼仔细踏勘了蒙古、新疆两地几乎所有的重要文化遗址，包括秦汉长城遗址、交河故城、高昌故城、库车库木吐拉千佛洞、拜城克孜尔石窟等等，这些遗址在新中国成立后都有文物管理机构管理保

◆ 黄文弼先生参加西北科考团

护。同时，黄文弼还收集了大量的文物资料和拓片等物品，共计80余箱，其中包括在楼兰遗址收获的明确记有西汉纪年的汉简70枚。科考结束后，黄文弼撰写了研究报告和学术论文，至今仍是研究丝绸之路考古的珍贵文献。

1934年至1937年，黄文弼随西北科学考察团第二次进入新疆考察。这一次他花了一个月零三天的时间穿越塔克拉玛干沙漠，主要探寻荒漠中的古迹和古河床，意图揭示塔里木盆地的古代文明和地理变迁。

1935年，黄文弼以中央古物保管委员会委员身份被派驻西安任办事处主任。1937年，当京津三校迁来陕西组建西安临时大学的时候，黄文弼就开始在历史系任教，一直到1947年任北平研究院史学研究所研究员时才离开，任教时间长达10年。

1943年，在担任西北大学历史系主任的第二年，黄文弼第三次前往新疆考察。因为熟稔西北史地，他越来越觉得开展西北边疆研究对国家至关重要。1944年，在他的奔走呼吁下，西北大学边政系获批成立，他亲自担任系主任。

1945年4月，西北大学历史系成立西北文物研究室。1946年夏，西北大学从汉中搬回西安。1947年5月，西北大学历史、边政两系学生成立了考古学会，利用课余时间展开考古调查。

黄文弼被称为“中国西北考古第一人”，此誉堪当，他是中国丝绸之路考古的开创者，也是西北大学考古学科的奠基者。

新中国成立后，著名思想家、史学家侯外庐先生担任西北大学校长，他不拘一格，从全国各地延聘人才前去任教，当时之西北大学煌煌然也。

1954年，西北大学历史系设立考古班。两年以后，西北大学历史系设立考古专门化，马长寿任考古科研室主任，陈直任副主任。

我们现在所能看到的中国最早系统研究突厥、匈奴、乌桓、鲜卑、南诏、康藏、氐羌历史的著作都出自马长寿教授之笔。他是我国著名的民族学家、社会学家和历史学家，1955年调任西北大学，并根据国家规划筹建西北民族研究室。马长寿教授在西北大学开创了西北民族史研究，并继承黄文弼先生的边政研究，开创了西北边疆史学科。

陈直先生是著名的秦汉史专家和考古学家，他在这一领域的著作堪称扛鼎之作，至今无出其右者。陈直先生本来是一名银行职员，却被侯外庐先生聘至西北大学任教。他善看瓦当，有一科班出身教授不服气，在街上买来一块烧饼，蘸墨汁拓在宣纸上，然后拿给陈直先生，请先生鉴定这是何时之瓦当。先生看了半天，说，“这就是个坨坨馍”。

1961年，西北大学考古专门化改为考古专业，后停招了几年，1972年又恢复招生。当时的考古学还不是一级学科，它只是历史学之下的二级学科，一直到2011年才成为一级学科。西北大学考古学在当年就申请获得了一级博士学位授权点。

1964年，国务院批准在西北大学设立中东研究所，这是全国高校首批国际问题研究机构之一，以研究西亚、南亚、北非的历史文化和社会变迁为主要业务，彭树智先生就是在这里创发了著名的文明交往论。这样，中东研究加上丝绸之路考古研究以及西北民族史、西北边疆史研究，西北大学建成了一个丝绸之路研究的学科群。

实际上，西北大学开展中亚考古研究是水到渠成、理所当然的。

1978年，恢复高考制度的第二年，王建新考入西北大学考古专业，1982年毕业后留校工作。西北大学丝绸之路考古的第二代团队逐渐走上前台，他们将沿着前辈们的足迹，把这条学术之路延伸到更广阔的空间。

樋口隆康之问

樋口隆康之问

1991年6月。西安花香浮动，街道两边不时看见横幅与彩旗，千年古都焕发着勃勃生机，洋溢着欢庆的气氛。这个月，西安好事连连。

14日，西安高新区正式开工建设，这是一个国家级产业开发区，西安从此进入快速发展的轨道。30年后回首再看，高新区的建设于这座古城而言不啻一次凤凰涅槃。

20日，陕西历史博物馆正式建成开馆，开馆典礼隆重而热烈，时任中共中央政治局常委、书记处书记李瑞环，全国政协副主席马文瑞出席仪式并剪彩。1973年6月20日，周恩来总理陪同越南总理范文同视察原陕西省博物馆时，看到场馆狭小，空间逼仄，现场做出指示："陕西的历史遗存丰富，文物很多，但是地方太小，光线太暗，适当的时候应该建一个新的博物馆。馆址可选在大雁塔附近。"18年后，周总理的这一夙愿实现了。新博物馆的开馆仪式安排在6月20日，也是对伟人的缅怀与纪念。

陕西历史博物馆由梁思成先生的高足张锦秋院士设计，青灰色仿唐宫殿式建筑群甫一建成就成为西安城的新地标，而它的素洁高雅、雍容大气，堪配陕西省文物大省的地位。

樋口隆康是以外宾身份来到西安，参加陕西历史博物馆开馆仪式的。

72岁的樋口隆康是日本国内顶级考古学家之一，在大学里任有教职，同时也掌管着文物遗址比较集中的奈良地区的考古学研究所和京都泉屋博古馆。他是世界知名的丝绸之路考古专家，曾带领日本考察队前往我国甘肃、新疆进行考古研究，并针对阿富汗巴米扬大佛开展过考察活动，著有四本很有分量的关于丝绸之路研究的著作。樋口隆康在“铜镜”研究上颇有造诣，曾在“三角缘神兽镜”的学术争论中名声大噪。

铜镜最早由中国人发明，商代时用于祭祀和宗教活动，春秋战国以后成为贵族家庭的奢侈品，直到西汉末年才逐渐走进平民百姓的日常生活。三角缘神兽镜出土于日本古坟时代的古墓之中。古坟时代大概为公元250年至592年，其时正是中国的三国、魏晋、南北朝时期，因当时的日本统治者大量营建大型坟冢而得名，是日本逐渐走向统一的时期。

三角缘神兽镜共出土几百枚，它的制作地到底在哪里，一直是一个谜，也在日本考古学界掀起了长达数十年的激烈争议。有人认为这是日本人在其本土铸造的，有人认为这是移民至日本的中国工匠铸造的，还有少数人认为这是在中国铸造舶运至日本的。日本本土铸造说者，意气大于科学，观点不值一驳，因为古坟时代的日本并没有掌握此项技术和工艺。中国铸造舶运至日本说者，由于这种铜镜当时只在日本出土过，中国一直没有发现，观点似乎也很难成立。所以，包括中国学者在内的大多数学者都认为该类铜镜是由移民至日本的中国工匠所铸造的。

樋口隆康却始终认为三角缘神兽镜是在中国铸造后舶运至日本的，是中国三国晚期曹魏统治者赠送给日本邪马台国女王卑弥呼及其继承者的国礼之一。这一观点饱受同行非议和反对，甚至给樋口隆康造成了很大的困扰和压力，但他并不妥协，一直坚持自己的观点。从这点看，老先生的科学精神和学术操守值得钦佩。

2015年3月3日，环球网以“中国发现卑弥呼铜镜　或成邪马台国争论新资料”为题，转载了一条消息：“日本《朝日新闻》3月2日报道称，近日在中国河南省洛阳市研究杂志中，发表了一篇关于在当地发现与三角缘神兽镜同类型镜子的论文。也有传闻称，三角缘神兽镜是邪马台国的女王卑弥呼从中国得到的，但关于其制作地的争论仍然是个未解之谜。这篇论文的作者是居住在河南省的收藏家兼研究者王称意先生。王称意先生说明道，‘该镜是2009年在当时洛阳最大的古董市场，从居住在市郊外白马寺附近的农民处得来的’，并称确切的出土地点不得而知。”

《朝日新闻》以无比质疑的口吻报道了中国发现三角缘神兽镜的事实，而这正是日本古坟时代的铜镜来自中国的重要佐证。其实，三角缘神兽镜2006年在洛阳就有发现，此后，中国学者发表了一批研究文章，只是不知道樋口先生是否知晓，也不知道2015年3月2日《朝日新闻》上的报道，樋口先生是否看到，因为一个月之后，也就是2015年4月2日，老先生就溘然长逝，驾鹤西去了。

1991年，樋口隆康到西安的另外一个重要行程，是前往西北大学做学术访问。

位于西安城墙西南角的西北大学，生活区建在唐长安城延寿坊遗址上，这里曾是唐代画家阎立本的宅邸所在地。西北大学的教学区则建在太平坊遗址上，唐代时这里曾有一座著名的寺院实际寺，东渡日本的鉴真和尚在这里受具足戒，很多日本遣唐使和留学生也曾在这里学习生活，最为著名的是书法家橘逸势。西北大学在校园建设过程中发现了一系列古代遗址，师生们就地进行“校园考古”，出土了一批很有价值的文物。“校园考古”出土的文物，以及从其他渠道获得的文物，西北大学历史系建立了文物陈列馆予以收藏展出。其中，日本遣唐使井真成的墓志石最为有名，墓志上有“国号日本”的字样，表明“日本”国号至迟在公元734年以前就出现了，这也是目前所见文物史料中最早有“日本”国名出处的文物。因而日本的学者来西安访问，西北大学是必去的地方。

6月22日，西北大学文博学院（历史系1988年改建为文博学院）二楼报告厅座无虚席，低矮敦实的樋口隆康走上讲台，鞠躬，就座，健硕的身躯一看就是长期从事野外工作的结果，脸上展现着拥书自雄的自信和从容，甚至流露出了些许的优越感。

樋口隆康连作了三场有关丝绸之路贵霜文化遗存的考古学术报告。第一场报告讲的是阿富汗的贝格纳姆遗址。贝格纳姆遗址位于喀布尔城以北不远的帕尔万盆地之中，城外是喀布尔河的一条支流，沿河而下便进入喀布尔河谷，再向东南二三百公里就是开伯尔山口，越过山口可直达巴基斯坦的白沙瓦城。这条线路是丝绸之路上中亚巴克特里亚通向南亚印度河流域的黄金商路，也是北方民族南征印度的战略要道，贝格纳姆则是这条通道的要塞和咽喉。贝格纳姆遗址出土了大量的贵霜时期的文物，反映了当年丝绸之路贸易的繁荣与兴盛，而艺术造型与艺术风格的巨大差异，也展现了丝绸之路上的文化碰撞与交流。

贝格纳姆遗址由法国人于1937年发现、发掘。从20世纪20年代开始，法国就与阿富汗政府签订协议，独占了该国的考古发掘，中间曾因战乱时断时续。2002年，北约联军进入阿富汗之后，当时的法国总统希拉克亲自安排法国考古队重返阿富汗，并派遣军队一路保护。因此，法国在阿富汗的考古工作取得了很多成果。

樋口隆康第二场报告的内容是中亚的“黄金之冢”，著名的提利亚特佩遗址。这个遗址位于阿富汗与塔吉克斯坦国境线阿富汗一侧的棉花田里一座只有3米高的土丘上。第二次世界大战结束后，阿富汗逐渐偏向苏联。1973年，苏

◆ “黄金之冢”考古发掘

联支持达乌德推翻查希尔国王的统治，成立了亲苏联的阿富汗共和国。这使得苏联的考古人员能够打破法国人的垄断进入阿富汗开展考古调查和发掘工作。1977年，苏联和阿富汗联合调查队开始发掘一处古代神庙遗址。1978年秋，在阿明发动政变推翻达乌德之后不久，提利亚特佩遗址有了惊人发现：7座墓葬当时只发掘了6座，就已经出土了20000多件金器，另外还有大量的罗马提比略皇帝时代的金币、贵霜时代的金银币，以及罗马和波斯的玻璃器皿、印度的象牙首饰，和中国汉代的青铜镜，所以提利亚特佩遗址也被世界考古学家称为“黄金之冢”。这些墓葬被认为是公元1世纪初大月氏或者贵霜贵族的坟茔。樋口隆康曾被邀请前去鉴定青铜镜的年代，目睹了这些价值连城、琳琅满目的文物。

在第三场报告中，樋口隆康详细讲解了自己考察巴米扬大佛的情况。巴米扬大佛建在阿富汗巴米扬省的巴米扬河谷石崖上，距离中亚通往印度的南北商道不远。巴米扬大佛有两座，分别高38米和55米，加上周围崖壁上的石窟群，显得气势恢宏，庄严肃穆。巴米扬省属于干旱地区，降雨量并不多，除了河

◆ 巴米扬大佛遗址

谷，山上几乎寸草不生，如此贫瘠的地方却能建造如此宏大的工程，足以说明当时的人民对佛教的虔诚，也从侧面印证了丝绸之路上的商业活动曾给当地带来巨额财富。犍陀罗风格的巴米扬大佛深受希腊和罗马造像艺术的影响，佛像比例协调，刻画细腻，艺术成就达到了极高程度。犍陀罗艺术传入中国后，不但推动了佛教石窟在东方的兴起，也将中国的佛教艺术推向了一个新的高潮。极盛时期，巴米扬大佛周边寺院云集，诵经声响如滚雷，几百名来自中国、印度和中亚地区的僧侣在此修行研经，使这里成为著名的佛教中心，中国晋代高僧法显和唐代玄奘都曾在此驻足瞻礼。对于巴米扬大佛修建的年代，学界尚有争议。一说凿于1世纪至5世纪的贵霜帝国时期，是贵霜人的杰作；一说凿于3世纪至9世纪，贵霜人、嚈哒人和突厥人都有贡献。各方莫衷一是，难有定论。但大佛毁于2001年3月12日却有确切记载，历史同时也记录了那一天全世界人民的震惊、错愕与痛惜，而这已经是樋口隆康西安之行10年之后的事情了。

1991年，樋口隆康作报告的当年，正值东欧剧变。一个世界强国轰然坍塌，中亚各国陆续走向独立。而在这之前，作为加盟共和国的中亚各国被苏联视为禁脔，不容他人置喙。世界考古学界对中亚的研究，也只在阿富汗北部巴克特里亚地区开展得多一些，很少涉足阿姆河以北。所以樋口隆康关于丝绸之路考古的三场学术报告也都只限于阿富汗考古。

这几场学术报告的现场翻译工作由王建新担任——1986年，王建新被公派到日本奈良教育大学访学研修了一年多，日语熟练而流利。

平心而论，樋口隆康的讲座很精彩。因为有深厚的学养和丰富的实践做支撑，樋口隆康旁征博引、侃侃而谈，新史料新观点信手拈来脱口而出，常常给人舌灿莲花、口吐珠玑之感，让人惊艳。

包括考古学在内的人文社会科学就是这样，只有阅读量和人生阅历积累到一定程度，对历史、对社会、对人性的体察和理解才会达到一定的境界，而学术成果这时候才会厚积薄发，喷涌而出。所以人文社会科学的大家巨擘多数为“大器晚成”的年长者，鲜有“少年得志”的年轻人，他们如同陈酒，年龄越大越醇厚。已到古稀之年的樋口隆康对于考古，已是炉火纯青。

也许是心存优越，也许是谈兴所至，也许只是纯粹的学术互动，在报告结束的时候，樋口隆康以很日本的方式突然向所有听众提问："中国境内月氏的考古文化遗存在哪里，诸君知道吗？"

在场的老师和学生面面相觑，会场瞬间安静下来，只剩下尴尬的表情和僵硬的缄默。王建新说，这个问题像一记巨雷炸在了自己的心里。从中国沿丝绸之路西去的大月氏，它的文化遗存到底在哪里，我们没有人系统研究过，甚至没有人在意过，确确实实不甚明了。但是作为丝绸之路东方起点的中国，作为大月氏人的故乡，没有搞清楚大月氏的文化与历史也确确实实不应该。报告厅里憋闷着中国人的惭愧与怅然。

过多揣摩樋口隆康的用意和情绪没有意义，但"中国境内月氏的考古文化遗存在哪里"，这真的是一个应该由中国人解决的学术问题和科学命题。然而卷帙浩繁的中国古籍，对大月氏的记述却惜字如金，语焉不详，而且还零零碎碎散落各处，就好像我们的一位邻居，猛然间想起来的时候，已是面容模糊，身形影绰了。

大月氏人到底是什么样的一群人？他们在中国的时候到底生活在哪里？他们何以在2000多年之后的今天得到这么高的关注度？拼凑史书之中的文字碎片，也许可以在历史的迷雾之中找出蛛丝马迹。

历史迷雾中的大月氏

公元前176年，汉文帝即位第四年，北方草原匈奴汗国大单于冒顿给大汉皇帝修来一封国书。

"天所立匈奴大单于敬问皇帝无恙。前时皇帝言和亲事，称书意，合欢。汉边吏侵侮右贤王，右贤王不请，听后义卢侯难氏等计，与汉吏相距，绝二主之约，离兄弟之亲，皇帝让书再至，发使以书报，不来，汉使不至，汉以其故不和，邻国不附。今以小吏之败约故，罚右贤王，使之西求月氏击之。以天之福，吏卒良，马强力，以夷灭月氏，尽斩杀降下之。定楼兰、乌孙、呼揭及其旁二十六国，皆以为匈奴。诸引弓之民，并为一家。北州已定，愿寝兵休士卒养马，除前事，复故约，以安边民，以应始古，使少者得成其长，老者安其处，世世平乐。”云云。

大概意思为，天所立匈奴大单于向大汉皇帝问好，前段时间咱们沟通得还不错，但最近一段时间你们驻守边境的官员寻衅滋事，羞辱和攻击我的右贤王，右贤王轻信下属，在没有向我报告的情况下就与你们开打。这事搞得不美，违反了两国之间的约定，也伤害了咱们兄弟般的感情。你不断发信进行谴责，我派使者前去说明情况，你却将他们扣留，而且也不派人来和我沟通，还利用这件事情搞对抗，周边的那些小国家们也都不赞同和附和你们的做法。为了惩罚右贤王，我令他向西征讨月氏。托老天爷的福，我们兵强马壮，或斩或降，彻底击溃降服了月氏。同时，我还攻占了楼兰、乌孙、呼揭及它们周边的二十六个小国家，现在它们都并入了匈奴。北边已经安定了，前面的事全都翻篇吧，咱们继续以前的约定，安境保民，世代和平。

这封国书是用汉字写在木简之上的。当时，匈奴、月氏这些游牧人群还没有文字，两国文书只能以汉字书写。阿尔泰周边草原和蒙古高原上的游牧人群最早的文字是公元6世纪突厥人吸收西亚的阿拉米字母所创建的突厥文，这已经是600年以后的事情了。契丹人创建契丹文是公元10世纪的事情，党项人创建西夏文更在其后100余年的11世纪，而且契丹文和党项文都是参照汉字所创造的。蒙古文则要到13世纪才被创造出来。没有文字，就没有历史记录。草原上的传统和往事，只能依靠口口相传的故事和说唱艺术传播继承。研究游牧人群的早期历史，所能查找的文献只有中国的历史古籍和古希腊、古波斯的历史著作。

整篇国书充满炫耀之感，更不乏指责之意，字里行间能读出冒顿单于的自满、倨傲和威逼。前半部分讲的是公元前177年，匈奴右贤王从河套地区向南越过边境线扰袭汉朝民众，被大汉丞相灌婴击败的事情。后半部分却提到了一个重要信息，那就是匈奴已经击败月氏，并占领了西域二十六国（应为三十六国）。

当秦国攻灭六国统一中原的时候，起源于蒙古高原杭爱山脉鄂尔浑河上游的匈奴逐渐统一北方的各个游牧部落，形成了势力强大的匈奴集团，并一步一步蚕食至阴山以南与中原对抗。而这一时期，西北方向的游牧人群月氏也逐渐统一了各个游牧部落，形成了月氏集团，扼守丝绸之路，充当着中原与西域贸易的中转商。欧亚大陆东部自此开启了一场秩序重构的角力，这场角力围绕争夺丝绸之路贸易控制权而展开。

战国末期，匈奴就开始与燕赵各国缠斗。秦朝建立后，大将蒙恬北击匈奴，收复河套地区，公子扶苏与蒙恬驻守边关，移民屯田，修缮长城。此时，“东胡强而月氏盛”，当时的匈奴头曼单于迫于形势，战略后撤至阴山以北。但情况在冒顿单于时代发生了变化——他是一个厉害角色。

冒顿在匈奴语中为“勇猛”的意思。他本来是头曼单于的太子，后来头曼单于溺宠的阏氏（妃子）生下儿子，头曼单于便欲废冒顿而立少子，于是就将冒顿作为人质派往月氏。如此也罢，但之后头曼单于破坏协约，急攻月氏，意欲借月氏之手除掉冒顿。月氏暴怒，果然准备捉杀冒顿。冒顿闻讯，仓皇偷了一匹骏马，星夜兼程逃回匈奴。头曼单于迫于无奈，大夸儿子勇猛，并授权让其带领一支军队。

冒顿训练军队自有绝招。“鸣镝所射而不悉射者，斩之”，就是以哨箭为令，我的哨箭射啥，你们就得射啥，不服从的一律斩首。第一次射鸟兽，不从的兵士辄杀之。第二次射冒顿的坐骑，不敢放箭的辄杀之。第三次射冒顿的女人，不敢放箭的辄杀之。第四次，冒顿带领将士射杀头曼单于的良马，这一回箭镞齐飞，没有不射的。“于是冒顿知其左右皆可用”，便带领将士射杀了自己的父亲头曼单于，自立为汗。冒顿单于人如其名，刚猛凶残，匈奴迅速崛起。

冒顿单于利用中原地区秦末大乱、楚汉相争的战略机遇，东讨东胡，西逼月氏，南犯河套，一时称雄。汉朝初年，汉高祖刘邦亲征匈奴，被冒顿单于围困在平城白登山。朔风裹雪，天气大寒，援兵未至，情势危急，刘邦采纳陈平的建议，收买冒顿单于的阏氏，才狼狈脱围。此后，匈奴一直在边境寻衅，刘邦去世后，冒顿单于给吕后写去一封用词孟浪的信，轻薄侮亵吕后，吕后隐忍，延续刘邦休养生息、韬光养晦的政策，与匈奴和亲修好。

其实，匈奴的战略方向一直是月氏，因为月氏占据着东西方的贸易商道。

欧亚大陆从史前就存在着东西方的往来，公元前3000多年前，在黑海北岸直到大兴安岭的欧亚大陆北方草原地带上，来自西方与东方的人群在西伯利亚南部相遇融合。这条物品、文化与人种的交流通道，被称为“草原丝绸之路”。

到了公元前2000多年前，北方已经完成融合的人群开始南下，西方伊朗、高加索一线的人群开始东进，东方黄河上游甘青地区的人群也开始西进，来自三个方向的人群在中亚和新疆地区交汇融合，共同开创了该地区的青铜时代。也正是在这一时期，源于西亚的小麦，传播到了黄河流域；源于黄河流域的小米，也传到了新疆以及中亚、南亚、西亚、北非等地区。这说明从中亚经过帕米尔高原、新疆塔里木盆地、河西走廊直到黄河流域的通道，这个时候已经存在了。这就是后来被称为丝绸之路的通道。

大部分西方学者认为，月氏人是古印欧人的后裔，使用的是印欧语系的语言，这个观点在一段时间内几乎成了国际学术界的定论。然而越来越多的考古资料不支持这一结论，唯一能够确定的是，根据《史记》的记述，月氏人很早就生活在丝绸之路上，并且和匈奴人一样，都是游牧人群。

游牧人群的生活方式完全不同于农耕人群。黄河流域和长江流域的农耕人群粮食自产且可储存，家宅屋舍世代而居，财富不但可以积累而且还可以继承，男耕女织，自给自足，吃穿用度的物品几乎不用采买，贸易物品无非盐铁和奢侈品，而盐铁官营，价格浮动不大，所以中国古代农耕人群向来重农轻商。

游牧人群蓄养牲畜，逐水草而生，不动产较少，受环境影响较大，肉、奶、毡、皮之外，几乎所有的重要生活用品，比如粮食、武器、工具、器皿、茶叶、丝绸、食盐、木材等，当然还包括宝珠、饰物、胭脂以及香料等等奢侈品，都依赖于外来。取得这些物品的手段有两个：贸易或者掠夺。贸易是常态。战争往往发生在天灾降临之时，彼时，草原上牲畜死去，马匹、橐驼大幅减少，无物可易，只有去抢掠，而游牧人群的文化并不以此为耻。倚重贸易的游牧人群，对金银等货币金属有着天生的贪嗜——阿拉伯沙漠荒凉而贫瘠，但那里的游牧部落里也流传着《一千零一夜》这样的对财富和货币充满渴望的民间故事。

月氏人扼守丝绸之路，做起了中原和西域的中转商。中国古代典籍曾将月氏称为禺氏，《逸周书》有“禺氏駒駼”之记，《管子》有“禺氏之玉”之述，表明月氏人与中原做马匹和玉石生意，大获其利。《史记·货殖列传》中记载，秦朝时居住在安定郡乌氏县（今宁夏固原）一带的“乌氏倮”，通过做“戎王”和秦人之间丝绸牛马交易掮客而发了大财。这里虽未指明“戎王”是否为月氏之王或者月氏某一部落之王，但相信那些丝绸一定到了月氏的手里。

贸易需要和平。中原农耕人群占据的是400毫米降雨线以东适合庄稼生长的地域，也就是从阴山到贺兰山再到乌鞘岭这一线以东的地区，而月氏正好在这一线以西，双方各得其所，未起战端。可能月氏对大汉并未形成战略挤压，而且双方的贸易盛于民间，所以大汉朝廷对月氏的关注度并不高。中国史书也没有为这位邻居花费太多笔墨，只是在记录与匈奴周旋之时才略有提及。

匈奴人觊觎丝绸之路上商业贸易的巨额财富，持续向月氏发动攻击。匈奴击溃月氏，征服西域，冒顿单于志得意满地向汉文帝发去了上面的那封信。而大汉帝国在文帝、景帝时期，迫于敌人的强大压力，正休养生息、削藩平叛、厉兵秣马、积蓄力量。

擐甲挥戈，铁马冰河，游牧人群形成的持续压力，砥砺着中华文化不断内聚、淬炼、扬弃、升华，而他们每隔一个历史时期的南下，也会为中原文化注入新的血液和元素。假如没有游牧人群，中华文化的走向与风貌也许会是另外一种情形。实际上，中华文明的形成和发展从来都是一个血脉融合、文化融汇的过程。中国历史上所有的盛世也都强邻环伺：汉有匈奴，唐有突厥，所谓“生于忧患，死于安乐”也。

到汉武帝的时候，大汉帝国不再忍受匈奴的袭扰，准备发动战略决战。公元前139年前后，汉武帝刘彻向匈奴降兵探听消息，偶然得知冒顿单于的儿子老上单于又一次击溃月氏，月氏王被杀，头盖骨被做成了酒器，月氏人大部分西逃，但他们怀恨在心，时刻准备复仇。

将敌人或者仇人的头盖骨沿耳朵环切下来，外面再绷一层牛皮，作为祭祀或者行乐的酒器，如果敌人或者仇人的地位很高，那就再镶上一圈金边，这是阿尔泰周边游牧人群的风俗，勇士们以此炫耀地位和身份。

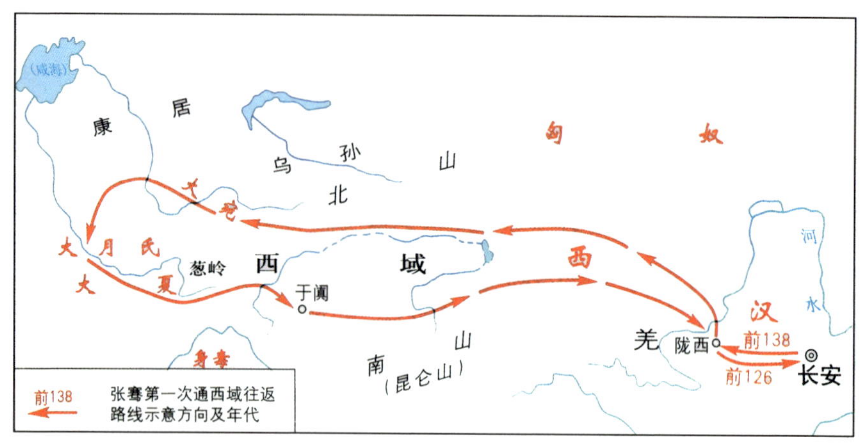

◆ 张骞出使西域示意图

不过让汉武帝眼眸一亮的并不是关于用头盖骨做酒杯的风俗，而是月氏与匈奴的矛盾。敌人的敌人便是朋友，与月氏缔结联盟共击匈奴，便成了大汉帝国抗击匈奴的战略设计之一。汉武帝于是招募张骞作为使臣，前去联络月氏。这是一次没有确切目的地，只有大概方向的出行。而且对当时的中国人来说，西边大陆的深处是地理学上的黑箱，除了不靠谱的神话传说和民间传闻之外，他们没有任何知识与经验。汉武帝和张骞所拥有的，只是一个敢想，一个敢做。

张骞大概是沿着河西走廊西行的，但河西走廊和西域三十六国早在汉文帝在位的时候，就已经被匈奴冒顿单于控制了，张骞于是被匈奴俘虏了。这时候匈奴老上单于已经死去，在位的是他的儿子军臣单于。军臣单于也是位有意思的人，见了张骞，非但不杀，还调侃了几句：月氏在我西北，你们如何前往？假如我要遣使访问南越，大汉会同意吗？军臣单于给张骞娶了匈奴妻子，并把他软禁起来。10年之后，张骞与他的随从堂邑甘父寻机逃出，继续寻找月氏——他们应该是沿着天山南麓、塔里木盆地北缘一路西行的。当时的西域还在匈奴的控制之下，为了避免再次被匈奴俘获，两人一路上隐姓埋名，昼伏夜行，直到抵达今天费尔干纳盆地的大宛国，逃出了匈奴的势力范围之后，才亮明自己大汉使节的身份。在路过塔里木盆地周边各小国时，他们不敢到处察看和打听，国情军情社情民情所获无多，所以对西域的了解只能从大宛开始。

后来，司马迁根据张骞的记述，在《史记》之中叙述了西域各国的情况，集为“大宛列传”，第一句话就是：“大宛之迹，见自张骞。”大宛王热情地接待了张骞，并礼送他们去了康居，之后，他们从康居到了月氏王庭。这时候的月氏，太子已经即位并臣服了希腊—巴克特里亚王朝，这里富庶安定，远离匈奴，月氏再也无心向匈奴寻仇了。

司马迁与张骞是同时代的人，《史记》中关于月氏的事实均来自张骞之口，但是整个记述却非常简单甚至有些浮皮潦草，连张骞所见到的那位月氏王的名字与称号都未提及。事实上，《史记·大宛列传》关于月氏行踪的叙述只有一小段：“始月氏居敦煌、祁连间，及为匈奴所败，乃远去，过宛，西击大夏而臣之，遂都妫水北，为王庭。其余小众不能去者，保南山羌，号小月氏。”寥寥数语，框定的却是以帕米尔高原为中心的方圆2000公里的空间范围。短短50余字，记叙的却是两个族群血与火的战争和杀戮。其中，宛即大宛，现在的费尔干纳盆地。大夏是中国史书对希腊—巴克特里亚王朝的称谓。妫水就是现在的阿姆河。这是一次悲惨的生离死别，那些老弱病小不能长途奔走，被迫留下来投靠羌人，史书称他们为小月氏，逃离故土、前往中亚那一部分则被称为大月氏。后来班固在《汉书》中还记述了月氏在西逃过程中一度占据伊犁河谷塞人之地，不久又遭到匈奴支持下的宿敌乌孙的打击，不得已再次南迁至中亚阿姆河流域之事。

大月氏远去的身影就这样暗淡在了历史的迷雾之中。

被催发的种子

大月氏进入中亚之后，身后的东方秩序重构在大汉与匈奴的战略角力中逐渐趋于尾声。而中亚、南亚、西亚，甚至地中海周边地区都因为大月氏的到来而产生了一系列连锁反应。

大月氏从伊犁河谷南下到达巴克特里亚地区，取代了希腊人对巴克特里亚的统治，在阿姆河北岸建立了王庭。从公元前2世纪后半叶到公元1世纪初，大月氏统治巴克特里亚100余年。后来，大月氏统治下的大夏贵霜部崛起，取代了月氏人的统治，统一了巴克特里亚并向南进占印度河流域，建立起贵霜帝国。公元前后，世界格局与秩序就由东方的大汉帝国、中亚的贵霜帝国、西亚的波斯帕提亚帝国和地中海的罗马帝国来掌控和平衡。

连接这四大帝国的正是丝绸之路。所以，拨开历史的迷雾看清大月氏的真正面容，是还原丝绸之路历史面貌的重要途径。

其实，丝绸之路考古研究一直像种子一样埋在王建新的心里。这颗种子是黄文弼先生留下来的学术传统。

1982年，王建新留校后在历史系承担秦汉考古教学工作。教研室的段连勤老师在教学上、治学方法上，甚至在生活上都给了这个新人很大帮助。段连勤老师是研究民族史出身的，闲暇时候，一老一少聊的话题，不少是关于秦汉时期匈奴与月氏历史的。月氏对于王建新而言并不陌生，甚至是熟稔的。

留校半年后，王建新被派往北京大学进修一年——新教师到北京大学进修是西北大学考古专业的一个传统。当时，北京大学考古教研室的主任是苏秉琦先生，副主任是俞伟超先生和严文明先生。王建新有半年时间跟着俞先生听课，另外半年时间跟着严先生到山东烟台地区做发掘。不同的学术观点、不同的方向领域、不同的研究方法，使王建新的这次学习成为一次深刻的思想碰撞，他开始在意“一些理论、方法方面的问题”，并“真正开始思考考古学的本质是什么”。“把区域研究和点的发掘结合起来”这一方法，就是他从北京大学的考古实践训练中得到的一个重大收获。

1984年春天，学习结束后，王建新回到西北大学，系上派他和另外两名老师到案板遗址带学生实习。案板遗址在西安市以西100多公里的扶风县案板村，案板文化属于仰韶文化向龙山文化过渡的新石器文化。搞秦汉考古的王建新开始上手做新石器考古研究，并且做得有声有色，发表了不少学术论文，其中《论案板三期文化遗存》颇有影响，而这“完全就是一个机缘巧合，属于工作需求”。

两年之后，王建新有机会被公派到日本留学。他选择了奈良教育大学，因为奈良是日本古都，离考古研究单位比较近，他能有更多的机会接触日本考古界。在日本期间，王建新时常去参加日本考古界的会议。90年代初，他又在日本茨城大学任教一年，其间做了关于东北亚青铜文化的研究。他曾经讲起自己当年的经历，“先用了大半年的时间去了解这方面已有资料和研究成果，把茨城大学图书馆的书都看完了，又跑到东京大学去看，那里的资料更多——经常早上坐电车去，晚上才回来。不敢说所有的资料都看完了，但90%以上都看了”。那段时间，他发表了几篇影响较大的学术论文。1999年，王建新又整理多年心血，在日本出版了一本关于东北亚青铜文化的专著，在国际上首次提出了“东北亚系青铜文化”的概念。他的学术观点轰动了日本考古学界，也引起了世界考古学界的注意。

其实，王建新最感兴趣的是商周考古和佛教考古。从事商周考古是他在上大学的时候就产生的想法，后来去北京大学进修，他还专门跟高明先生学习了一段时间的古文字，就是在为此做准备。而对于佛教考古，他一直痴迷于佛教的石窟造像，还曾去新疆克孜尔石窟，甘肃的莫高窟、炳灵寺石窟、麦积山石窟，以及山西云冈石窟和河南的龙门石窟进行考察研究。

无论是工作需要的秦汉考古、新石器考古、东北亚青铜文化研究，还是自己痴迷的商周考古和佛教考古，沿着任何一个方向做下去，都会是一个学术富矿，而他个人的学术道路和事业前途必然光明可见，更何况他在新石器考古和东北亚青铜文化研究方面已经饶有建树，卓有声誉了。

一切都在樋口隆康做完学术报告之后改变了。樋口隆康关于大月氏出于中国，而中国考古学家却不清楚遗存在哪里的问题，无论是出于善意还是恶意，对王建新来说，都关乎尊严。黄文弼先生留下的种子不仅仅有学术传统，还有考古学人的民族气节和学术自强，这是另一个战场的斗争。此时，埋在王建新心中关于丝绸之路考古的种子被催生了。

1995年，王建新担任西北大学文博学院考古教研室主任，李学勤先生从北京捎来话，“西北大学考古专业一定要搞丝绸之路考古”。李学勤先生当时在中国社科院历史研究所当所长，同时也是西北大学的双聘教授，每年都会来西北大学工作一段时间，给学生授课，指导研究生和年轻教师做科研。对文博学院和王建新来说，李老师是自己人，他了解黄文弼先生开创的学术传统。此外，北京大学俞伟超先生、严文明先生也鼓励西北大学考古专业走出去。丝绸之路考古的种子不但被催生了，而且得到了肯定和勉励。

最终，在多次讨论之后，王建新带领考古教研室的老师们为考古学科的发展制定了十六字方针："立足长安，面向西域；周秦汉唐，丝绸之路"。丝绸之路考古再次成为西北大学考古学研究的方向之一，王建新将其称为"重启丝绸之路考古研究"，并把切入点放在了大月氏研究上，计划沿着大月氏迁徙的足迹，先国内后国外，实现西北大学考古学科走出去的梦想。

20世纪90年代后期，王建新已经年逾不惑，当年意气风发的青年才俊，已经成长为成熟稳重的学术骨干了。他的注意力和研究方向彻底转向大月氏问题，以前从事的领域和方向的工作逐渐进入整理、总结和收尾阶段，这对他来说无疑是忍痛割爱，而且这个选择意味着重起炉灶从零开始，风险不可谓不大，如果失败，他个人的学术前途将废毁殆尽。走出舒适，勇担重任，这就是一条棘荆之途。

机缘一直不巧，人员、经费和物资保障需要筹备和等待，最难的是时间无法统筹和计划——大家总是冗务缠身，总是琐事繁忙。在等待机会的同时，王建新还参与了三峡抢救性考古发掘。

1999年11月26日至12月1日，千禧年来临之前，中国考古学会第十次年会在四川成都召开，考古界大咖云集。这次年会的中心议题是"西南地区和三峡地区的考古学问题"，但在会议闭幕式上王建新主动发言，话题却是关于中国考古学走出去的。

他讲了两个方面，"一是到上个世纪末为止，中国考古学界整体没有走出国门。虽然80年代有出国留学的人员，但即使到了国外，研究的课题还是中国考古，很少有人做外国考古。对中国考古学这个大国学科来说，我们除了中国考古之外，在其他领域几乎没有发言权。我们的近邻日本有埃及考古学家、西亚考古学家，也有研究非洲、中亚、美洲的学者，但是我们没有，这个状况不符合中国考古学科的大国地位。

"二是从文明研究的角度来说，文明探源工程已经开始，很多人都在关注中国文明、研究中国文明的起源和形成过程，但是如果对世界其他国家和地区的文明，特别是对我们周边国家和地区的文明不了解，而且也不了解中国文明在形成和发展过程中与这些文明的互动关系，怎么可能更好地认识我们自己？中国文明的特色、特征只有在比较中才能认清，关起门来研究中国文明就是自说自话，是不可能弄清楚的，因此对研究中国文明本身来讲，必须走出去。从学术研究、文明研究，特别是学科建设的角度来说，中国考古也必须走出去，不能再等了。"

后来，王建新写了一篇文章《呼唤世界考古学中的中国考古学》，在当时的历史环境下，他的这些想法对于大多数考古学者而言，无疑是大胆超前，甚至异想天开的。

在成都回西安的路上，王建新下定决心，不能再等了，机缘得自己去创造。

踏上寻找大月氏之路

河西走廊

2000年，人类步入新千年，同时也跨入了21世纪。

英国著名历史学家、哲学家汤因比，因登峰造极的学术成就和名冠世界的学术声誉，成为那个时代学术界的象征和符号。1972年，他曾这样预言：拯救21世纪人类社会的只有中国的儒家思想和大乘佛法，所以21世纪是中国的世纪。他还说：如果有来生，我愿在中国。

19世纪、20世纪之交的中国一败再败，几乎让人绝望。好在中华民族的精神与文化并未泯灭，救亡复兴的能量依然深厚而强大。倥偬之间，又一个百年，又一个轮回。这次，中国用自信、喜悦和期待迎接着即将到来的21世纪，并将此视为新纪元、新征程的开始。

这年暑假，王建新团队正式踏上寻找大月氏之路，对他们而言，这确实是一个新的开端。踏出这一步，他们开创了两个第一：国内第一次以考古手段寻找大月氏文化遗存；西北大学考古学科第一次系统开展游牧文化研究。

寻找大月氏当然要锁定河西走廊西端，因为《史记·大宛列传》记载，月氏最初行牧于“敦煌、祁连间”，锚定的研究对象则是墓葬，因为游牧人群逐水草而生，居无定所，能够留下的遗迹不过墓葬而已。

2000年是敦煌藏经洞发现100周年。7月29日，“敦煌学国际学术讨论会”在敦煌莫高窟召开。会议开幕之前，王建新与自己的老朋友——日本茨城大学教授茂木雅博相约，花了一周时间仔细参观了敦煌莫高窟。茂木雅博是位非常友好的日本考古学家，他在西北大学设有奖学金，后来还将自己的一部分藏书捐给了西北大学文博学院。8月3日会议结束后，王建新又和茂木雅博从敦煌前往兰州沿路考察丝绸之路河西走廊段。

结伴而行的还有茂木雅博的中国留学生孙晓岗，以及一名日本女研究生。奇缘邂逅，好像天意注定，四个人都属蛇，茂木雅博比王建新大一轮，王建新比孙晓岗大一轮，孙晓岗又比那位日本女学生大一轮。这迅速拉近了大家的关系，四个人都十分珍惜这样的缘分，这趟旅行从一开始就充满愉悦和趣味。相同的专业领域，相同的学术志趣，让他们有聊不完的话题，每当有人贡献新的观点和新的史料时，车里就充满了兴奋和激动。河西走廊燥热的夏天，烘热了四处飞扬的灰尘，晒蔫了杨树和庄稼，却没有让这一车人感到丝毫的旅途劳顿和夏日困乏。

他们从敦煌到玉门，过嘉峪关、酒泉，再到张掖、山丹、武威，最后抵达兰州，沿路参观和考察了几乎所有的博物馆和重要遗址。而王建新更关心的是河西走廊上公元前后的文化遗存，还有这里的山川河流等自然环境。

河西走廊，因位于黄河之西而得名，这个与丝绸之路紧密相连的名称，虽然是一个地理学名词，却蕴含着厚重的历史文化意义。

从兰州向西钻出重峦叠嶂的乌鞘岭抵达古浪县，眼前豁然开朗，一片平川延伸至视野的尽头。南边是嵯峨的祁连山，铅云、雪峰以及黛色的山峦，阴冷阴沉。北边是一溜土墙般的山带，往西到张掖以北，被称为龙首山，龙首山以西是合黎山，合黎山以西是马鬃山。这条山带将北边的腾格里沙漠和巴丹吉林沙漠阻隔在外，被风沙侵蚀成了亘古荒凉的残垣断壁。祁连山与北部山带之间的平川就是河西走廊，走廊的西口与塔里木盆地相接，而东边尽头正是乌鞘岭。

河西走廊大部分地区的年降雨量在200毫米以下，属于干旱半干旱区，滋养她的是祁连山上丰富的冰雪融水。河西走廊自东往西依次排列着四大内陆河水系：石羊河水系、黑河水系、疏勒河水系和党河水系。清澈甘洌的河水冲出祁连山的各个山涧，在扇形的冲积平原和洪积平原上浇灌出肥沃的武威绿洲、张掖绿洲、玉门绿洲和敦煌绿洲，又义无反顾地奔向荒漠深处，在不断跋涉中耗尽自己，荒漠戈壁中最远的一抹绿色就是她们最终香消玉殒的地方。

对于西北地区，许多人有一个刻板的认知，以为这里的干旱是绝对的干旱。其实不然，西北地区海拔较高的山地，比如祁连山、阿尔泰山、天山、帕米尔高原各山，降雨量并不少。来自太平洋、印度洋和大西洋的水汽或多或少都能到达这里并积聚成厚厚的积雨云。这些积雨云的裙裾拂过高耸的山岭和起起伏伏的峰峦，降下甘霖般的雨雪，滋养着雪山、草甸、松林和牧场。其中，祁连山的年降雨量可达277毫米至600毫米，迎风坡的降雨量不低于400毫米。就连位于巴丹吉林沙漠和腾格里沙漠分界线上的阿拉腾山和雅布赖山，夏季降雨也可以在山间的沙土地上润绿成片的草场，在山坡的岩缝里唤醒榆树的碧绿。所以西北地区的环境，是不同于东部大平原农业文化形态的另外一番景象，那就是以山地为中心，以山地水系为纽带，以山间牧场和山前绿洲为生存空间的生态和文化风貌。

所有从中亚通往长安的道路，无论是沿着昆仑山北麓而来，还是沿天山南麓而来，或者是沿天山北麓准噶尔盆地南缘而来，最终都要汇聚到河西走廊。河西走廊几乎成了丝绸之路的代名词。

这条路是商业贸易之路。丝绸是重要商品，但商品绝不仅限于丝绸。产自阿富汗的青金石，产自昆仑山的玉石，产自印度的象牙制品，产自阿拉伯和伊朗的香料，产自罗马的玻璃制品，产自中国的丝绸、布匹、瓷器、铜镜、漆器、铁制品，在这条线路上大规模交易，巨额的财富和税收，让周边所有的统治者都垂涎三尺。

这条路是文化交流之路。琐罗亚斯德教、佛教、景教，以及佛教造像艺术、西域乐器通过它传入中原，而中原的佛学思想、儒道思想、礼教政制，以及工笔画也传播至西域。正如印度板块和欧亚板块碰撞之后才能隆起喜马拉雅山一样，多元文化的交流和碰撞更有利于思想文化的孕育和创新。

这条路是技术交流之路。新的农作物经此传入中国——小麦就是通过这条路传入的，河西走廊、黄河上游和关中平原成为我国最早种植小麦的地区。相比于粟米，小麦产量更高、热量更大，可以供养的人口更多，而人口是征战的基础，周、秦、汉、唐统一中国，都以渭河关中平原为根据地。西汉时，苜蓿、石榴、胡萝卜传入中国。苜蓿之于战马，就像油料之于坦克，这种平常的草本植物推动了我国军事实力的极大进步。冶铜、冶铁技术，战车技术也由此线路传入中国。中国人将这些技术消化吸收之后，根据自己生活生产的需要，不断对其进行改进和创新，然后又反哺至西域。此外，缫丝、冶铁、灌溉、造纸、印刷等等技术也通过这条通道传播至亚洲其他地区以及欧非各大洲。

然而在古代，河西走廊成就的并非自己，而是千里之外的长安城。

许多人至今还认为，长安被选作周、秦、汉、唐的都城，主要原因在于四关守长安的军事价值。其实这并非唯一的因素，甚至可以说是最不重要的因素。

从人文地理学的角度看，中国有两条重要的区域分界线。一条是南北分界线，即秦岭、淮河一线。另一条是东西分界线，即胡焕庸线，也就是阴山、贺兰山、横断山一线。这两条线不仅仅是气候分界线，也是地貌、水文、降雨、植被、生态、人口的分界线，更为重要的是，它们还是不同生活方式和文化行为的人文分界线。而这两条线的交叉之处，恰恰就在长安城所在的关中盆地的西边，古代称之为关陇地区。长安处于北方的最南边、东方的最西边，从文化角度来讲，这是一个东西南北文化汇聚之地。统治和驾驭的前提是理解和包容，理解指的是生活理解和文化理解，包容指的是习俗包容和价值包容。长安，长治久安的基础就是有容乃大，有开必先。

这还不算什么，长安的地位更有丝绸之路的加持。因为丝绸之路，长安成为中国的财富中心。因为丝绸之路，长安成为中国的技术创新中心。因为丝绸之路，长安成为中国的文化中心和学术中心。周、秦、汉、唐，长安城的思想观念、知识技术、文化艺术、生活方式一直引领全国。

成也丝绸之路，败也丝绸之路。

唐代中期以前，航海技术有限，远洋海运并不普遍，欧亚大陆的交通往来以陆上丝绸之路为主，这个时期，长安城繁华阅尽。唐朝后期，造船技术和航海技术的进步使海运逐渐兴起。到了宋代，长江以南地区的开发和海运的发展并步前行，司南的发明和季风规律的发现，让远洋航行成为可能。速度快、载重大、关税少、成本低的优势让海运贸易异军突起，以海洋线路为主要通道的东西方经济、技术、文化交流跃为主体，陆上丝绸之路迅速走向衰落。全国商贸中心、文化与技术的交流创新中心逐渐东移南移，东南沿海城市迅速崛起，长安城从此没落，不复往昔。

说回当年，河西走廊在丝绸之路上的重要地位，使它成为各方争夺的焦点。

中原政权最早并未控制河西走廊。秦代疆域最西到乌鞘岭以东的洮河流域，那里置有陇西郡。那时候，河西走廊被月氏控制。西汉初年，匈奴冒顿单于、老上单于几次击败月氏，夺取了河西走廊的控制权。

大汉帝国经过“文景之治”之后国力强盛，人口从汉初的1300多万增加到3600余万。鼓励民间养马的“马复令”颁布之后，汉朝的战马数量迅速增加。雄厚的赋税收入和义务兵役制的推行，让大汉帝国有能力供养一支训练有素的常备军。冶铁技术不断被改进，经过反复锻打的“百炼钢”出产，钢铁冶炼技术应用到兵器生产之中，汉朝的军队普遍装备了钢制环首刀和钢制戟戈。大汉已经在各方面全面超越匈奴：匈奴几乎没有常备军，除少数近卫军外，他们大多数人是战时为兵、闲时放牧的牧民。精于骑射的他们，单兵战斗力确实很强，但整体战术素养却无法和汉军相比。匈奴的武器装备仍然停留在青铜时代，以铜锤、铜斧、铜刀、铜戈为主，比汉朝的兵器落后了一个代级。战端未起，胜负已决。

汉武帝元朔二年（公元前127年），汉朝大将卫青北出云中，夺取了河套地区，汉朝在此设置朔方郡。而一年前，逃亡中亚的大月氏已经占领了大夏巴克特里亚的国土。

汉武帝元狩二年（公元前121年），霍去病出陇西，歼灭浑邪王的部队，夺获河西走廊。匈奴哀号：“亡我祁连山，使我六畜不繁息；失我焉支山，使我妇女无颜色。”匈奴浑邪王和休屠王投降汉朝，大汉帝国在河西走廊设置武威、张掖、酒泉、敦煌等四郡。

汉武帝元狩四年（公元前119年），霍去病率军北进2000余里，与匈奴左

◆ 西汉与匈奴河西之战示意图

贤王部大战，歼敌70000人，一直将其追杀至狼居胥山（今蒙古国肯特山），并在此举行了祭天封礼，然后扫荡到瀚海（今俄罗斯贝加尔湖）才班师。此战之后，匈奴一蹶不振。

经过汉武帝、汉昭帝两代人对匈奴的征战，到汉宣帝刘询时，大汉已逐渐控制了天山南北各个绿洲。公元前60年，大汉在乌垒城（今新疆轮台）设立西域都护府，任命郑吉担任第一任西域都护，完全控制了丝绸之路东方段。

沿河西走廊一路而来，当年大汉和匈奴之间的烽火狼烟早已消散。无边的大漠，奔流不息的河水，绿洲上的泥舍炊烟和饮食男女，并没有记住那些立马横槊、万里封侯的英雄们，关于他们的往事，只剩下一些零零碎碎的传说，像烟尘一样时有时无地盘旋在沙漠戈壁之上。

王建新发现，河西走廊上的文化遗址大多是汉代以后的城堡、墓葬和石窟遗址，也有一些是新石器时代晚期和青铜时代的，例如山丹的四坝滩遗址和武威的皇娘娘台遗址，让人印象深刻。但一路下来，他并没发现战国至秦汉时期的游牧文化遗存，这多少有点让人失望。

8月9日黄昏，一行四人到达兰州，甘肃文物考古研究所的赵雪野已经等候多时。高大魁梧的赵雪野是西北大学考古专业1982级学生，他和他们班的同学是王建新参加工作后所带的第一届学生，王建新是他们的班主任。因为有远道而来的客人，有多年未见的老师，晚宴丰盛，气氛热烈。兰州的风味美食，河西走廊的美酒，白塔山上的灯火和黄河粼粼的波光，让大家伙儿意兴盎然，醉意微醺。

安顿好其他客人，兴致不减的赵雪野和王建新聊起了往事和现在的工作。谈到大月氏遗存时，赵雪野说道："可能会有，敦煌县和安西县'二普'的时候发现，有疑似乌孙墓葬存在。"

乌孙，另一个与月氏关系密切的西北游牧人群。《汉书·张骞传》中记载，乌孙"本与大月氏俱在祁连、敦煌间"，乌孙王的牙帐可能就在敦煌境内的党河下游一带。公元前177年前后，月氏攻击乌孙，杀乌孙王难兜靡，乌孙族人带着襁褓中的王子猎骄靡逃奔匈奴冒顿单于，从此两代人的恩怨埋在了乌孙和月氏之间。

月氏与乌孙在时间和空间上的交集落在了敦煌。敦煌既然可能存在乌孙墓，那也极可能存在月氏遗存，这个机会岂能放过？王建新决定重返敦煌。

西土沟和潘家庄

8月10日，送别了老朋友茂木雅博之后，王建新打电话给考古教研室年轻教师刘瑞俊，让他带上工具和设备从西安来兰州与自己会合。刘瑞俊是1985级学生，比赵雪野晚三级，本科毕业后回家乡参加工作，之后回校攻读硕士研究生，毕业后留在了考古教研室。这个内蒙古锡林郭勒的英俊帅气的小伙子，一直痴迷于民族学和民族史的研究。

等人的这几天，王建新仔细翻阅了甘肃省酒泉地区的"二普"资料。中华人民共和国成立后，中央高度重视国家历史文化遗产保护，先后开展了三次全国性文物普查工作。第一次在1956年，普查规模小，也很不专业，所以没留下多少统计数据和资料。第二次在1981年至1985年，这一次成果丰硕，留存的数据和资料比较丰富。第三次在2007年至2011年，这次普查运用了信息网络、数字成像、GPS卫星定位等现代科技手段，资料更加完备、翔实和细致。王建新阅读的“二普”资料，就是全国第二次文物普查的数据和档案。

两天之后，王建新、刘瑞俊、赵雪野三人从兰州到达敦煌。从何入手呢？他们讨论了一下，决定采取“调查为主发掘为辅，先调查后发掘”的工作方法。

野外调查必须有交通保障，车辆必不可少。他们四处联系，但敦煌街头的司机们听说他们要搞野外调查，纷纷摇头——跑野外非常辛苦，敦煌的野外不是戈壁就是沙漠，对人对车都是折磨。还有个司机高声强调，搞考古就要去莫高窟，那才是正经地方。但王建新他们所要考察的大月氏文化遗存，年代在春秋战国至西汉初期，而莫高窟在南北朝时期才开始兴建，那已经是500年以后的事情了。

终于有一位师傅愿意接下这单活。他的车辆是有些年头的大切诺基，外漆面跟师傅的衣服一样灰暗而斑驳。从车盖的缝隙看进去，可以瞅见几条用黑颜色胶布缠接在一起的电线，车灯忽明忽暗，正是电流在不同颜色的线路之间艰难的脉冲。拉开车门，扑面而来的是陈旧的汗液和烟草的混合味道，座椅的面料和原色已经无法看清，臀状轮廓的磨痕证明这辆车“阅历”丰富。看车况，估计现在很难有游客愿意光顾它了。还好，车子能正常发动，踩一下油门，车身就猛地向前一蹿。刘瑞俊称赞它，“大”而“切”，简称“大切”。

我国的地形从西往东，由高到低分为三个阶梯。祁连山是第一阶梯青藏高原和第二阶梯内蒙古高原的分界线，山脉的走向像一张拉满的弓，疏勒河正好在弓背顶部，而祁连山从这里被分为两部分，东边是西北—东南走向，西边是东北—西南走向。

河西走廊西端就位于疏勒河以西，站在敦煌城头眺望，祁连山在城的东南方向。祁连山山地和山前浅山地带隶属阿克塞哈萨克族自治县和肃北蒙古族自治县。阿克塞在历史上并非哈萨克族的牧场。20世纪初，新疆阿尔泰地区和东天山巴里坤地区的哈萨克牧民陆陆续续南下，将这里作为转场的目的地。20世纪30年代开始，一部分牧民不再返回新疆，居留此处放牧。1954年，国家设立阿克塞哈萨克族自治区，后改为阿克塞哈萨克族自治县。肃北蒙古族自治县被玉门瓜州一线的河西走廊分割为互不接壤的南北两部，南部位于敦煌东南的祁连山里，北部的那块飞地靠近中蒙边境，叫北山，也叫马鬃山。马鬃山是阿尔泰山、东天山和蒙古高原延伸至祁连山和青藏高原的桥头堡，从古至今都是西北山地游牧人群转场的重要通道。肃北的蒙古族游牧此处的时间也比较晚：在南部祁连山地游牧的是蒙古和硕特部，他们在明朝灭亡前受到准噶尔部的挤压，从北疆迁徙而来；而北部马鬃山地区的蒙古族是清朝乾隆年间从伏尔加河流域东归的蒙古土尔扈特部。

祁连山海拔较高，气候阴晴不定，变化多端，就像牧场上脾气很坏的儿马，四处乱窜，还喜欢尥蹶子。八月份的天气，前一刻是灼人脸庞的烈日，下一刻就是变成了利剑般的暴雨，切换得绝情而残虐。恶劣的自然环境让这里能够供养的人数极为有限：阿克塞哈萨克族自治县的人口只有万余，其中，哈萨克族人数最多，也不到4000人，而肃北蒙古族自治县的人口也不过1.5万左右。这是一个人迹罕至的地方，除了偶尔能看见路边的玛尼堆或者敖包之外，便再难看到人造之物了。

驶出祁连山，眼前便是无边无际的戈壁荒漠，气温骤然升高，“大切”开始吭吭哧哧地喘气，好像一位老人，每前行一步都要用上最后一丝气力。没有空调的车厢就是一个烤炉，每个人流出的都已经不是汗而是油了。“敦煌、祁连间”，按照现在的地理空间概念和汉字的字面意思来解读，所指的便是眼前的这片戈壁沙漠和后面的祁连山浅山地带，最多再算上气候恶劣的祁连山深处。

“这里真的存在过一个曾经强大到控制了丝绸之路，并让匈奴质押太子的月氏部族吗？”王建新疑惑了。月氏西迁之后尚有“控弦之士一二十万”，按每人皆为五口之家测算，人口少说也有五十万之众，就算秦汉时期敦煌的气候比现在温暖湿润，如此狭小的地理空间也不可能容下拥有这么多人口的游牧部族啊！

敦煌城坐落在党河下游的绿洲上，这个绿洲比疏勒河下游的玉门绿洲和瓜州绿洲小了很多，但因为丝绸之路，敦煌一直如同它的名字一样繁荣辉煌。

回到敦煌，休息片刻，王建新三人上街散步。突然，身后有人喊了一声，

◆ 哈萨克族在阿尔泰山和青藏高原草场之间转场的路线

“王老师！”

王建新回首一看，是刚刚擦肩而过的那群人中一位30岁左右，浓眉大眼、周正俊朗的维吾尔族小伙子。

看他回过头来答应，小伙子一步冲到他跟前，拉起他的手说道：“王老师，真的是您啊，我是您的学生，考古专业1989级的牙合甫·排都拉，没想到在这里碰到您，太激动了！”

牙合甫·排都拉毕业之后回到新疆哈密地区文物管理所工作，这个时候，不到30岁的他已经担任地区文管所的副所长了——西北大学考古专业培养的学生绝大多数都扎根在西北地区，战斗在祖国西部历史文化遗产保护事业的最前沿，甘于清贫，奉献一生，就像赵雪野和牙合甫·排都拉那样。

牙合甫·排都拉这几天正好在敦煌参加一个培训，他和王建新将近10年未见了，容颜已改，不敢贸然相认，但师生之情又岂能错过？牙合甫·排都拉看着那位沉稳坚毅的中年人，始终觉得像自己的王老师，所以错过身之后试着大喊了一声。

知道王老师现在做的工作之后，牙合甫·排都拉极力邀请王建新到新疆去调查，因为大月氏西迁是沿着天山西去的："您一定要来看看，有几个地方值得您关注。"

"好！这算是咱们之间的约定，过不了多久，我就会去的！"王建新答应道。人世间许多事情好像是冥冥之中注定的，谁能想到这次邂逅将会为王建新后来的考古工作带来重大机遇呢？

与牙合甫·排都拉分别之后，考古队继续在敦煌开展田野调查工作。

第二天，王建新、刘俊瑞和赵雪野，还有敦煌博物馆的工作人员一同前往距敦煌城南70公里左右的南湖林场西土沟调查，据说那里的戈壁滩上有一个乌孙墓葬群。

"大切"行进在戈壁滩上，一路战栗，一路喘息，像一位虚弱的病人。大家担心的事情最终还是发生了："大切"口吐白气，累瘫在半路上，变"弱鸡（诺基）"了。烈日之下，戈壁滩上嶙峋的石头，保持着被"焚毁"前的"表情"和姿势，狰狞而凄厉，而石头的生命力和活力已经被炼炙一空，只剩下死透了的没有任何光彩的硬质焦壳。

茫茫戈壁，铜钱大的阴凉地都没有。几个人一下车，就感觉元气都要被蒸腾而去了。司机打开那个本来就合不严实的机顶盖，捣鼓半天，最后束手无策地看着王建新。王建新挥了挥手说："推吧。"

滚烫的汗水流过滚烫的脸颊，五个人推着滚烫的切诺基，行进在滚烫的戈壁上，十几公里的路程让人感觉走了几个世纪。好不容易到达南湖林场，司机找人修车，王建新他们休整一番，便向南湖林场东南方向的西土沟畔进发。

西土沟是一条宽约100米深约10米的河水冲蚀沟谷，沟底宽七八米，有一股不大的水流浸润着干涸的沙地。水流两侧植被茂盛，距离水流越远地势越高，植被也逐渐稀疏，从水草、芦苇过渡为柽柳、骆驼刺，河沟两岸之上则是沙丘和沙砾。从茂盛到荒芜，从生机到死绝，不过几步之遥。

西土沟为西北—东南走向，沟的东面是古阳关遗址，西边就是一座大型墓葬群。看了一眼墓葬的规模和地面封土，以及个别塌陷墓葬所暴露出的墓道墓室的轮廓，还有零零碎碎散落在地表上的空心砖残片，王建新就失望了："这是一个典型的汉魏墓葬群，可能与古代阳关的驻军和居民有关，这不是游牧民族的墓葬。"

调查队扩大考察范围，结果有了新的发现。从汉魏墓葬群向北5公里，有大量陶器碎片散落地表，比较集中的有7处，而且还有一组呈椭圆形丘状的砾石堆积遗迹。王建新他们根据陶片初步分析，这里应该具有较大的考古发掘价值。他们商议之后将此遗址命名为"西土沟遗址"，并筹划两家联合申请考古发掘执照，待手续齐全之后就动工。采集好器物标本后，王建新他们结束了在敦煌的工作，下一站是敦煌以北的安西县。

安西县位于疏勒河下游绿洲上，2006年改名为瓜州县。

2000年的时候，这里还没有修通高速公路，敦煌到安西是100多公里的柏油石子路。王建新他们跟安西博物馆的同志约好，下午5点出发，大概7点到达。在河西走廊西端的夏季，这个时间点太阳依然晒着，溽热也未散尽。

然而虚弱无比的"大切"一路走走停停，最后又猛咳两声熄火了。司机师傅想尽办法，又敲又拍、又打又拽，但这些曾经唤醒过"大切"的秘招，这次一概失效。拧钥匙打火，"大切"也只是僵涩地哼哼，然后再无动静。时间很快到了晚上，戈壁滩上凉意渐起。无奈之下，王建新只能电话联系安西博物馆的同志，请他们安排车辆过来接人拖车，最后抵达安西时，已经是凌晨时分了。

王建新带着调查队在安西县跑了几天，最后考察了两个地方。一处是祁连山山前地带，安西和敦煌两地的一块界碑附近，那里分布着一些貌似墓丘的石头堆积物，"二普"资料记载，这是一组乌孙墓。但经过仔细查看和踏勘，王建新他们并未发现人工扰动的痕迹和人工制品遗物，这是山石崩落后自然形成的地貌形态。

第二处就是潘家庄遗址。在安西县城向东70余公里，疏勒河南侧布隆吉乡潘家庄村西南约3公里处的野麻沟的一片荒漠草甸里，2000年3月，村民挖沙时刨出了一些陶器，安西县博物馆的工作人员由此确认了遗址的位置。王建新、赵雪野和安西博物馆的同志商议，几家单位联合申请考古发掘执照，合作发掘潘家庄遗址。

暑假很快就结束了，2000年的考古调查画上了句号。

◆ 河西走廊西部

2001年四五月份，王建新四处筹款购买了一辆越野皮卡——去年那辆大切诺基给了他太多教训。这年6月，甘肃安西潘家庄遗址、敦煌西土沟遗址的考古发掘执照批复了。王建新向国家文物局发出请求，让他们把执照直接寄往安西县博物馆，不要寄到西北大学——他已经等不及了。随后，王建新、刘瑞俊、研究生丁岩，以及技师陈新儒和陈小军5人驾着新车从西安一路奔向甘肃安西县。

两天后，他们抵达安西县，此时，考古发掘执照还在路上。王建新想起了牙合甫·排都拉的邀请，便带着刘瑞俊、丁岩向哈密而去。

他们参观了哈密博物馆和伊吾县的几个遗址。抵达巴里坤岳公台遗址的时候，王建新被这片散发着神秘气息的遗址群深深震撼了。这里是一个古代聚落遗址，成片的石围子和石台石柱等遗迹散落在莽苍的草原之中，古老却并不败落，苍凉却并不颓废。碧空白云，这里好像还有故事正在发生。野风吹过，耳畔仿佛还有人声鼎沸。

就是在岳公台那个微风吹皱整片草场的午后，王建新发现游牧人群墓葬遗址附近，往往存在聚落遗址。他突然意识到，对于游牧人群文化遗存的研究，不能只关注墓葬，还应该关注聚落。但在此之前，考古界一直顽固地认为游牧人群没有定居场所，研究游牧人群文化遗存，所关注的核心是墓葬，对于游牧聚落，甚至是已经发现的游牧聚落都视而不见。比如苏联学者在伊犁河流域做塞人、乌孙研究的时候，在考古报告中提到发现了塞人的冬季聚落，但他们解释说，有居住遗址的这些人属于半游牧人群，不算纯粹的游牧人群。而王建新发现，聚落遗址不仅仅是农业定居人群有，游牧人群也有。世界上没有所谓的半游牧，也没有所谓的纯游牧，游牧人群的定居现象是普遍存在的。因此游牧人群的聚落应该纳入考古研究体系内，他将这称为“游牧聚落考古”。这一观点的提出，几乎颠覆了长久以来考古界游牧文化遗存研究的观念和理论。

王建新后来讲到，还是在巴里坤岳公台的那个午后，他思量，墓葬遗址不远处存在游牧聚落，那会不会也有岩画存在呢？因为岩画也是游牧人群非常重要的甚至是特有的文化现象。结果不出所料，岩画就在半山腰的岩壁上。他从而总结出，墓葬、聚落、岩画“三位一体”的存在方式是游牧人群文化遗存最显著的特征，只要找见其中一个，就会在附近找见其他两个。

这次没有刻意安排的考察却收获良多，这让王建新整个夏天都处于兴奋之中。

2001年7月初，西北大学考古专业、甘肃省文物考古研究所和安西博物馆联合组建的考古队开始发掘潘家庄遗址。

考古队用洛阳铲钻取土样进行分析，发现此处共有四层遗址文化层和自然层堆积。从上至下，第一层为浅黄色粉砂土，里面含有草本植物的根茎和植物腐殖质，明显是自然层堆积。第二层为黄色黏质粉砂土，含有少量植物根系和灰陶器及绳纹瓦残片，明显为人类活动留下的痕迹。这个发掘点附近1公里左右，曾发现一座汉代小型城遗址和一座汉代砖室墓，安西博物馆对这些遗址进行过清理，对照两边的土层和出土物，考古队判断潘家庄发掘点第二层土样属于汉代堆积。

当第三层的土样取出来的时候，发掘现场的平静被打破了——第三层为黄色砂土，里面含有小石块和破碎陶片，是人类活动的遗留物。按照常识，这个堆积层的年代应该比第二层要早，也就是说，第三层堆积早于汉代。难道这就是月氏或者乌孙留下的文化遗存？考古队异常兴奋。

取出来的第四层土样为黄色黏质粉砂土，未发现人工制品遗物，而该层以下已无文化堆积，因而，考古队判断，从该层开始的下部地层均属于自然堆积。

炎热已经无关紧要，这帮人的干劲比戈壁滩上的灼热还要滚烫。大家加快速度清理地表，确定了要发掘的大致范围，然后开始布置探方。

考古队一共开掘了4条探沟，不久就清理出了3座圆角长方形竖穴土坑墓，它们基本上都是仰身直肢单人葬。三座墓葬出土随葬品43件，其中陶器10件、石器5件、骨珠饰28枚。

看了看双耳黑彩泥质红陶罐、石刀、石镞和骨饰品，王建新当场确认，这是一个以猎耕文化为主的史前定居文化遗存，并非月氏或者乌孙的墓葬。这些彩陶、石器与青海省民和县马厂塬遗址出土的彩陶和石器相似，应该属于“马厂文化”类型，而“马厂文化”是黄河上游地区马家窑文化晚期类型之一，属于新石器晚期青铜时代前夜的文化遗存，时间大概在公元前2500年至公元前2000年，这比大月氏出现在西北地区早了1000年以上。

王建新有点失望。但是，马家窑文化是中原仰韶文化庙底沟类型在甘青地区的继承和发展，潘家庄遗址的考古资料印证了华夏文明的曙光很早就照耀至河西走廊西段并远达新疆的事实，这给那些中华文明外来说者敲了敲黑板，也算失之东隅收之桑榆了。

2001年8月初，王建新、刘瑞俊、赵雪野带队再次抵达敦煌西土沟。工作人员分为两组，一组对石结构遗迹进行试掘，另一组对西土沟西岸进行大范围考察，在步行来回4个小时的范围内进行拉网式勘察。勘察组有5人，每两人间隔100米，一字排开，划出一个宽幅达500米的勘察范围，像梳子一样把戈壁滩仔细梳理了一遍。烈日下的5个人，戴着遮阳帽，背着水壶，手持木棍或者铁铲在苍凉的戈壁大漠上，如同5位仗剑天涯的游侠。

考古队在石结构遗迹群东南沿西土沟西岸的4处地点采集了陶片等标本。石结构遗迹共有10座，考古队只发掘了其中一座，采用的是二分之一解剖发掘法。这座石结构遗迹有石块砌成的地面和外圈墙体，明显是人为筑造之物，但因为没有发现其他人工制品，所以年代和属性无法确定。

而在西土沟遗址上收集的彩陶片，经分析鉴定，跟安西潘家庄的彩陶一样，属于新时代晚期的“马厂文化”类型。可以肯定，西土沟遗址也并非月氏或者乌孙的文化遗存。

那么，月氏文化遗存到底在哪里呢？河西走廊西部潘家庄遗址和西土沟遗址的发掘，不但没有找到答案，反倒让这个疑问和谜团更为深重。

大黑沟车祸

巴里坤岳公台遗址几乎占据了王建新所有的注意力，他不停地思考游牧聚落文化遗存和墓葬、聚落、岩画“三位一体”的分布规律。他的思考很快在马鬃山考古调查中得到了验证。

在发掘潘家庄遗址的间隙，王建新他们考察了马鬃山。

马鬃山区有3万多平方千米，辖属于肃北蒙古族自治县的一个镇。“马鬃山区过去没有发现遗址，只发现过岩画，‘二普’记载的只有岩画点没有遗址。但是我们这次考察在所有的岩画点附近都发现了遗址，说明岩画点附近存在遗址是一个普遍规律。发现遗址后撰写调查报告要记录遗址的名称，但很多遗址所在地没有地名，因为人烟稀少，总共就1000多名分散的牧民，镇子里人口集中，也不过几百人而已，地理命名在这里几乎没有现实意义。带我们调查的蒙古族向导告诉我们，遗址旁边有某家牧民的冬窝子，我们就以某某牧民家冬窝子东西南北多少米为坐标来记录遗址。第一个遗址这样，第二个还是这样，我们所发现的遗址都在牧民的冬窝子附近。近现代牧民冬窝子附近发现的遗址应该是古代冬窝子，因为冬窝子需要的生活条件和资源都一样，说明游牧民族不仅仅有墓葬遗址还有聚落遗址，这种规律很清楚，聚落遗址不是偶然出现的，岩画和遗址的关系也不是偶然存在的。”

2001年8月，河西走廊西端的考古发掘工作虽然没有达到预期的目的，但随着考古调查范围的扩大，王建新对于游牧文化的认识和思考也在不断加深，在理论和方法上逐渐有了自己的心得。总体来说，王建新这一年“发掘无收获，理论有突破”，感觉进入了另一个视域和洞天。王建新觉得，这年夏天他“窥见天机了”，其实，所有的创新和灵机一动，都来自大量的知识储备、长期的实践和不懈的思考钻研。

8月底的一天下午，考古队在安西县城整理两个月以来开展考古调查和发掘工作所积累的资料和标本，安西县博物馆副馆长李春元过来聊天。这位方脸高个的西北汉子，性格和他的嗓音一样敞亮。李春元1985年在瓜州东千佛洞发现了国家一级文物“八仙拐杖”，是当地卓有声望的专家。他跟王建新说，肃北大黑沟发现过岩画，自己一直想去考察，但是一直没有机会。王建新正热衷于验证自己“三位一体”的游牧聚落考古理论，当即拍板：“明天就走呗。”

第二天一大早，王建新自己驾车和李春元、赵雪野前往大黑沟。刘瑞俊、陈新儒、陈小军和丁岩则留在宾馆整理资料、打包行李——这边的工作已经结束，考古队准备近两天就返回西安。

从安西县前往大黑沟大约有280公里路程，王建新他们到达那里时已经到了正午。吃过午饭，三人前往大黑沟查看了大部分岩画并拍照记录，直到天黑才下山。赵雪野留在当地，第二天一大早他要从这里坐火车回兰州。而王建新和李春元当天晚上就要赶回安西，因为考古队第二天就要返回西安，王建新不想耽误行程。

这是一趟疲惫之旅，副驾驶座上的李春元一上车就呼呼睡去，王建新只能想尽办法驱赶一天以来的劳顿和困乏。在意志与疲劳的拉锯战中，他用冷水浇头、放大音乐声来提醒和支撑意志力，但疲劳还是占据了上风，意志力像燃尽的豆灯一样逐渐暗淡，大脑慢慢变得木讷和钝滞，如同车灯劈不开的厚厚黑夜，沉重的睡意最终压垮了眼睑的坚持。

突然，王建新被李春元“撞上了！”的大喊声猛地激醒——不知什么时候，李春元已经醒了。这时，一辆载重车布满灰尘的后厢已近在眼前，王建新下意识地踩了下刹车，同时向左猛打方向盘。

当意识回转的时候，车已经停在道路左侧路基下的戈壁滩上了——车头向后，灯光前是阵阵烟尘和崚崚嶒嶒的石头，车的前挡风玻璃和右窗玻璃已经碎掉，看样子车子是冲下左边路基侧翻之后又弹了起来。两人惊魂未定，还好李春元并未受伤，王建新也没感觉到有什么异样。有位过路的司机过来问了问情况，见他俩没什么问题，便驾车离去了。

然而几分钟之后，王建新便感觉身躯右侧一阵锐痛，好像被一块巨石砸中了。恍惚间，他好像回到了30年前，那时他才18岁，刚刚中学毕业，在陕南的秦巴山里当学兵修建襄渝铁路，大锤落下时，虎口阵阵酸麻，打风枪时，脑袋里嘶鸣起尖利的疼。是的，就是那块石头，当年砸在腰上的那颗滚石，现在又砸在了他身上。

他又感觉到冷，出奇地冷，是25年前他参军当了铁道兵，在格尔木的冰天雪地里修建青藏铁路时的那种冷。那冷，是从手上的伤口里钻出来的，是大风裹雪在脸庞上割出来的，是牙关打架，是浑身筛糠，是无法控制的哆嗦。

李春元扶着他下了车，让他斜靠在路基的斜坡上。他看见了站在戈壁上喘息的汽车，这不正是自己从军队转业后，在西安化工机械厂当工人时开过的那辆小车吗?

印象中，李春元拦下一辆货车，让司机将他送往安西医院。一阵剧痛涌上来，等他再次醒来的时候，已经躺在医院的病床上了。这个病房似曾相识——上小学二年级的时候，因为吃不饱饭，营养不良的他得了黄疸型肝炎，那时他在病房里看书自学的样子至今仍然历历在目。恍惚之间，他又觉得这里不是病房，而是母亲任教的三十一中的那间仓库，那间把书和鸽子饲料一起堆放的仓库，他经常待在那里看书，孤独而快乐。

三天之后，意识和灵魂终于不再游走，医生告诉他，“断了8根肋骨，还有1根锁骨”，“车侧翻后你撞到挡位杆上了，还好命大，内脏没有受伤，这几天血压也正常”。

伤情稳定之后，刘瑞俊他们将王建新送往敦煌，乘飞机返回西安，住进了西安红会医院。

“还能跑野外不？”王建新最关心的是这个。

“这个年龄受了这么重的伤，情况不容乐观。”西安的医生说的是客观事实，王建新已经48岁了，这一年正好是他的本命年。

“当时觉得挺灰心的，觉得以后可能干不了考古、干不了田野了，等于事情刚开始干就挨了当头一棒。”多年以后，王建新说，当他听说有可能再也不能从事自己所钟爱的考古工作时，他内心充满了遗憾和不甘。

但他没有那么容易放弃，他的精神世界是在苦难中构筑和锤炼起来的。与新中国同龄的这代人，火热的时代赋予了他们强烈的使命感和责任感，在他们的价值理念里，艰苦奋斗就是人生的本来，献身国家和事业就是生命的意义，所有这些我们现在认为高尚而伟大的品格，于他们而言就是日常，就是生活。

所以，王建新担心再也不能从事他的事业，绝非作秀和造作，而是发自内心的惶恐和忧虑。

别人有一万个理由和借口放弃，王建新只需要一个理由来坚持，那就是“这件事情对国家有意义，我决定做它”。更何况，他现在迫切希望在寻找大月氏的过程中检验自己的新理论。

好在静养几个月之后，他慢慢康复了。2001年年底，他还去南京参加了全国考古工作会议。

“我觉得自己又活过来了。”

寻踪天山

细勘岳公台

大月氏文化遗存到底在哪里呢?

2002年，从车祸中康复的王建新，脑子里依然盘踞着这个悬而未决的问题。但现实的问题却来自亲人：爱人和儿子心疼他，也不放心他，极力劝他放弃野外考古工作，还动员了所有亲友轮番劝他。

49岁，已经快到知天命的年龄。这个年龄阶段的许多人，已经阅尽生命与生活的内容，知道一切不过如此，而且无论是身体还是事业都已攀上顶峰，从此不管向前向后还是向左向右都是走下坡路。人生所求或者得到或者未得，满足或者失望，结果皆已了然于心。所以这个阶段的许多人，常常会有一种虚无感和无意义感，假如境界仍然停留在“一切只为自己”，那就可能走向颓废与消沉，抑郁与怨怒。救赎自己的唯一道路就是开阔心胸，赋予生命更大的意义，把人生奉献给事业、给国家，这样才能提振精神，激发动力。

在养伤的几个月里，王建新想了很多，这是对自己前半生的回顾与总结，也是对后半生的筹划与希望，他清楚地知道自己需要什么、要做什么，这次“活过来”是一次满血复活——无论是从身体上还是精神上而言。所以对于亲人和朋友们的劝阻，他只是沉默。

相濡以沫几十年的爱人知道他的好奇心还跟孩童一样，也知道他的执着和倔强是用秦巴山里的大锤锻打出来的，因此最终只能叹口气，千言万语都化成了一句话："出门多加小心啊。"

6月，学校的教学工作一结束，王建新和刘瑞俊就前往甘肃酒泉。西北大学考古系的赵丛苍教授正在酒泉的西河滩遗址做西气东输工程的抢救性发掘，王建新他们先去西河滩工地看望了赵丛苍教授和实习的学生，然后准备前往安西取回去年车祸以后就一直停放在那里的皮卡车，筹备下一步的考察调研。

然而，王建新的胃病却在这时候犯了。上腹胀满，灼热之痛过后是刀割般的尖锐之疼，最后，这种痛扩散到整个腹部，让王建新疼得直冒汗珠，疼得无法入眠。这是长期的饮食不规律引起的，是胃对不被重视的抗议。当地卫生所的大夫判断，这可能是急性胃溃疡或者十二指肠溃疡，非常危险，一刻也不容耽误。无可奈何之下，王建新又返回西安住院治疗。

在医院将近一个月时间里，他始终陷在疑惑之中，汉代的"敦煌、祁连间"到底在哪里。从兰州到敦煌，他已经走过好几趟，两年来的调查和发掘，让他对河西走廊西端的环境和生态了如指掌，闭上眼睛脑子里都能浮现出那片如同烈焰焚烧过的戈壁。怎么看，那片区域都不是一个理想的生存之地和完整的文化空间。

而他也始终被巴里坤岳公台的那片遗址所深深吸引，东天山脚下的莽苍草原上，那些石堆遗存无论从规模还是建制上看，都让他觉得，那里应该是某个古代文化空间的中心地带。

这样，他逐渐形成了"大范围文化调查，小区域精准发掘"的工作思路——扩大调查的地域范围，也许可以从一个更大的文化背景还原曾经活动在这一空间的古人群的生活场景和生活方式。到出院的时候，王建新的视域已经延展到了整个天山山脉，他决定从巴里坤岳公台遗址开始调查。

7月中旬，王建新带着刘瑞俊、陈新儒、陈小军、丁岩，直接奔赴巴里坤。

刘瑞俊参加工作已经四五年了，对游牧民族历史文化的研究渐有心得，来自内蒙古的他熟悉游牧民族的生活方式，时常有一些让人耳目一新的观点给大家以启迪。丁岩是王建新2000年招收的硕士生，研究方向为西北古代游牧民族文化考古，2003年硕士毕业后进入陕西省考古研究院工作。2017年和2019年，他在哈萨克斯坦阿拉木图附近的伊塞克镇主持发掘拉哈特古城遗址。跟随老师的脚步，他也一直行进在丝绸之路考古的最前沿。陈新儒和陈小军是跟随王建新多年的技师。1984年，西北大学考古专业在发掘扶风案板遗址的时候，陈新儒就开始跟随王建新在考古工地上做专职技师，从那以后就一直伴随师生们四处奔走，算下来，这位扶风汉子进入这个行当已经快20年了，西北大学考古专业几乎所有重要的发掘现场都有他的身影。陈小军则晚几年进入这个团队，这位河南小伙子是个多面手，既会驾车又会烹饪，干起活来总有一股使不完的劲。

5个人住进了巴里坤县招待所，没想到却在这里遇到了一件令人啼笑皆非的事情。

这个招待所正在建设新楼，工人们为索要拖欠的工程款，激动之下，用电焊焊死了王建新他们所住旧楼的大门。王建新他们被封在楼里，吃饭都成了问题，遑论出野外搞调查了。

还好，西北大学考古专业1991级毕业生于建军正好在巴里坤县城东郊外3公里的花园乡做挂职副乡长。他每天从窗户递进来一些馕和西瓜，这样王建新他们才不至于挨饿。于建军比牙合甫・排都拉晚两级，也在哈密地区文物管理所工作。这个敦厚壮实的小伙子，浓密的卧蚕眉下有一双沉静的眼眸，跟老师王建新一样坚毅和执着。后来，哈密地区文管所升格成文物局，他和师兄牙合甫・排都拉搭班子，牙合甫・排都拉做局长，他做副局长。再后来，于建军调至新疆文物考古研究所工作，成为卓有建树的业务骨干，他主持发掘的新疆吉木乃县通天洞遗址曾入选2017年“全国十大考古新发现”。

第3天，王建新他们才得以脱身。也就是在这3天时间里，他们逐渐理清了“敦煌、祁连间”在汉代所指代的地理位置，这得益于他们有充足的时间深入讨论。《史记》所言的“敦煌、祁连间”来自张骞之述，而张骞第一次出使西域时，西汉王朝尚未取得河西走廊，河西四郡也并未设立，河西和西域的地理知识和地理命名对中原而言仍是空白。那么“敦煌”“祁连”从何而来呢？当然来自当地人之口——不要忘记，张骞的身边还有一位随从兼翻译堂邑甘父。

“祁连”音自匈奴语“腾格里”，是汉语“天”的意思，所以这个时代的“祁连山”指的应该是现在的天山，而今天的祁连山在《史记》《汉书》中被称为“南山”或者“汉南山”。最先混淆视听的是《后汉书》的作者范晔，他在《后汉书·西羌传》中写道：“湟中月氏胡，其先大月氏之别也，旧在张掖、酒泉地。”这直接将大月氏的故地定位在了“张掖、酒泉”。此后的学者，除了唐代颜师古之外，皆从此说，讹传之下，大月氏游牧于河西走廊竟然成了“定说”。

王建新后来就此问题专门写过一篇学术文章《“敦煌、祁连间”究竟在何处？》，发表在《西域研究》杂志上。他引用大量详尽的史料，考据和钩沉了汉代“祁连”就是今天的天山。

汉代的“祁连”就是现在的天山，那大月氏活动的空间就在现在的甘肃西北部至新疆天山一带。这样，位于东天山巴里坤草原的岳公台遗址，地位就凸显出来了。

调查队开往岳公台遗址，开始了拉网式的详细调查。

天山山脉像一柄宝剑，这柄剑劈开了广袤的荒漠，北边是准噶尔盆地里的

◆ 东天山巴里坤地区

◆ 巴里坤岳公台–西黑沟位置示意图

古尔班通古特沙漠，南边是塔里木盆地里的塔克拉玛干沙漠。剑的锋尖就是东天山，锋尖所向，阿尔泰山闪开身躯向西北—东南方向逶迤，而锋尖所指，直逼甘肃马鬃山。

巴里坤草原就位于宝剑锋尖所在东天山的北麓。把万里碧空当作画布，用最亮的白色描出雪峰，再用青黑色刷出阴沉而峻峭的山体，然后把厚厚的墨绿色泼在山前的缓坡上，那是一大片茂盛而浓密的草原，充满无限生机的草原。接下来，画上松林吧，画上从山口奔流而出的小河吧，画上山脚下的乱石和石头垒砌的村舍和围墙吧。这就是巴里坤县城西南3公里处的图景，一幅摄人心魄的油画。

这里地处山北迎风坡，降雨丰沛，气候凉爽而湿润，群山半环侍立，呵护着这块南高北低、视野开阔的天作之地。此处西北不远便是银子一般闪亮的巴里坤湖，古称蒲类海；向西经木垒、奇台，便可进入准噶尔盆地；向东穿过伊吾谷地是蒙古大草原；东南与甘肃北部地区连接；向南可穿过多处山口进入哈密盆地。这里扼守欧亚大陆北方大草原东西交通的咽喉，也雄视财富流淌的丝绸之路，地理位置关键而重要。

位于这片草原的岳公台—西黑沟遗址群以西南—东北的走向分布，西达西黑沟，东至县城正南的岳公台山峰，北到兰州湾子村，南至天山北麓峰谷之间，南北宽3公里，东西延续约5公里，面积十余平方千米。早在1983年和1984年，新疆社会科学院文物考古研究所东疆考古队就调查并发掘了兰州湾子石结构建筑遗址和弯沟口内的4座古墓。

调查队每天一大早从巴里坤出发，皮卡车里除了工具还有馕、水壶、西瓜和西红柿——他们的午饭几乎都在工地上解决。酷日下，每个人头戴遮阳帽，脖子上搭一条蘸过水的毛巾，奔走在遗址之间。太阳下山后，调查队才回驻地，这时候从山上冲下来的风已经带有刺入肌肤的寒意，大家得裹紧冲锋衣，加快脚步上车。

当地的农牧民好奇地看着这些人用卷尺认真地测量着那些他们已经司空见惯的石头堆，看着这些人蹲在乱石堆前仔细端详每一块石头，那眼光就像在凝望刚出生的羊羔。他们并不知道，他们所居住的地方曾经是某个游牧人群的王庭，有过人世间最高贵的权威、尊严、仪式和神秘，他们更不知道，这里曾经发生过惨绝的战争，杀戮与烈焰把这里变为人间地狱，往日的繁荣与衣冠瞬间化作凄厉的哭号和血流漂橹。所有故事与秘密，爱恨与荣辱，只有那些石头知道。

王建新他们花了近一个月时间，对岳公台—西黑沟遗址的文化遗存进行了详细的测绘和记录。

遗址中有大型石筑高台3座，这些高台“建于地势较高、视野开阔且较平缓的山坡上，平面为圆形或近圆形，由卵石堆砌而成，呈丘状，高度一般为3～5米，当地群众称之为‘鄂博’或‘敖包’”。3座石筑高台“自西向东分别为：西区的双闸鄂博，中区的高家鄂博、倪家鄂博”。

石筑高台往往是一个建筑群的中心，只从外观上看，谁都会觉得它一定是为宗教祭祀活动而建。它到底有何用途呢？一切都只能在发掘之后方可揭晓。3座石筑高台周围分布着数量较多的卵石砌筑的石围基址，这些石围基址以石筑高台为中心，排列有序，与石筑高台构成了系统的建筑遗迹群。其中，大型石围基址3座，石围基址32组共126座。1984年发掘的邵家鄂博遗址为大型石围基址中的1座。

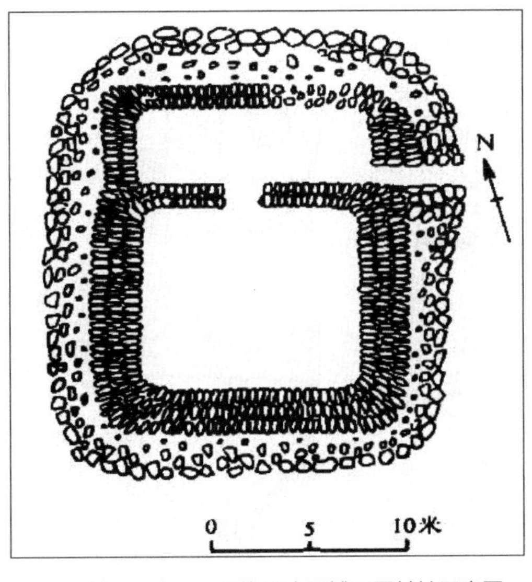

◆ 巴里坤岳公台—西黑沟邵家鄂博石围基址示意图

邵家鄂博大型石围基址位于兰州湾子村西南不远处，围墙高近2米、厚达2米，很有章法地用卵石块堆砌而成。室内面积达117平方米，分为主、附2室。“主室居南，地表留有许多柱洞；附室居北，与主室有门道相连通。附室东向开有一门，并有斜坡门道。遗迹内出土有陶器、铜器、骨器、石器、炭化小麦粒等。所出陶器均为手制，以夹砂红褐陶器为主，器形较大……另外，还见有少量彩陶，纹饰以倒三角、倒三角网格及弧线纹为主。石器多花岗岩质，以大型马鞍形石磨为主，另有钻孔石器。青铜器有大型双耳圈足鍑和环首小刀等。出土有人骨架17具，人骨具有明显的蒙古人种特征。发掘者认为，该基址为居住遗迹，‘曾三次居住，均见灶坑及地面，最后毁于大火’。但也有学者认为该遗迹是一座大型墓葬。目前，该遗迹的发掘资料尚未正式发表，其性质的确认还有待于今后详细资料的公布。”

整个遗址群有墓葬300座以上，大多数密集分布在山谷出口附近，形成了墓葬群，沟口外的墓葬群有墓葬200余座，1984年发掘了其中4座。“这些墓葬沿沟谷分布，地表面有砾石围成石圈，直径4到5米。墓葬的下部结构均为竖穴土坑，一座墓穴为土坑偏室，其余三座均为单室。葬式有仰身曲肢、仰身直

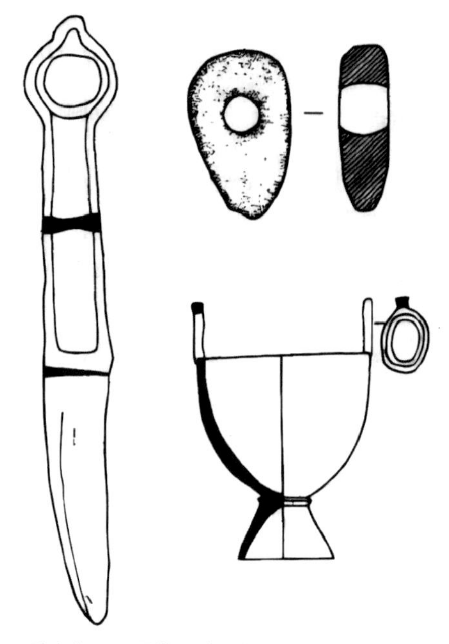
◆ 岳公台—西黑沟邵家鄂博出土遗物

肢。墓主人头西脚东，面北。见有二次葬。墓葬中出土有陶器、骨器、铁器、料珠、贝币等。其中陶器主要器形有罐、杯，多单耳，纹饰有附加堆纹。另见有羊、马等牲畜骨骼。墓葬出土的人骨具有明显的蒙古人种特征。”

岩画分布在山脚下斜度较大的山坡上，比较密集的有3处，每处有岩画数百幅。岩画内容以动物类图像为主，另外还有狩猎、骑马等活动场面和太阳、植物等自然界图像。有的岩石上存在不同时期的岩画，有晚期的岩画叠压或者打破早期岩画的现象。这些岩画多用石质工具敲凿刻画，造型简单、呆板，多用静态剪影式和粗线条式的表现形式。

总结的时候，大家认为，岳公台—西黑沟遗址沿山分布的石结构建筑，与黄河流域和长江流域的古代农业文化沿河湖分布的土木结构建筑不同，是典型的游牧文化遗存。从遗址的石筑高台、石围基址、墓葬以及岩画的规模和内涵来看，它很可能是某一古代游牧人群或部族的最高首领所居住的王庭，而不是古代游牧人群普通家族的居住地，也不是一般氏族贵族和部族首领的居住地。古代游牧人群的王庭一般都有夏季王庭和冬季王庭之分。岳公台—西黑沟遗址群位于东天山北麓，地势高，应该是夏季王庭所在地。翔实的测绘证明王建新所提出的游牧聚落是真实存在的，也证明游牧聚落考古是研究游牧文化的一个重要方向，同时证明他提出的聚落、墓葬、岩画“三位一体”的依存关系是考察游牧文化遗存的重要理论。

邵家鄂博出土的大型双耳圈足铜鍑，形体瘦高，乳突呈圆锥体，圈足发达，腹下部饰波纹，与陕西榆林靖边麻湾乡小圈村出土的一件时代为春秋中晚期的铜鍑应属同型。不过，邵家鄂博出土的这件铜鍑形体略瘦高，形制应更晚，年代可以定在春秋战国之际，又因与其一起出土的单乳突环首铜刀“可与北京延庆县军都山墓地M86所出土同型刀相类比，后者所属文化出现于春秋中期，盛于春秋晚期，至战国早期衰落，战国中期之后融于燕文化之中……因此可以把这件铜鍑定于春秋晚期”。由此，大家初步推断，岳公台—西黑沟遗址群所处年代应该不早于公元前6世纪至公元前5世纪，相当于中原地区的战国、秦、汉时期。这一历史时期正是月氏活跃在我国西北地区的时间段，岳公台遗址极有可能跟月氏有关系。

此后，调查队继续追随当年大月氏迁徙的脚步，向伊犁河谷进发。

前往伊犁河谷

2002年8月中旬，调查队在前往伊犁之前对巴里坤周边的几个游牧文化遗址进行了调研，包括巴里坤的东黑沟遗址、黑沟梁遗址、寒气沟遗址，伊吾县的上马崖遗址、拜其尔遗址、阔拉遗址和哈密市的乌拉台遗址、焉不拉克遗址。

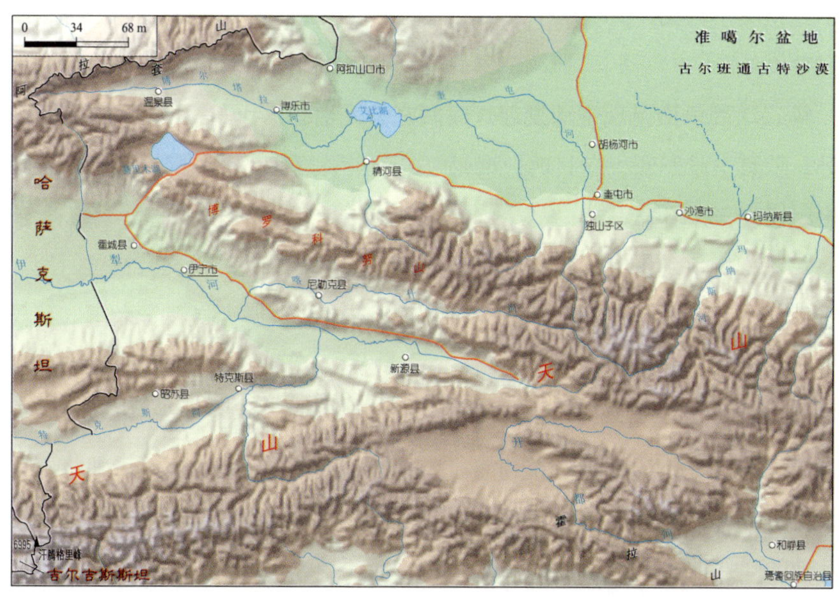

◆ 伊犁河谷与昭苏盆地、特克斯河谷

东黑沟遗址给王建新留下了深刻印象，这里的墓葬、聚落和岩画与岳公台—西黑沟遗址的非常相似，但又有不同之处。他敏锐地感觉到，这是一个有故事的地方，后面一定要找机会对其进行测绘和发掘。

王建新一行5人经过木垒、奇台向西到乌鲁木齐，然后过石河子、奎屯到精河县，一路都是天山北麓的绿洲，广袤而富庶。从精河开始攀爬天山，道路并不陡峭。因为古冰川的侵蚀作用，这里形成了阶梯式的层层台地，当地人将其叫作五台、四台等。这种地形在天山和阿尔泰山非常常见——台地地势平缓，绿草茂盛，适合做牧场，是游牧人群赖以生存的家园。爬到台地的最顶部，海拔已经2000余米了，大家眼前豁然开朗：赛里木湖像一块宝石镶嵌在群山之中，雪峰倒映在绸子一样的水面上，雪峰与倒影、碧水与天鹅，勾画出一幅纯净的世外美景。道路从这里开始向南拐去，翻过果子沟抵达霍城，就是伊犁河谷了。当年，大月氏可能就是沿着这条路线仓皇逃亡至伊犁河流域的。

大月氏的逃亡是战败的结果。与大月氏有关的战争，史书上记载了五次。

第一次发生在匈奴头曼单于时期，大约是秦末，公元前209年以前。匈奴王子冒顿质于月氏，头曼单于欲废其立幼，急攻月氏，冒顿盗良马而逃，此战未言胜负。

第二次战争由月氏主动发起，时间在公元前177年左右。月氏攻打紧邻的乌孙，杀其王难兜靡，夺其地，难兜靡之子猎骄靡初生，其部逃奔匈奴，猎骄靡由匈奴收养并培育。

第三次战争发生在公元前177年至公元前176年之间，汉文帝在位时期。匈奴冒顿单于派遣右贤王大败月氏，夺得河西走廊，收服西域三十六国。月氏这时可能称臣于匈奴。

第四次战争异常惨烈，从战争的规模和结果看，是一次你死我活的大决战，起因可能是月氏举族反抗匈奴。公元前174年，匈奴老上单于即位不久，又攻打月氏，杀其王，以其头为饮器。月氏大多数部众西迁至伊犁河流域，原居此地的“塞种”大部分被迫南迁。

第五次战争由匈奴支持下的乌孙发动，是一场复仇之战，时间在公元前

139年至公元前129年间，也就是张骞出使西域，被匈奴羁押期间。乌孙王猎骄靡成年，为报杀父之仇，率部众西击大月氏，夺取伊犁河流域等地。大月氏再次被迫南迁，过大宛，进据大夏之地。其后，乌孙便占领了伊犁河流域和伊塞克湖周边地区，王庭设在伊塞克湖附近的赤谷城。公元前119年，张骞曾经出使乌孙，乌孙疑汉国弱，派使者入汉，知其强大而请求联姻，大汉先嫁细君公主，再嫁解忧公主。但乌孙始终在匈奴与大汉两个强国之间摇摆不定，直至解忧公主和她的侍女冯嫽先后强势干政，乌孙才与大汉结盟，在汉宣帝时大败匈奴。

细细算下来，大月氏在伊犁河流域驻留的时间不超过50年。王建新他们追寻至这里，希望能够找见大月氏的蛛丝马迹。

伊犁河有三条支流，特克斯河、巩乃斯河和喀什河。位于南边的特克斯河在注入伊犁河之前向东流淌，上游流过昭苏盆地和特克斯河谷。昭苏盆地、特克斯河谷和北边的伊犁河谷，以及南、北、东三个方向的山地，形成了“三山夹两谷”的地貌特征。伊犁河谷向西敞开，大西洋的水汽抵达这里，在周边迎风坡的作用下降下雨水，使这里年降雨量达400毫米以上，山区的降雨量则可达600毫米。湿润而温暖的伊犁河谷就像母亲的怀抱，汉族和维吾尔族同胞在这里耕耘稼穑。而山间台地和柔缓的山坡上，哈萨克族和蒙古族同胞在这里养马牧羊。这是一个流着奶与蜜的天堂，殷实而富足。近代，沙皇俄国垂涎这块宝地，于1871年侵占伊犁。1880年，清王朝派曾国藩的公子曾纪泽出使圣彼得堡进行交涉，付出巨大代价后索回伊犁。

王建新一行前往伊犁河谷的尼勒克县，参观了穷科克岩画和墓地发掘现场。

1985年，新疆文物考古研究所在尼勒克县穷科克公路边的大石头上发现了古代岩画，推断这是早期游牧人群的遗存，遂立碑标志，称之为穷科克岩画。在距离吉林台水库不远的一个河湾盆地里，喀什河北侧山下的缓坡上是穷科克岩画集中分布的地方。岩画对面的南岸是平缓的台地，台地上土地肥沃，牧草茂盛，穷科克墓地就分布在这里，新疆文物考古研究所正在发掘的“穷科克1号墓地”也在这里。

王建新发现，天山西部伊犁河谷穷科克遗址也符合墓葬、聚落、岩画“三位一体”共同依存的理论——这里除了岩画和墓葬，还发现了石建基址和祭祀遗迹。

尼勒克调查结束后，王建新带领调查队前往昭苏盆地和特克斯河谷。路上，大家再次讨论起了游牧文化与农业文化考古的不同。刘瑞俊说道：“我们对游牧文化了解不够深刻，不仅仅是因为考古发掘比较少，还因为我们站在农业文化的视角看游牧文化，我们对游牧民族缺乏生活理解，没有以游牧民族的生存方式和生活方式理解游牧文化的内涵和意义。”王建新听了大为赞同，他们商定，去拜访一个哈萨克牧民家庭。

王建新早就发现新疆地区存在一个现象，那就是维吾尔族同胞大都在绿洲上从事农业或者在城镇里从事商业，而哈萨克族同胞大多在山里从事畜牧业。他还听说当地政府给哈萨克牧民建好了定居点，并分配了土地给他们，但牧民们却将土地转包给别人，自己仍然放牧。在他们的心里，放牧才是遵从自己天性的生活方式。

70多岁的老牧民巴克特·阿哈买提是王建新心中的理想人选：他有新中国成立前的生活经历，回忆里满是哈萨克旧时光里的老传统。昭苏县北山里的一个半山腰上，有一块地势平缓的台地，绿草茵茵，野花如星。平台后的山坡上松林丛立，云影落地。旁边山涧的树林里流淌着一条碎银子般的溪流。巴克特的穹帐就在这里。当昭苏县博物馆那位红脸蛋上长满绒毛的哈萨克族小伙子把王建新他们带到这里时，几只牛正在溪边饮水，几只马正在松林啃草，头戴毡帽、留着山羊胡子的巴克特老人正在帐篷外等候。巴克特老人眼睛浑浊却依然不失鹰隼般的犀利，脸膛布满皱纹却依然透着酥油般的光亮。帐篷里，油炸馓子、油饼、包尔沙克、奶疙瘩、奶豆腐、酥奶酪已经摆好，等王建新他们脱鞋在毯子上盘腿坐好，奶茶端上来了，撒着洋葱的手抓肉端上来了，马奶子斟上了，堆着羊肉的手抓饭也拿上来了——高寒的气候和繁重的体力劳动需要这些高热量的食物。

“我们夏秋放牧，深秋的时候卖掉一部分牲畜。我们到山外边的镇子上买粮食买布匹买盐巴买用具，用马驮回来。过去是直接用羊换，我年轻的时候，用五只羊换回来一口铁锅。快入冬的时候，我们就开始宰羊，做成肉干准备过冬。羊皮卖掉，剩下的羊赶回冬窝子。”

昭苏县博物馆的那位哈萨克族小伙子，汉语很不错，翻译得还算流利。

“我们吃肉，也吃很多粮食，吃抓饭、吃挂面、吃炒米，用肉、大米、小麦、大麦、奶疙瘩熬‘库吉’（稀粥）。”

“肉、奶和粮食对半，有时候粮食吃得更多。”

“以前的粮食是从山外边种地的手里换来的，现在镇子里的粮店有供应。”

“转场是经常的呀，春天转到山外的低坡上，那里暖和得早，草长得早。四五月份转到山里，然后慢慢往山上走，最高能到有雪的地方。七八月开始慢慢往山下走，冬天就在向阳的山谷里窝冬。”

“冬窝子是固定的，每年都回那里。有时候夏天也留人在那里打草，给牲畜过冬做准备。”

“也有转场转很远的——山里草不好的时候就得走很远，向西走，也向东走。路上吃肉干、吃挂面、吃汤饭，喝炒米茶。”

几千年的生活史，概括起来也就数百字，就像人的一生一样，剔除日常细节，总结起来也不过寥寥数语。

马奶子酸得够味，酒劲也够味，几个人从巴克特老人的帐篷里钻出来的时候，个个都脸腮滚烫，微有醉意了。

王建新他们又考察了特克斯和昭苏的几个遗址，这里的遗址以乌孙的居多。至此，今年的野外考察工作结束了，时间已经快到九月了，学校里还有教学任务等着他们。

2003年，王建新申请的国家文物局边疆考古项目“新疆东部及甘肃西北部秦汉时期遗迹的考古调查”获批了，有了经费的支持，后面的局面就更容易打开了。几年来的考古调查工作，都是王建新自发自为的个人行为，而在此之后就成为被认可的学术任务了。这年，西北大学考古专业也已经迈开大步，踏上了丝绸之路考古之途：钱跃鹏教授在尼勒克县吉林台水库墓地、陈洪海教授在特克斯恰甫其海墓地都开始了考古发掘工作。

2003年7月，王建新、刘瑞俊、陈新儒、陈小军再次前往伊犁尼勒克县，

◆ 新疆伊犁尼勒克县穷科克岩画

随行的还有研究生何军锋、田有前，香港学生刘美莹和学苑出版社作家张蕾。他们准备花时间仔细研究穷科克岩画。这时候，丁岩已经完成硕士毕业答辩，前往陕西省考古研究所工作了。

岩画最初是作为艺术品被艺术史学界当作研究对象的，后来才被纳入考古学研究的范畴。1988年9月，国际岩画学术会议在澳大利亚召开，岩画研究开始从考古学、艺术史、民族学等领域分离出来，成为一门独立的边缘学科——岩画学。1960年毕业于西北大学历史系考古专业的盖山林先生是国际公认的中国岩画学权威，他的学术贡献垫起了中国岩画研究的高度。在中国搞岩画的学者，手头必有一本盖山林的著作《中国岩画学》。

在没有文字的年代，人们总有一些记忆、情绪、感受、迷惘和信念不为语言和舞蹈所表达尽致、表达到位，所以随兴所至，在岩石上留下刻痕：或为某位思而不得的女子，那就用几条线画出一个人形，代表她曼妙娉婷的身姿；或为父辈的荣耀，因为他留下了成群的牛羊，那就画上牛与羊的剪影，牛羊的大小，代表财富的多寡；或为炫耀自己的骄傲，因为在一次狩猎中，他脱颖而出，收获最多，那就画上盘羊与麋鹿，肥硕或者瘦小，代表猎物的丰薄；或为纪念赫赫战功，那就画上引弓射箭，手持剑戈，代表勇武与无畏；或为一次宗教仪式的感化，那就画上萨满巫师的样子，繁杂的线条代表神秘、敬畏与虔信；或为记住母亲的慈爱，那就画上她的面孔或者手臂、手掌，代表温暖与怀抱……也有可能是为了神启，为了卜算，为了赎罪，为了记账，为了约定和契约。这些岩画要么刻画而成，要么敲凿而成，要么研磨而成，它们到底是无聊的随意之举呢，还是部落里固定的生活仪式，由专人专职而为？简单的图案后面隐藏着深邃无际的秘密，风不知，雨不知，人不知。石知，石无语。

穷科克岩画有80多幅，分布在大小49块岩石上。调查队准备采集这些岩画，并进行整理研究。工作分为三个步骤。

第一步，先将整个现场进行区域划分，然后按照岩画的区域位置对岩画进行编号，编号里包含岩画的位置信息，方便后面“会诊”和临摹时准确定位。最后造表登记。

第二步，大家一起对编过号的岩画进行“会诊”，探讨岩画所刻画的主要内容，对岩画中较难辨认的部分做定性分析，对岩画之间的层位关系进行判断，然后用粉笔勾勒出岩画的边缘，最后将“会诊”结果填表记录。

第三步，覆上塑料薄膜，对岩画进行临摹。临摹下来的图画根据编号对应存档。

这并不是一件简单的工作，其难度在于分幅取画。分幅就是将同一块岩石或者同一个岩石面上的岩画按照时间早晚区分为若干个具有内在联系的完整画面。但在多个岩画叠压在一起或者互相打破的情况下，岩画的边界并不好辨别。加之年代久远，就是磐石上的刻痕也经不住风雨的侵蚀，岩画的线条常常是模糊甚至中断的。区分岩画之间的边界，大家要拿上放大镜仔细辨析，观察大半天，讨论大半天，常常忘了炎热，忘了饥饿。

这也并不是一件轻松的工作。“会诊”并做完记录后，用粉笔描摹边缘，非得小心翼翼不可，因为一不小心就会破坏岩画。大家腰酸背疼不要紧，要命的是有时候白天描好了，晚上一场大雨就把一整天的辛劳冲刷得无影无踪，让人气恼又无奈，只得重新描绘一次。“由于工作量比较大，所以二次描边的工作常会交给一个人单独完成，这不像第一次‘会诊’那样，大家一起现场描边，所以结果有可能会成为个人的‘二次创作’。”这时候造成的谬误，就需要从“会诊”重新开始进行纠正。岩画细节部分的临摹工作更需要缜密严谨，要尽量临摹所有细微之处，包括刻划的力道和刻痕的毛边。高处的岩画还好说，低处岩画的临摹就得趴在地上一点一点进行。想象一下那种感觉吧，不要忘了三伏天的烈日，不要忘了地上的蚂蚁和其他各种爬虫，还有体温蒸溽而来的湿气。

穷科克岩画上能够辨认出的形象有大角羊、盘羊、羚羊、梅花鹿、马鹿、蛇和人物等。而其制作归结起来有密点敲凿、疏点敲凿、浅磨刻、深磨刻、划刻等多种方式，几种制作方式有时是单独使用，有时则是混合使用。经过对岩画中大角羊、盘羊、鹿和人物的造型以及刻画方式的分析，大家认为，穷科克的岩画大概由两个文化时期的两群人所创作。“穷科克墓葬遗址和穷科克岩画同属于一个文化遗迹”，根据穷科克“1号墓”“2号墓”的出土文物以及墓葬的封堆和规制，参照附近几个遗址的考古资料，大概可以确定，“穷科克岩画第一期时代跨度从公元前800年左右延伸至公元前后，也就是春秋到西汉时期。第二期岩画的起始年代在公元前后，也即两汉相交之际，最晚至魏晋时期”。

“从文献记载来看，伊犁地区有确切记载的人群，最早是塞人，此后大月氏东来，塞人被迫南迁，再后来乌孙又东来，大月氏又被迫西迁。《尼勒克县地名图志》记载尼勒克自汉迄魏，皆为乌孙国地。匈奴人也可能曾征服这一地区，但是并没有长时间占据。因而总体来说，伊犁地区这一时期中的常驻民只有塞人和乌孙两支。结合对穷科克岩画群的分期以及据此敲定的年代框架来看，穷科克岩画第一期可能是塞人时期的作品，第二期则可能是乌孙人时代的作品。”

由此可以推测，公元前后一段时期，匈奴、塞人、月氏、乌孙可能因为战争而发生过大规模迁徙。这一情况也与《史记》《汉书》的记载相符。

重回马鬃山

2004年7月下旬，王建新带领刘瑞俊、梁云、陈新儒、陈小军，以及研究生何军锋、席琳，与甘肃省文物考古研究所的李永宁再次前往甘肃马鬃山。2001年7月，他曾浮光掠影地初步考察过这里。

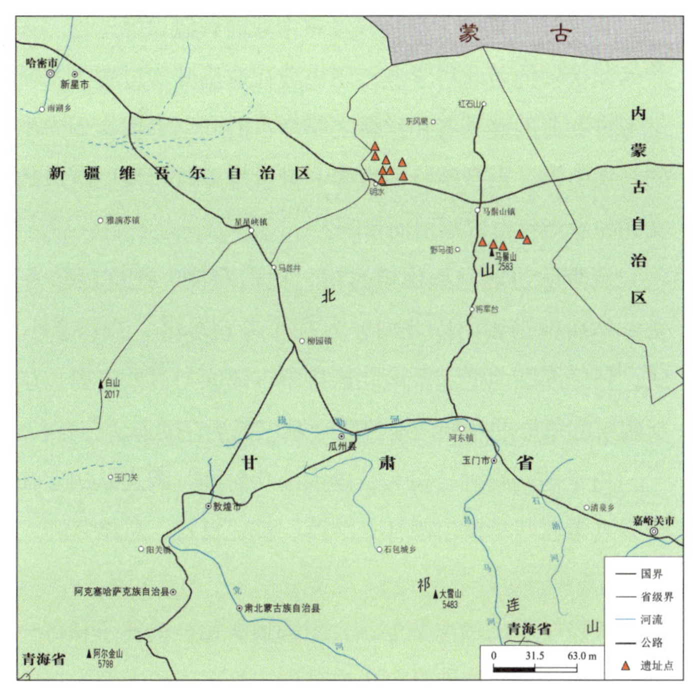

◆ 马鬃山位置及考古文化遗存分布示意图

◆ 马鬃山区岩画

1893年，斯文·赫定在考察中亚时曾经途经这里。1927年，斯文·赫定和徐炳昶带领的西北科学考察团也曾在这里开展过考古和科学考察工作，西北大学考古专业的奠基者和丝绸之路考古的开创者黄文弼先生参与其中。不过百人的马鬃山镇，至今清冷而寂寥，谁承想王建新他们踏过的覆满细尘的街道，黄文弼先生当年也曾踽踽而行呢？

调查队进驻马鬃山镇宾馆，他们商议，把这里作为基地，存放物资和设备，然后把马鬃山以北划分为12个考察小区，在每个小区采取定点调查的方式，仔仔细细地把这个南北连接蒙古高原与河西走廊、东西沟通内蒙古草原与新疆东部草原的咽喉之地梳理一遍，搞清它的遗迹分布和遗迹特点。

由于地阔路远，每天往返太浪费时间，调查队决定在考察点宿营，调查完一个点再返回马鬃山镇补充给养、整理资料、总结经验，顺带也洗个澡，休整一番。

人迹罕至的黑戈壁上，太阳毒晒着每一块石子和每一道山峁，亘古的风吹过亘古的荒凉，仿佛没有生命迹象才算真正的永恒。在这里，囚禁视野与灵魂的反倒是广袤无垠的空阔，调查队队员的身影和声音淹没在空旷之中，不但没有增添生机，反而让空寂与孤独更显得漫无边际。

晚上的宿营地一般都选在牧民的冬窝子里，男士的帐篷搭在外围，把席琳的帐篷圈在中间——她是这里唯一的女生。看着明月高悬、布满星辰的夜空，她耳边时常会响起虫鸣、蛙鸣，犹如故乡的夜晚那样，但其实，这里除了风声之外什么都没有，虫鸣和蛙鸣是绝对寂静之下产生的幻听。

工作之外一切从简，包括吃饭，忙起来的时候就用面饼、黄瓜、西红柿对付一下，到晚上才能燃起煤气灶炒几个菜，烧水煮饭或者煮面条，有时候还能吃上西瓜——这得感谢那辆皮卡车。

经过一个月的调查，在南北约130公里、东西约135公里的范围内，调查队发现了有岩画的岩石301块，墓葬53座，古代石围基址20座及汉代城址1座。

岩画的调查基本上沿用尼勒克穷科克岩画调查的方法，先进行编号，再召集全体人员“会诊”，然后照相、填表、临摹，并按幅记录。这里岩画的内容包括动物、人物、车辆、鹿石、抽象图案和符号等。动物岩画数量最多，其

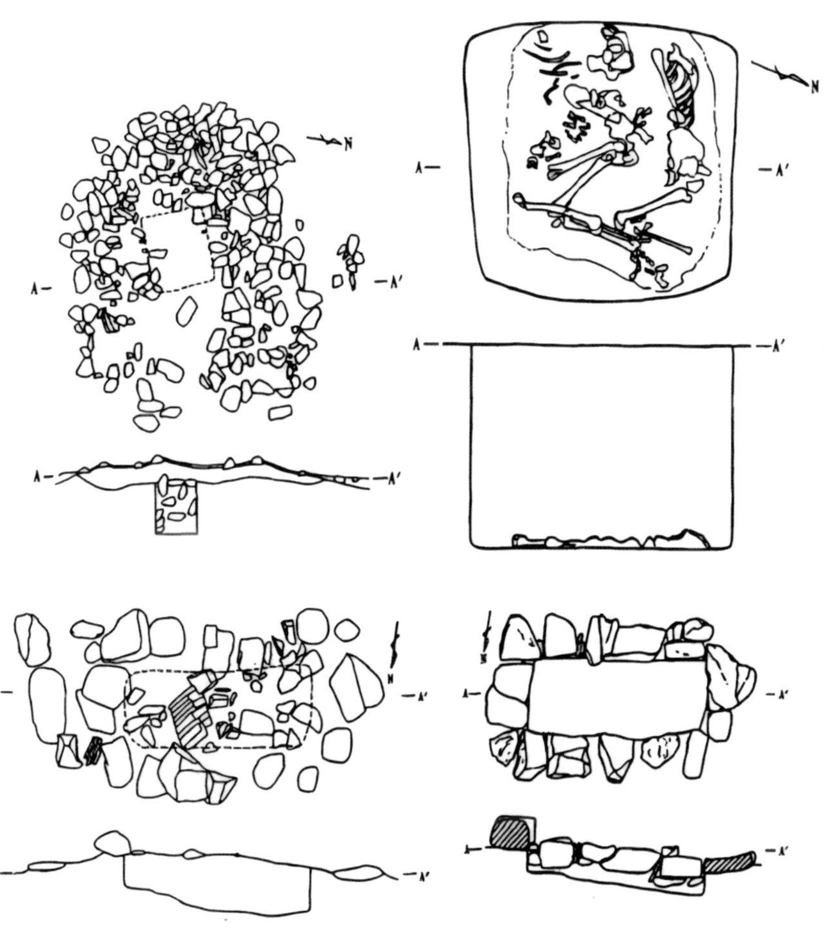

◆ 马鬃山区墓葬示意图

中，北山羊、马、双峰驼、狗是数量较多的几种。人物岩画数量次之，可分为一般人物、骑者、射猎者、舞蹈者、巫师形象之人、牵马者等，而从人物装束来看，有裸体者、着衣者、戴尾饰者、戴头饰者、戴帽子者等几种。经过类型分析之后，大家认为，马鬃山的岩画可分为三个文化分期。

53座墓葬分为方形石筑墓、近圆形石筑墓和石板墓三种类型，调查队在每种类型中选了一个进行试发掘。各类墓葬墓室均为竖穴土坑墓，随葬品较为缺乏，仅有少量残陶片、绿松石串珠、石器、木器残块等。墓葬普遍用织物包裹尸体，人骨较为凌乱，骨骼保存状况较差，许多都被纺织物严重侵蚀了，说明有些遗体是从别处运至此处埋葬的，而这里自古是游牧人群的冬窝子。这也印证了现代游牧人群和古代游牧人群具有相同的风俗习惯，那就是他们都将逝去的亲人安葬在冬窝子附近。这些墓葬中，有“两处地点个体的下肢骨发育明显较弱，特别是股骨骨干上部相当扁平，骨间肌发育很弱。相对而言，这些个体的上肢骨粗壮程度较强。联系到马鬃山区特殊的地理位置，这里曾经是古代游牧民族异常活跃的地区，这种较发达的上肢与发育较弱的下肢或许正是长期骑行造成的结果”。此外，“通过股骨最大值推算出女性个体的身高平均值为161.9厘米，说明该地区的女性居民拥有相对较高的身材”。

墓葬中采集的纺织品标本经过显微结构观察、红外光谱测试、扫描电子显微镜测试之后，成分被判定为“棉纤维”，“很可能是我国目前年代最早的棉织物的出土实物，为研究我国棉的历史提供了重要资料”。

20座石围基址中方形19座，圆形1座，由于各种原因呈现出零散分布的状态，保留下来的极少。在调查中，调查队以观察其结构为主，同时注意其与墓葬、岩画的空间位置关系。

最后，调查队根据调查和试发掘的结果分析，马鬃山遗址共存在三期文化。第一期属于公元前5世纪以前，也就是春秋以前时期的文化遗存。由于自然环境特点，遗址规模较小，分布也较分散。第二期可能是公元前2世纪中期到公元前后，也就是战国末期到西汉时期的文化遗存。根据史籍记载，月氏在这一时期正活跃在我国西北地区。王建新团队考察马鬃山之后的第3年，也就是2007年，马鬃山古代玉矿遗址被发现，这个遗址的年代正是战国至西汉时期，联想到当年月氏垄断丝绸之路上玉石贸易的历史记载，判断马鬃山地区是月氏活动的重要区域也未为不当。当然了，2004年时，王建新团队就所掌握的资料，还不能做此推断。马鬃山第三期及更晚时期的文化遗存，由于自然环境的不断恶化，发现的很少，仅有以三期岩画的少量符号文字为代表的可能受吐蕃文化和蒙古文化影响的遗存。

大家总体上的感觉是，马鬃山属于几种文化的交融和过渡地带，是某个文化圈的边缘区域。

马鬃山的工作完成之后，整个夏天也已匆匆而过。从2000年至2004年，王建新已经在河西走廊和天山一带调查发掘了5年时间。他掌握了大量资料，对这一大片地区文化遗存的认识也渐渐有了轮廓。下一阶段，他需要花时间对这些资料进行整理、研究、消化、总结和提炼。

也许在这个过程中，大月氏会走出迷雾，浮出历史的水面。

挺进东黑沟

东天山，曾经的中枢

5年来，王建新的团队奔波上万公里，在河西走廊和天山南北调查发掘了近百个遗址，其中拥有石筑高台、石围基址、石结构竖穴墓葬以及岩画等共同文化特征的聚落遗址就多达50余处。

这些遗址埋藏着什么秘密？它们究竟是不是月氏的文化遗存呢？所有人都急欲知晓答案。

根据规模，这些聚落遗址可以划分为大、中、小三个类型。

铺开一张中国地图，拿红、绿、蓝三种颜色的小别针标示这些遗址的位置，红色代表规模较大的，绿色代表规模中等的，蓝色代表规模较小的，这样，某个神秘文化的空间分布图就展现在了眼前。遗址最为密集的是东天山地区，表明这里是一个核心区域。而且，几乎所有大中型聚落遗址都分布在东天山南北两侧的山前地带，说明这里不仅仅是核心区域，更是某个文化的中枢。马鬃山和河西走廊西部散落着一些小型遗址，但它们的向心力都指向东天山。

看着这幅遗址分布图，王建新心里感慨万千：每一颗小别针后面，都是鲜活的历史场景，那里曾上演过众多的盛衰之剧，也保存着一群古人生活中的一切，饮食、起居、交往、集会、惩罚、赞扬、崇拜、统治……那些石筑遗迹所散发出的生活气息仿佛依然存在。每一块石头上，都仿佛还能触摸到当年的体温，聆听到当年的声音。每一个小别针，也都饱含所有团队成员的心血和汗水，以及辛劳与煎熬、兴奋与沮丧、欢欣与苦痛。

王建新也十分激动，这些遗址的时间跨度大概是公元前2000年至公元前100年，从新石器晚期、青铜时期一直延伸至铁器时期，相当于中原的夏商周时期至西汉前期。当中原的历史已经在各种史籍中被绘声绘色地演绎和记述的时候，这里发生的故事仍然在我们的视野之外，偶尔被提及，也是寥寥数语，或者干脆就是道听途说，其真实样貌和详细情节都逸失于我们的记忆之外。谁也没料到，在寻找月氏文化遗存的过程中，王建新却揭开了秦汉之前新疆东部历史的面纱。当然，这也是必需的，因为月氏的故事就发生在这一时空之中，还原这段历史背景对于研究月氏文化必不可少。

岳公台—西黑沟遗址，是这些遗址中大型遗址的代表。“大”不仅仅指规模，也指它的规格和地位。与岳公台—西黑沟遗址并驾齐驱的是位于东天山东端南侧的乌拉台遗址。乌拉台河水从遗址中间穿过，这里水源充足、植被茂盛，东、西、北三面环山，避风向阳，是越冬的好地方。和岳公台—西黑沟遗址一样，乌拉台遗址也有大型的石筑高台，或许是用于祭祀和崇拜的，堆砌它们的不仅仅是一块块石头，还有虔诚、祈望、祝福和祷告，整个高台质朴得近乎简陋，却依然散发着威严、神秘，甚至惊悚的气息。除了石筑高台，这里还有数座大型石围基址，整齐的石垒围墙，防风保暖。穹顶覆盖的是木构屋顶或者旃帐，最大的一间近60平方米，可容纳几十人议事、宴饮。地面上的灰烬遗痕，瞬间让人置身历史现场：一群剽悍男人的脸庞闪烁在跳跃的火光之中，黑越越的身影像山一样占据了所有墙壁，雄性荷尔蒙、酒精和烟熏的味道充斥着每一条墙缝，墙壁间好像还回荡着威严的口谕和严厉的呵斥，还有发自肺腑的忠谏、魂飞魄散的求饶、豪放的大笑和醉意的呢喃……石筑高台和大型石围基址周围有许多普通的石围基址，空间距离显示着亲疏关系和身份层级。此外，乌拉台遗址也有岩画，其题材与画法与岳公台—西黑沟遗址的岩画相近。

王建新他们推测，岳公台—西黑沟遗址和乌拉台遗址应该是某个游牧集团的夏季王庭和冬季王庭，是其政治和宗教的中枢。

中型遗址中，最典型的是寒气沟遗址和阔拉遗址。寒气沟遗址也在东天山北麓。岳公台—西黑沟遗址地处巴里坤县城西南3公里处，寒气沟遗址则位于巴里坤县城东边五六十公里开外，而阔拉遗址位于更东的伊吾县盐池乡。寒气沟遗址和阔拉遗址均有石筑高台和石围基址，有墓葬和岩画，只是数量少了很多，规模小了很多，而且都建造在山脉北麓高爽通风的地带，应该是夏季牧场的聚落。

调查队推测，这很可能是游牧氏族或者部落的政治中心和宗教中心所在地。氏族贵族或部落首领虽然不直接参与生产活动，但为了管理方便和安全，冬夏两季也要随着大多数牧民的转场而迁徙，因而冬季营地需要有氏族或部落的中心，夏季牧场同样也需要有这样的中心。

小型遗址数量最多，分布最广，散落在东天山、马鬃山以及河西走廊西端各处。在避风向阳的山南和山谷里，河溪之畔或者水泉周围，都建有数量不多的石围基址，留下了人类生活的遗迹，记录着饮食男女的恬适与忙碌、衰亡与新生。而附近的墓葬和岩画，证明这里除了庸常岁月，也有悲喜，也有愿望，也有遐思与觉悟。

这些小型遗址是家族或者家庭级别的冬窝子。夏季的时候，牧民们会随着牲畜转场，住在便于迁徙的帐篷里，而年老羸弱者往往会留在冬窝子。等到冬季来临，牧民们回到冬窝子，会宰杀和出售牲畜，减少牲畜数量，这样冬窝子附近的草场就可以保证畜群顺利过冬。冬窝子对牧民而言，不仅仅是宿营地、避风港，也是灵魂的归宿和精神的依托，是家，是根。

这幅游牧聚落遗址分布图，不但展示着某个游牧集团活动的空间范围，也描述着他们的社会结构和组织方式。他们已经进入阶级社会，有等级之分，有国家机器，他们的王有自己的驻地，依靠宗教和武力维持统治。君王之下是部落首领，部落首领有自己的领地和部众，并效忠君王。家族和家庭是游牧人群的细胞，他们以血缘关系联系在一起，组成最基本的生产、生活单元。

这些遗址可能都与月氏有关，现在的问题是，这些游牧人群何以在荒漠孤岛中生存？他们的生活方式是什么样的？他们又为何要以东天山为中心呢？

这要从那个历史时期人类的文明形态来阐释。

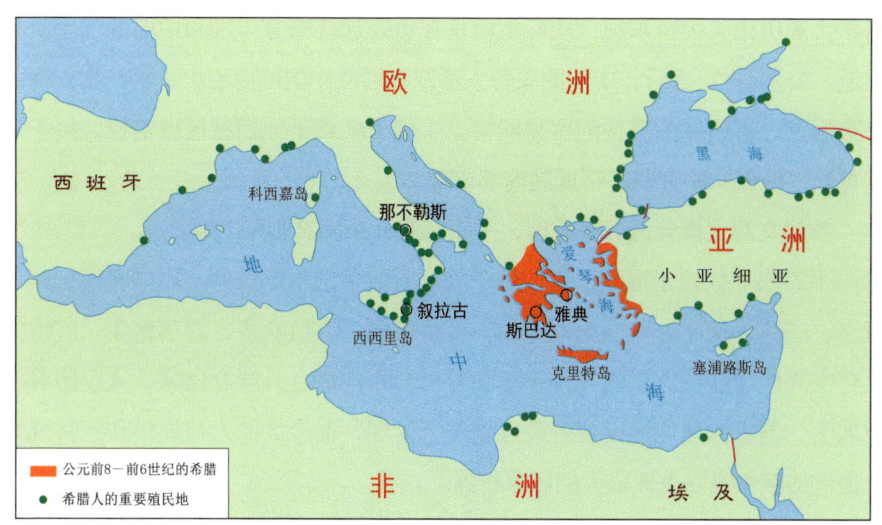

◆ 古希腊人在地中海和黑海建立的商业殖民城邦

在公元1世纪之前的漫长岁月里，人类有三种文明形态逐渐孕育发展成型，那就是以希腊为代表的商业文明，以斯基泰、匈奴为代表的游牧文明和以中国为代表的农耕文明。

商业文明天生倚重交通运输，按照运输通道的不同，分为水系商业和陆路商业。希腊人和地中海东岸的腓基尼人利用优越的海洋区位，垄断了地中海和黑海沿岸的商业贸易。那时候航海技术还很落后，他们只能沿着海岸线发展航运，在所到之处建立商业殖民据点，形成了完备的贸易体系。后来罗马帝国和拜占庭帝国继承了这一贸易体系。中世纪之后，北欧的维京人沿着第聂伯河、伏尔加河、顿河等大河而下，开始季节性的抢掠与贸易，将黑海的贸易网延伸至欧洲内陆和里海周边。威尼斯人和阿拉伯人分别控制了地中海和印度洋的海洋贸易，阿拉伯人的足迹到了印度，还远至东南亚和中国沿海。14世纪以后，大明帝国、西班牙、葡萄牙开始创建全球性的航海商贸。再后来，就是荷兰、法国和英国等航海大国的崛起。

而欧亚大陆的陆路贸易基本上控制在闪米特人、含米特人、波斯人以及丝绸之路沿线的游牧人群手中，他们做起了东西方转手贸易，赚取了巨额财富。

当年，亚历山大大帝东征，实际上就是在争夺通往东方印度和中国的陆上贸易通道。公元4世纪之后，中亚的粟特人活跃在通往中国的商道上，沿路建立商队聚落据点，打造体系完备的贸易网络。中国王朝赋予他们社区自治权，授予他们首领“萨保”的官职，管理其内部事务。

农耕文明大概分为三种类型，平原农业、绿洲农业和山地农业。

平原农业依赖于灌溉，更依赖于气候所赋予的水热条件。比如我国长江、黄河、辽河、珠江流域，土地宽阔，连片耕作，人口众多，村落密集。广博的生存空间使居住在这里的人民很早就有机会走向联合，建立国家。人民附着在土地上，国家按照地域设置行政区划进行管理，而庞大的人口规模和经济规模所提供的赋税足以供养强大的国家机器。

绿洲农业属于灌溉农业，依靠高山冰雪融水形成的内陆河流提供的水源，在荒漠中开垦耕植。我国的河西走廊，天山南北、塔里木盆地南缘，以及中亚锡尔河、阿姆河流域的农业都属于绿洲农业。绿洲农业受水源限制，人口规模和经济规模不会有大的突破，各个绿洲的实力基本均衡，加之地域分散，绿洲之间很难走向联合，只能建立力量弱小的绿洲城邦。

山地农业的发展其实非常晚，我国山地农业始于唐朝后期，盛行于宋元明清。到明代，番薯和玉米传入，山地所产食物足够供养一定人口，百姓才开始大规模进山垦殖。徐光启在《农政全书》里详细撰述了山地梯田的修造方法。

游牧文明除了我们印象中的大草原游牧之外，还有荒漠游牧、林地牧猎和山地游牧之别。

大草原游牧分布在亚洲北部的蒙古高原上，这里水热条件不适合农作物生长，却是游牧人群的天堂。游牧人群逐水草而生，牧民们驱赶牛、马、羊，随季节变化转场在不同的草场之间，人民并不附着在固定的土地之上。他们的社会结构为部落、氏族、家族，各部落和氏族都有一个模糊的区域空间，有自己的名称、图腾和精神标志。如果某个部落实力强大，武力征服了其他部落，那么草原就会走向联合和统一，所有草原部落均承认征服者的部落名称为共同的名号。与农耕人群的“地域管辖”方式不同，游牧社会的治理方式是“人群管辖”的部落制和领有制。古代游牧人群匈奴、鲜卑、突厥、契丹、蒙古都属于大草原游牧形态。

荒漠游牧主要集中在中亚和西亚的荒漠和半荒漠地区，依靠泉水和内陆河流形成的草场生存，主要以牧养骆驼为主，人口规模比较小。土库曼人和贝都因人多为这种生活方式。

林地牧猎主要集中在北半球西风带上。这里降雨丰沛、森林密布、草原茂盛，林地牧猎人群就活动在森林与草原的交织地带，半牧半猎，驯养鹿与马。古代的丁零、黠戛斯、女真均属此类。

山地游牧主要集中在阿尔泰山脉、天山山脉和帕米尔高原周边地区。这些山地虽然处于荒漠之中，但降雨量较多，利于草场发育。山地的气候和降雨是垂直分布的，海拔1000米至2800米的山坡上是草场和林地，海拔3000米以上是高山草甸和荒漠，海拔3800米以上是冰川。山地牧民跟草原牧民的生存方式大相径庭，他们主要活动在山前和山间草原上，根据季节变化随山势的高低垂直转场，平面活动空间并不算大，人口要比草原游牧更为集中，社会组织也比草原游牧部落更紧凑更严密。游牧人群有一个铁律，“进攻者必胜”，原因在于游牧人群没有常备军，牧民们闲时放牧、战时为兵，平时分散各处，集结和动员起来需要较长时间，进攻者正好可以利用这个时机沉重打击对方。不过，山地游牧人群因为地域相对集中，军队集结和战争动员速度更快，因而更具攻击力。现在推测，月氏、乌孙属于此类人群。

祁连山的山地牧业并不发达，它地处青藏高原的北缘，低于海拔3000米的山谷非常稀少，而海拔3000米之上的山地基本上都是高山荒漠和冰川，不能孕育草场。整个祁连山脉北侧，除了狭小的山丹牧场之外，再无适合游牧的空间，更别提让一个族群庞大的游牧人群依此生存了。所以，祁连山地历来是游牧文化的边缘而非中心。

事实上，游牧人群对于农耕人群是高度依赖的，正如它高度依赖贸易一样。

欧洲气候宜耕宜牧，游牧与农耕是同一人群内部不同成员的工作分工，这种分工甚至会深入到家族和家庭。所以，欧洲的游牧和农耕是同一文化形态之下的不同生产方式。

而东亚却大不相同，东亚的游牧与农耕属于不同的人群，由此产生了两

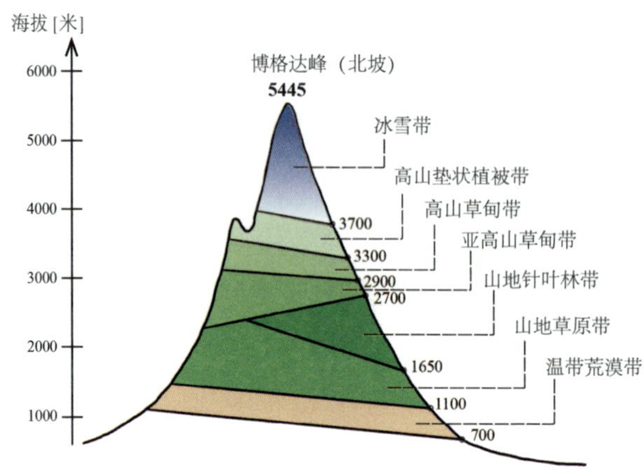

◆ 博格达峰的垂直气候带分布图

种不同的文化形态。东亚的游牧人群与农耕人群既互相依赖又互相对抗，正如匈奴与秦汉王朝一样。匈奴要从中原获取粮食、食盐、工具和其他生产生活用品，要么贸易，要么抢掠，而中原的秦汉王朝希望开疆拓土，占据所有适合农耕的土地，于是争夺生存空间的历史大剧时时都在上演，这是大草原游牧族群和大平原农耕族群之间的争斗，也是大草原游牧文化与大平原农耕文化之间相互对抗、相互竞争、相互学习、相互融合的过程。在长达200余年贯穿整个汉代的汉匈缠斗中，征战与湮灭、臣服与融合的轮回和悲喜时时上演。

而同一时期，月氏逐渐征服我国西北地区的天山、阿尔泰山、河西走廊的羌、戎、狄各部游牧人群，走向强盛，最强大时疆域可能囊括东至河套、贺兰山、六盘山，西至天山西段，南至河西走廊、塔里木盆地，北至阿尔泰山、蒙古高原西端的广袤地区。

月氏作为游牧人群，当然也依赖农耕人群，只是他们所依赖的是绿洲农耕人群而非平原农耕人群。由于绿洲的脆弱性和分散性，月氏与绿洲城邦的关系不是对抗和竞争，而是征服、驾驭与控制。这其实也是历史上山地游牧文化与绿洲农耕文化之间长期存在的关系。月氏控制绿洲城邦后，采用的仍然是游牧人群的治理方式，并没有设置严密的行政体系，月氏王庭与绿洲城邦之间是领有关系，这有点像中原王朝对游牧部落实施的羁縻政策。

有的学者认为月氏人是古羌人，有的学者认为月氏人是印欧人，有的学者认为月氏人是黄种人，有的学者认为月氏人是白种人，这不但说明了月氏的复杂性，其实也说明了月氏本身就是种族和文化融合的结果。和众多的游牧人群一样，当月氏以一个政权的名称出现的时候，它并非一个单一种族人群的“国家”，而是一个多种族与多文化交融的集团，月氏人也并非单一的族群的称谓，而是一个多源人群综合体。

从王建新他们在东天山发掘的器物上，可以明显地看到中原和华夏文化的源流和基因，而且这种文化的影响是深刻的、普遍的。研究中原周边游牧文化从古至今的历史，我们会时刻感受到华夏文化的强大塑造力，也可以感受到周边游牧人群对中原文化的向往和崇尚。

天下何其之广，月氏为何要以东天山为中枢？答案就在丝绸之路和东天山脚下的绿洲。东天山扼守丝绸之路咽喉，占据此处，就像希腊人占据了地中海与黑海之间的黄金水道博斯普鲁斯海峡。月氏人据守东天山，从过境贸易和转手贸易中获取了巨额财富，富强了数百年，而东天山周边分布着的众多肥沃的绿洲上出产的粮食也为月氏提供了充沛的给养。

月氏人迁徙到中亚巴克特里亚之后，又扼守丝绸之路上的另一个咽喉——中亚至南亚、中亚至波斯的黄金商道，继续控制当地绿洲城邦，过着富足而骄奢的生活。

历史的轮廓已经勾勒完成，细节却需要进一步填充。“大范围调查”已经结束，下一步应该是“小区域发掘”了，巴里坤县城以东不到30公里的东黑沟遗址就是王建新的理想之地。

那就先从调查做起吧。

挺进东黑沟

时间已经到了2005年暑假，王建新带领陈新儒、陈小军，北京大学博士生马健，研究生席琳、习通源、任萌，毕业生李韬，奔向新疆哈密巴里坤县。

刘瑞俊这时候正在复习备考，他准备攻读中央民族大学民族学博士学位，所以没有参加东黑沟的调查。在尼勒克和马鬃山参加调查发掘的研究生何军锋此时已经毕业，前往河南省文物局工作了。马健是北京大学考古学在读博士，一直专注于西北地区游牧文化的考古研究，参加王建新的课题组对他来说是一次难得的机会，也正是因为在东黑沟遗址的调查和发掘，他与王建新和西北大学考古学科结下了不解之缘。任萌刚刚本科毕业，他考上了王建新的研究生，还没报到就提前跟随导师直接进入工作了。对任萌来说，一切都充满新奇和新鲜，他内心的兴奋和那辆颠簸的墨绿色皮卡车一起跃动摇摆。

王建新他们从巴里坤县城出发，一路向东驶往石人子乡的东黑沟遗址。2002年，王建新调查过的岳公台—西黑沟遗址在巴里坤县城的西边，与东黑沟遗址是东天山北麓两个相反方向上的文化遗存。行进20公里后，车子向右转去，朝着东天山挺进。

沿路都是巨石。这些巨石被古冰川从天山上剥落，裹挟推到山坡的下端。当冰雪消融，它们就像被遗弃的孩子一样留在旷野之中。现在，东天山被刮却血肉，只剩下铁青色的骨骼屹立在眼前。山势越来越高，任萌感到扑在脸庞上的野风凉意渐深。

快到山根的时候，车停了下来。这里是山前缓坡的最高处，有条小河奔流而出，河道附近的水渠上建有一个小型水电站。热心的巴里坤文管所所长彭兴礼已经给调查队找好了宿营地，顺着他手指的方向，任萌看到水电站前面不远处有一个石墙围起来的院子，院墙和房子被风雨冲刷成了大地的颜色，陈旧、残破、败落。

这是20世纪70年代修建水电站的工人们的临时住所，后来下乡知青也在这里居住过，此后便一直废弃着。

走进院子，只见正前方和左侧各有一排土坯房，两排房呈直角分布，相隔几十步远。在查看房间的时候，大家意外发现，左侧平房的一个房间里，斜卧着一头死去的黄牛，臭味扑鼻而来。这头牛怎么会死在这里呢？大家纷纷猜测，它也许是一头年暮体衰的老牛，自感时日不多，寻到此处，平静而归；也许是一头在疾风骤雨中走散的孤牛，躲避至此，狂风关上了门扉，它无从出去，

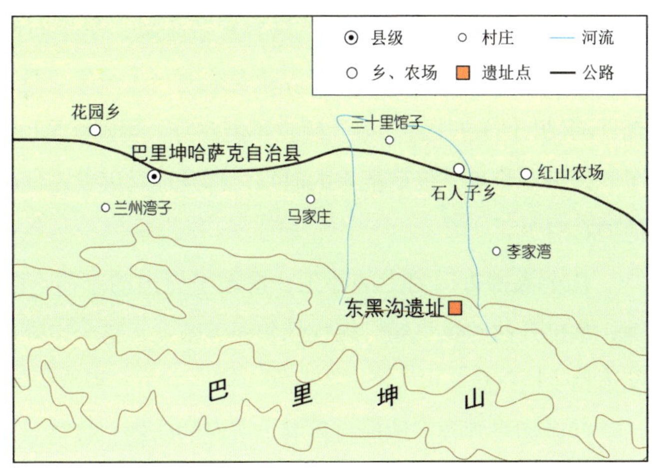

◆ 东黑沟遗址位置示意图

最后困顿而死；也许是一头病牛，主人将它隔离在此，单独治疗，结果医治无效，一命呜呼，而主人也懒得收拾尸体，任其腐臭。不管如何，这头牛死去应该有一段时间了，大家赶紧退出来，闭紧房门，这排房子显然不能居住了。

大门正对的那排平房，共有三个房间。一个小间门窗俱好，适合做女生宿舍，安排给唯一的女生席琳居住，就当她的“闺房”吧。中间的房子兼做厨房、餐厅、工作室和会议室。另一个大间安顿7名男士，但房间里只有废弃不用的床架，没有床板。彭兴礼拍了拍胸脯，“我来想办法”，说着就出门而去。

花了半天工夫，彭兴礼拉来一车“木板”，长短与薄厚、材质与新旧各不相同，样子也是奇形怪状，看来也是四处翻腾，尽力搜寻而来的。那时候，西部地区县一级的文物单位大多很困难，能找到这些，王建新他们觉得已经非常麻烦和为难彭兴礼了。

在一堆“木板”里，任萌发现了一块相对平整的，他马上想到，这个应该给师姐席琳铺床使用。几个人翻过木板，却发现上面写着一个已经褪了色的暗红色的“男”字。

这是巴里坤县文物管理所男厕所的门板。

“男人上厕所需要什么门板？！我把它卸了给你们做床板。”彭兴礼说道。大家哈哈大笑。

那间男士们居住的房间里只有五张床架，学生们觉得王建新老师年龄大了，不能跟大家挤在一起，所以就安排他一人一床。剩下四张床，干脆搭成通铺，6名男士挤在上面，晚上睡觉不能侧身，否则就再也没有躺平的空间和机会了。好多个早晨，任萌醒来的时候，都发现马健枕在他的左肩上，习通源枕在他的右肩上。

几个人拂去门窗上的浮尘，清理了屋内的杂物，洒扫了院落，铺好了床铺，拿出开伙的煤气罐、煤气灶和锅碗瓢盆，这个废弃已久的荒院，有了欢声笑语和生活气息。

任萌切身领教了地理教科书上所说的新疆“昼夜温差大”到底是什么样的体验。这里白天暴晒，晚上暴冷，特别是下雨的时候，气温会降至0℃以下，而此时正值内地的三伏天。有一个晚上，雨下了一夜，房间地面上摆满了接水的盆子。雨水浸透了铺在屋顶的泥层，经过几十年风霜雪雨的泥土，早已失去了最初的黏性和柔韧，铁锅大的一块泥巴从房顶坠落，擦过任萌的发梢掉在地上。第二天早上睁开眼睛，任萌透过天花板上的洞，看见了铅灰色的天空，他摸了一把头，发现头发上沾满了泥水，再爬起来朝地上一看，一坨褐色的泥团呈放射状糊在地面上，他不禁心跳加快，暗自后怕。

8月的一天，时任西北大学文博学院院长的方光华教授前来看望调查队的师生们。方光华是著名思想史家、教育家张岂之先生的高足，一直致力于中国思想学术史的研究，这年他才39岁。跟随调查队跑了一天之后，到了晚上，他将王建新赶至巴里坤县城的宾馆休息，自己留下来和大家一起过夜。广袤夜空深邃而神秘，它所散发出的那种恒久渺远的时空感，很容易激发历史学家的思绪和感慨，方光华兴致勃发，“星月之下，面对古人类生活过的文化遗迹，不正是思考哲学问题的最好时机吗？”他拿起手电筒，信步而去，然而不到半个小时，就又回到了房间——夏天的衣衫，抵御不住东黑沟夜晚的寒冷。

调查队的生活物资由陈小军驾驶皮卡车在山下的石人子乡或者巴里坤县城里采购。除了面粉、大米、方便面、挂面、馕、常备蔬菜之外，陈小军有时候会给大家带回来一条羊腿和一些水果。有一次，他竟然带回了当地很少见到的蘑菇，王建新一看高兴了，“我给大家烧个蘑菇汤吧”。谁承想他在切菜的时候，刀子滑落，伤到了左手拇指，鲜血直流。大家赶紧给他包扎处理，又用绷带把他的手臂吊在了胸前，“王氏蘑菇汤”当然也就喝不上了。

大家最想和最怕吃的是羊肉汤。清晨上工地之前，喝上一碗滚烫的羊肉汤，吃一页馕，熨帖舒坦，何其之美？然而喝完之后，困扰就来了：早上天气寒冷，羊油在喉咙里板结，薄薄一层糊在黏膜上，咽不下去，咳不出来，只能一杯一杯喝热水，水喝多了，上厕所又极其不方便。

调查队早餐和晚饭在营地解决，午饭就随身携带一些西瓜和馕，在工地将就一下。队里没有专门的厨师，大家轮流做饭，上至王建新下至最年轻的任萌，谁都不能讲特殊。

任萌就是这时候学会做饭的。轮到他当值的时候，他心里总有几丝惶恐，担心饭菜做得不可口，大家吃不好，影响心情和工作。于是在别人做饭的时候，他会积极地去帮厨，实际上是偷偷看人家怎么切菜，怎么炒菜。当值前一天，他也会给妈妈打电话，向妈妈请教做什么菜，怎么做好吃。早上，任萌会烧点稀饭，拌几个凉菜，馏点馒头。晚饭的时候，他会炒个西红柿鸡蛋，下一锅挂面，给大家吃一顿西红柿鸡蛋面，满足一下陕西人对面食的钟爱之念。饭做得还是有模有样的。

而李韬就搞砸了一次，那顿让人难以忘记的“豆子饭”，成了之后每次聚会大家都要多灌他几杯的“理由”。那时，李韬突发奇思妙想，在煮米饭的时候，放了绿豆、黄豆和红豆进去——他还有一套营养观念，“绿豆祛暑，黄豆补气，红豆健脾”。开锅之后，这饭却让人非常上头：米饭已经糊锅，而各种豆子却依然坚硬——他不知道，不同食材烧熟所需的温度和时长并不相同。还好，大家对他的创新并无抱怨，吃饭的时候，每人在面前放一个空碗，一边吃一边把豆子拣出来扔进空碗里。那顿晚饭，餐厅里时不时响起叮叮当当的声音和忍俊不禁的笑声。

初识东黑沟遗址

早在全国第一次文物普查期间，新疆维吾尔自治区文物管理委员会在哈密进行文物普查时就发现了石人子沟遗址。到了1958年，黄文弼先生率领的中国科学院考古研究所新疆考古队以及新疆博物馆对石人子沟遗址进行了初步调查。1981年，全国第二次文物普查开始，新疆博物馆文物队与哈密地区文物管理所联合对石人子沟遗址进行了复查，确定遗址名称为石人子沟遗址。而这次，西北大学考古专业对其进行了全面测绘和调查研究，将其称为东黑沟遗址。

调查队最初计划在东黑沟工作15天，然后转移至附近的木垒县和伊吾县再调查几个中小型遗址，但是开始工作之后才发现，东黑沟遗址的规模和等级远非最初想象的那么简单。最终，他们在这里的调研工作花去整整两个多月时间，从7月初持续到9月上旬才结束。

调查工作分为两个阶段。第一阶段，宏观考察遗址分布的区域范围。结果显示，东黑沟遗址大致分布在东天山北麓的山间谷地东黑沟及沟口的河流冲积滩上，面积达10余平方千米，规模堪比岳公台—西黑沟遗址。而且，这里的地形地貌以及气候环境与岳公台—西黑沟遗址也大同小异。第二阶段，分组调查。所有人员分为两组，从遗址最高处，也就是从最南端的山谷尽头开始对所有遗迹进行研究、测量、绘图、编号、建档。

年轻人总是充满激情和活力。任萌将整个团队称为“天山七剑客”，王建新是师父，其他7人正好对应《七剑下天山》中的7位师兄弟。新疆和内地有两小时的时差，加之纬度较高，整个夏天昼长夜短。每天早晨8点不到，晨光熹微之中，王建新就开始在院子里练习美声唱法，他的歌声就是闹钟，大家赶紧起床。匆匆吃过早饭，队员们扛起工具，带上水壶和午餐就出发了，返回驻地时往往已经是晚上10点甚至11点多了，而此时，天光未暗。所以，几个年轻人把这种作息时间戏称为“按北京时间上班，按新疆时间下班”。

马健、习通源和任萌分为一组，主要负责各类遗迹的拍照、GPS坐标测量和文字记录工作。

给遗迹拍照并不是一件容易的事情：首先要拍摄遗迹的全貌。大家搬来梯子，站在梯子上采用俯瞰的视角，摄取遗迹的全貌图。为了清晰地标示遗迹的尺寸，还要在遗迹旁边放置比例尺。按下快门那一刹那简单而快捷，但拍摄前选取角度、找准位置却往往要耗费大量的时间和精力，一张图片有时候要反复

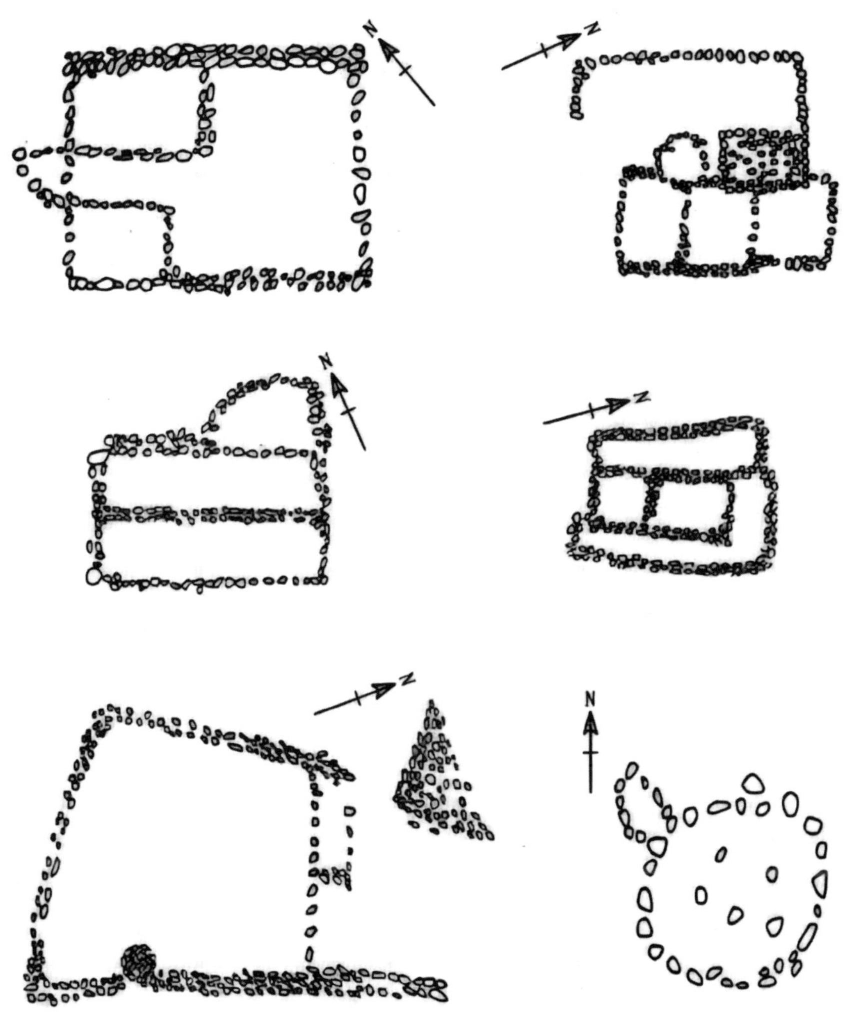

◆ 石围基址

拍摄好多次。

这次在调查岩画的时候，任萌他们摸索出了一套新的方法，摈弃了以前用粉笔勾图、用塑料薄膜临摹的传统做法，在岩画正面架起相机，调试相机的高低，让相机与岩画保持水平聚焦，拍下照片之后，在电脑中使用图像编辑软件做出非常精确的线图。这极大地提高了工作效率，也彻底避免了以往岩画调查中耗费时间长、记录不精确的弊端。

使用GPS测点也是这次调研采用的新技术。GPS测点可以记录每个遗迹的经纬度和海拔高程，导入电子地图之中，就能直观地得到遗址的占地范围、长度、面积、地形变化等数据，以及所有遗迹的分布状况。而且，使用GPS测点，也可以利用数据库信息技术很方便地查询已调查和未调查的范围，清楚掌握工作的进展，避免遗漏和重复。

文字记录工作细致而烦琐，需要细心和耐心，也需要沉下心追求精确、简洁，记录时必须采用平实的语言，客观清楚地描述各类遗迹的形状、性质、面貌、特征、保存状况、规格尺寸等详细信息。对于岩画，更要注意分析同一岩面上所有岩画的年代关系，划分不同画幅，并勾画草图。

另一个组由陈新儒、陈小军、席琳和李韬组成，主要负责遗址的中心地带——石筑高台附近及另外几处重要遗迹集中分布区域的测绘工作。除了同样要进行各种记录外，他们还要使用平板仪对这几处区域进行1：500的遗迹平面分布图绘制。

这些工作有着极高的要求，没有受过系统和专业训练的人很难胜任，所以这次调研对于这些年轻人而言，都是一次难以忘记的经历。多少年后，任萌的眼前还总会浮现出东黑沟遗址中那一块块石头，他说他忘不了在那里的每一天。付出总有回报，马健、习通源和任萌因为扎实的专业功底，最终留在西北大学考古专业工作。15年后，马健担任了西北大学文化遗产学院的院长，任萌担任了副院长。席琳则于2011年博士毕业后，分配至陕西省考古研究院工作。经年之后，她担任了考古研究院隋唐（西藏）考古研究部主任，主要从事西藏考古和佛教考古相关工作。目前，她工作的视域又延伸至了东南亚地区。

调查工作有条不紊地向前推进。

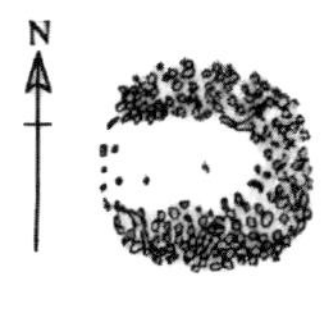

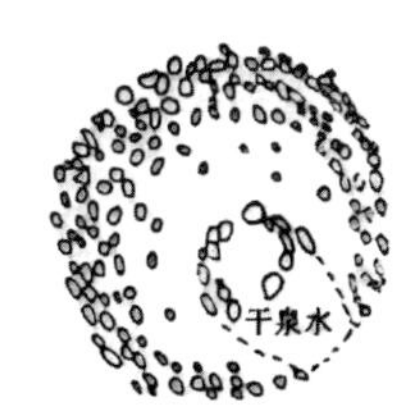

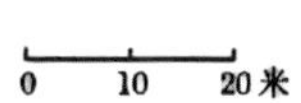

◆ 大型环形石堆墓及特殊遗址

调查队成员每天背着笔记本电脑、数码相机、GPS仪、平板仪、标杆、卷尺、铝合金梯子、铁质小旗、水壶等等装备翻山越岭，走石过河，奔波在遗址上。

最难对付的是这里的天气。东黑沟遗址海拔在1700米至2200米之间，气温并不高，但阳光辐射却异常强烈，毒辣的太阳仿佛要点燃地面上的一切，在这里工作，胳膊和脸庞很容易被灼伤。干燥的风吹过，湿气被带走，皮肤开始一层一层干裂脱蜕，只留下热辣辣的刺痛。但阳光虽然强烈，阴凉处却又阴寒彻骨，短暂的午休时间也让人无处安身。陈新儒想了一个办法，把头枕在阴凉处，身体则晒在太阳下，这样头皮不至于被暴晒，而身躯也不至于冷到让人感冒，这样才能勉强打个盹，消除半天的困乏。

8月，正值夏秋之交，山上的气候更是变化莫测。好端端的艳阳天，十几分钟之内就骤然降温，继而风雨交加，不一会儿又雨过天晴，恢复如初，仿佛什么都没有发生过。刚开始遇到这种情况，调查队队员们狼狈不堪，为了保护设备，自己往往淋在雨里。后来有了经验， 大家每天出工时都带上棉衣和雨布，风雨来时立即穿上棉衣，用雨布包好设备，找块巨石躲到下面，风雨过后，钻出去继续工作。

两个月时间弹指而过，调查工作也紧紧张张地结束了。这次调查的成果让所有人激动和兴奋：东黑沟遗址与分布在东天山南北两侧的岳公台—西黑沟遗址、寒气沟遗址、黑沟梁遗址、拜其尔遗址、焉不拉克遗址、乌拉台遗址一样，也拥有石筑高台、石围基址、石筑墓葬和岩画等文化遗迹。

东黑沟遗址共发现石筑高台3座，方形和圆形石围基址140座，环形石堆墓、圆丘形石堆墓、圆锥形石堆墓、方形石结构墓等各类墓葬1666座，岩画岩石2485块。除此之外，这次调查还发现了其他遗址未曾出现的4组16座用卵石筑成的可能用于祭祀的石堆，也采集到了陶器残片、料珠、残铜片等遗物。调查队还发现遗址有被盗掘过的痕迹，建议尽快开展抢救性发掘。

调查队最后认为，东黑沟遗址绝非他们最初认为的中型遗址，而是一个高等级大型游牧文化聚落遗址，它所拥有的各类遗迹和遗存，内容丰富、特征典型、形制奇特、规模完整，实属全国罕见，对研究公元1世纪之前新疆的历史状貌、西北地区古代游牧文化和月氏文化具有十分重要的意义。如果后面有机会进一步开展发掘工作，深入了解其文化细节和内涵，判断其文化属性和年代，必定会有重大收获， 填补诸多学术空白。

王建新指导大家一面整理调查简报，一面向国家文物局申请来年的发掘执照。如果成功，这将是他们多年以来首次开展的较大规模的考古发掘。用王建新的话来说，“耕耘了这么多年，该到收获的季节了”。

那么，东黑沟遗址又埋藏着什么样的秘密呢?

入选2007年“全国十大考古新发现”

东黑沟的“掘宝人”

2006年6月初，一个惊人的消息像炸窝的飞鸟，从石人子村飞遍了整个巴里坤草原。

“东黑沟来了一帮挖财宝的外地人，挖出了很多金银财宝，已经拉走了一卡车金砖！”

巴里坤石人子村是一个多民族混居的村落，三四百户人家，汉族人聚居在山下，以种田为生，哈萨克族人散居在半山坡，以放牧为生。千百年来，这个偏远的乡村很少有什么新鲜事情发生，人们一代又一代、一日又一日地平凡度过。这里贫瘠而蛮荒，除了漫山遍野的石头，就是莽苍草场，不多的田地蜷缩在山下盆地底部的河流两岸。所以，东黑沟挖出金银财宝的消息，着实让人惊诧、好奇，也让人产生了无限的想象和猜测。乡亲们放下碗筷，丢下锄头，扔下牲畜，纷纷前来打望，仿佛不在现场就会错过一次人生机遇。

但乡亲们在石人子村并没看到金银财宝，只见到了前来“挖财宝”的人，那正是西北大学王建新教授带领的考古队。

2006年春，王建新收到了国家文物局同意发掘东黑沟遗址的执照。从那时候起，他就开始做各种准备，并向国内同行发出了邀请。其实，王建新在丝绸之路沿线的考古调查和发掘工作早就在圈内引起了关注。这次东黑沟考古发掘工作，在考古学界负有盛名的北京大学林梅村教授、南京大学水涛教授、中国人民大学魏坚教授都派出自己的学生前来襄助，对他们来说，这既是一次教学实习，也是一次机会难得的学术交流。

6月初，王建新带领西北大学的刘瑞俊、陈新儒、陈小军，博士生周剑虹，研究生席琳、习通源、任萌、磨占雄、张凤，留学生宫胁史朗、金杉大志，还有中国人民大学的博士生王晓琨、魏靖，北京大学的博士生马健、硕士生黄姗、留学生筱原典生，南京大学的博士生宋亦箫，已经被意大利东方大学录取的西北大学毕业生李韬，以及哈密文物局的于建军、周晓明，分两批奔赴新疆巴里坤县。现在，当这些名字出现的时候，大多数后面已经缀上了各种头衔，教授、研究员、主任、馆长、所长、局长、院长等等。当年那些青涩的面孔和新奇的眼神，现在已经历练和沉淀出了自信、稳健和敏锐，每个人的书桌上都摞起了沉甸甸的丰硕的学术成果。

年轻人将这次考古发掘称为“东（意大利东方大学）、西（西北大学）、南（南京大学）、北（北京大学）、中（中国人民大学）五大高校会战东天山”。还有人调皮地开玩笑说，这桌麻将“东西南北中”都全乎了，希望发掘结果是“发财”，而不是“白板”。

考古队将大本营驻扎在了公路边的石人子村三组。村主任赵建强腾出一个空院，里面有五间土坯平房，屋内水泥地面，石灰白墙，干净而清爽。考古队进驻之后，院子里一下热闹了起来。

围墙外和大门口聚满了人，有抽着旱烟披着黑褂子的汉族长者，有骑着马满眼狐疑远远观望的哈萨克牧民，还有满地撒欢嬉笑打闹的小巴郎们。

考古队反复给乡亲们澄清，他们不是来“挖宝”的，而是来“考古”的，于是“考古”便成了巴里坤草原上被人津津乐道的词语，但还是有许多人将信将疑，“说的是考古，实际上就是挖财宝”。所以，考古队的驻地和发掘现场总有许多双眼睛在盯着他们的动向。

考古队的生活条件与去年相比有了天壤之别：不用再住在半山坡上那座废弃的破房子里了。年轻人搭起了上下两层的架子床，晚上可以看书、聊天，房间里不时传出笑声，仿佛这里依然是大学宿舍。女孩子们利用空闲时间细心布置自己的小天地，从工地上下来，总会顺手掐上一把野花插在瓶子里，摆在桌子上或者放在床头边，使“闺房”拥有独有的雅致和情调。考古队聘请陈小军的爱人徐小霞做专职厨师。这位朴实健硕的河南女子，从早到晚忙忙碌碌，为二三十位师生的三餐操劳。王建新他们在辛劳之余，吃上了可口的饭菜，再也不用为做饭的事情耗费心思了。考古队还在工地旁搭了一座帐篷。巨石、沙土、荒草之中的帐篷，就像飘摇在大浪中的一叶小舟，虽然略显单薄，但却足以遮挡山雨与烈日。在大家的心目中，它就是一座战地堡垒。

考古队希望招募十几名开土方的民工，结果报名的青壮年挤满了村主任家的院子。大家觉得在家门口做工，既能顾家又能挣钱，实在是机会难得。当然，他们还有“挖财宝”的小心思。

然而等待他们的却是异常繁重的体力劳动。他们必须在考古队划定的探方里搬石取土，一会儿要猛挖猛搬，一会儿又要小心翼翼，关键时候还要用小铲一小层一小层地刮土，甚至要用毛刷轻轻拂扫。这并不是他们想象中的“挖财宝”。而且经过一段时间的工作，他们也发现，这些教授和学生们关心的并非“金银财宝”，而是埋在地下的所有物件，包括碎陶片、石器、木器、遗骨等等。渐渐的，他们也有点明白“什么是考古了”。更让乡亲们兴奋和惊奇的是，半山腰上那些祖孙几代人都熟视无睹、平常无奇的石堆下面，竟然隐藏着巨大的秘密。他们居住的地方竟然曾经发生过许多故事，拥有辉煌而显赫的过去。

乡亲们对考古队的态度也逐渐发生了变化，从开始的警惕、戒备变成了敬重和亲近。马健和习通源每天下午从工地上回来，都会在门口的木长凳上坐一会儿，吹着山风，喝着啤酒，眺望天山，谈天说地。这时候，村里的人就会凑过来问东问西，马健和习通源也会耐心回答。没有地域偏见，没有知识差异，没有身份障碍，甚至没有固定话题，世界在所有年轻人的眼里，具有相同的色彩、温度，让他们充满憧憬与豪情。村子里有嫁女或者娶亲之事，都会邀请王建新出席——西北大学王教授参加了某家某次仪式，会成为主家的脸面和荣耀。村民们不再把考古队看成别有所图的“挖财宝”的外地人，他们觉得这些人和自己一样朴实诚恳，做事投入而笃定，学识渊博而不造作，是值得信赖的“自家人”。谁家要是宰了羊，就会像邀请亲戚一样邀请考古队队员们来家里一起吃羊肉焖饼，一起喝“肖尔布特”。村民们的热情就像炉膛里的火焰，走得越近就越炽烈。那些参加考古发掘的民工们也经常义正词严地纠正别人：“我们不是在打工，我们也不是在挖财宝，我们是在搞考古！”

潜移默化中，考古队给村民们普及了考古知识，灌输了文化遗产保护意识。直至今日，巴里坤地区的群众对各种遗址的保护意识依然高于许多地方。

考古队每天早上出发前往工地，中午饭由陈小军驾车送到山上，晚上回到驻地休息。洗澡成了一件极其奢侈的事情——当时的石人子村还没有冲澡的条件。汗水浸湿衣裳，然后风干成一圈圈泛白的盐渍，硬若铠甲，尘土粘在皮肤上，一搓一层泥。最后大家商议，每到周末，队员们轮流搭采购物资的皮卡车前往巴里坤县城，洗澡、理发、购买日用品。那段时间，巴里坤的街道上不时会出现一群人，他们衣着潦草，蓬发乱须，“远看像要饭的，走近一问，是考古队的”。

第一次前往工地，考古队员们就经历了一回“痛彻骨髓”的考验。

因为人比较多，而工地远在石人子村10公里之外，考古队就雇了村里的一辆“东风小霸王”农用货车接送队员和民工。为了节省时间，农用车每次都抄近道。那是一条盘绕在巨石间的石头路——那甚至算不上一条路，只是村民们在荒滩上随意而行的轨迹，车子只要绕开大石块，随便怎么跑都行。第一天上山的时候，大家抓着两个边框蹲在车厢里。农用车启动的时候，颠簸就开始了。细颤、震动、弹跳、倾轧，纵向横向、前后左右，随机发生，不可预判。不得不佩服驾车的师傅，他竟然可以在乱石滩上把车开得飞快。也不得不佩服农用车的结实耐用，“东风小霸王”确实像个小霸王，翻沟过坎，感觉不是在碾压地面，而是在一次次撞击地面。多少次听到金属断裂的咔嚓声，多少次听到螺丝松懈的吱吖声，多少次感觉它就要分崩解体，但它依然健飞如故。蹲在农用车上，战栗和抖动的不仅仅是肌肉，还有内脏，这时候，大家就能清楚地感觉到胃的确切位置。麻酥和震痛的不仅仅是抓着边框的手，还有全身的骨头和神经，那种麻酥能够让人体验到电击的感觉。

任萌蹲在车厢里，在车撞过一块石头的时候，被弹飞又摔落下来，双膝磕在了铁皮底板上，膝盖擦破了皮，鲜血直流，他站也不是蹲也不是，只好猫着腰半蹲半立了一路。李韬站在车厢的前部，双手扶着车厢的前框，觉着自己像一位将军，威风而豪迈，结果不一会儿就被弹飞起来，仰面摔倒在车厢里，后脑勺着地，瞬间爆起一颗鸡蛋大小的包。摇了一路，好不容易到了工地，年轻人的肚子又饿了，早餐算是白吃了。有了第一次的“彻骨之痛”，考古队员们用麦秸秆塞满蛇皮袋做成草包铺到车上，乘车时就踏踏实实坐在草包上，颠簸碰撞这才减轻了许多。

虽然有这样那样的小状况，但整个考古队的氛围还是保持在欢快、兴奋、新奇和期待的基调之上的。然而，这年的考古工作进行得并不顺利。

困难重重的发掘

王建新经过反复考量，最终选取东黑沟中高台附近的区域作为发掘地点，发掘对象包括1座石筑高台、4座石围基址以及12座中小型墓葬。这里是遗址的中心地带，可能隐藏着更为丰富的信息。王建新对这次发掘寄予厚望，期待通过这次考古发掘，管窥先秦时期新疆地区的历史状貌，进一步接近月氏的真相。

王建新把团队分为三组，马健、任萌主要负责石筑高台，习通源和其他院校的人员负责墓葬，席琳和西北大学的研究生们负责石围基址，刘瑞俊协助自己做总负责。此外，任萌和习通源还要负责遗址发掘过程中的测量和绘图。

站在遗址前准备动工的时候，大家不知所措了。石头，到处都是石头，这和中原地区的农业文化遗存完全不同。中原的农业文化遗存基本上都是土结构，而且地层的土质、土色变化很明显，文化堆积层很好区分。现在，用发掘中原农业文化遗存的经验和方法来应对这种石结构的游牧文化遗存时，就捉襟见肘，无从下手了。

东黑沟遗址所有的文化遗存都是由石头垒砌的，面对这一块块石头，大家很多时候都无法判断它是遗址建筑的本身，还是无足轻重的“填土”。在这里，区分文化堆积层除了要观察土质、土色和包含物的变化，还得结合石头之间的组合关系来进行综合分析、研判。在中原土遗址发掘中最常用的探铲，在这里彻底无法使用了——地下全是石头，探铲打不下去。在中原遗址中开土方所使用的工具，在这里也无法使用了。墓葬发掘组甚至难以划定控制方和探方的大小。

大家的目光都投向了王建新。

发掘游牧人群的聚落遗址，对王建新，甚至对考古学界而言也都是第一次。王建新安慰大家，不要着急，这时候更需要耐心和耐力，“我们宁可慢一点、细致一点，工具无法使用，我们就用手搬，遇到问题不能慌，大家一起探讨”。多年的工作经验、敏锐的思维和独到的眼光，让王建新充满自信，而他的自信和沉稳是大家的定心丸。

对于墓葬的发掘，考古队先寻找封堆的边界，根据边界判断封堆的大小，向外扩出一块方形区域作为控制方，然后清除控制方内的草皮、沙石和表土，使原始地表和石结构封堆的本来面目露出来，再采用二分之一发掘法，先揭去一半封堆，露出其剖面，找出墓口后揭去另一半封堆。之后，根据墓口形状对墓葬进行清理。清理墓葬中的葬具、人骨和随葬品是一件极其细致的工作：木葬具多已腐朽，必须加以小心，力求保其形状，人骨和随葬品更是不能随便移位。许多工作都是趴在地上完成的，等人站起来的时候，常常会在遗骨的旁边留下一个汗迹拓出来的人形。发掘的整个过程要照相、绘图，进行记录，还要采集DNA、碳-14等标本。

有一天，在清理一座墓葬的时候，习通源趴在探方的土台上，用手铲轻轻地刮着泥土，忽然，一块火柴盒大小的、金光灿灿的牌饰露了出来。习通源定眼一看，是一块长方形金牌饰，他的心跳立马加快，兴奋得就要跳起来大喊一声。但他马上忍住了，迅速把金牌饰攥在了手里，因为他瞥见工地上还有一群围观的群众。等到看热闹的人群走开了，他才把这个消息告诉了大家。

石围基址是古代游牧人群居住、圈养牲畜或举行公共活动的石结构建筑遗迹，在草原地带分布广泛，但是一直以来对其所做的考古工作少之又少。刚开始的时候，大家认为石围基址的石结构墙基在地表上保留得比较完整，发掘起

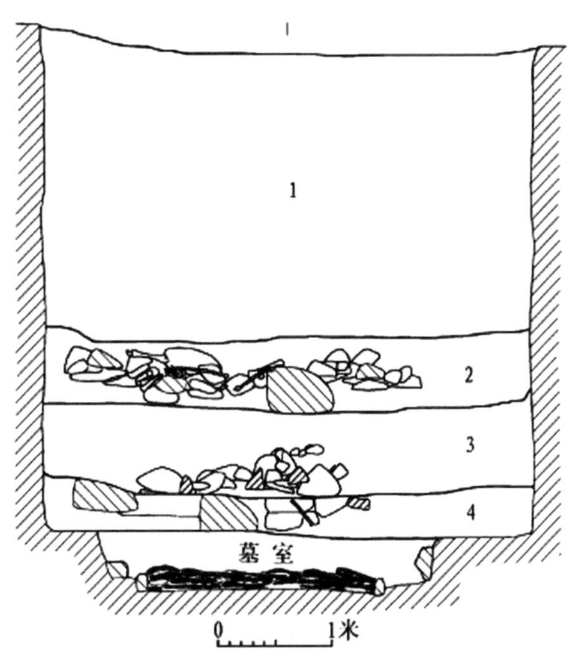

◆ 东黑沟遗址墓葬示意图

来应该容易一些，结果却出乎意料。任萌后来讲道：“石围基址内部堆积中常包含丰富的地层和遗迹，发掘难度远大于墓葬。在发掘过程中，要仔细辨析各种地层单位之间的先后或共存关系，按照早晚顺序分别揭取地层、清理遗迹。我们先切二分之一，逐层清理，然后分析剖面，判明层位关系后再清理另一半。整个过程大费周章。”

石筑高台是东天山南北各个游牧文化遗址中最为常见的，它的功能和作用人们一直不甚明了。为了搞清楚它的真实面目，考古队决定发掘一座一探究竟。面对那个长20多米、高4米的庞然大物，考古队抱着谨慎的态度：小心翼翼地除去表土之后，再以其顶部中心为基点将其分为四个部分，先对其中的四分之一进行发掘，意在查看石筑高台的剖面。“很快发现高台并非全是石筑，它的边缘用石垒成，内部填土，地层堆积也很丰富。结合剖面划分好地层后，我们决定先逐层发掘其内部填土，外围石圈暂时保留。”

整个工作困难重重，进度缓慢。

很多考古工具在这里无法使用，手铲也很难使唤——工作面上布满了大大小小的石头，用手铲刮一遍，磨损就会非常严重。有些石头缝里的泥土，必须像剔牙一样，仔细掏取，或者用毛刷轻轻刷掉，不到一个月，所有的毛刷都秃了。

石头是最大的障碍。那些规模较大、等级较高的墓葬，墓坑都挖得很深，而且为了防止盗掘，墓圹里往往填埋了巨石，轻则几百斤，重则上吨。清理这些巨石得动用大量人力，一点一点向外吊，如果石头实在太大，就得想办法破开后再向外清理。石筑高台的内部要挖空，土方量大，台高坡陡，人力车不能上下，搬石出土的工作只能人工操作。随着高台越挖越深，上上下下耗时耗力，考古队投入了十几个劳动力，效果却并不明显。

绘图也是一项庞杂繁复的工作：遗迹都是石块构成的，每块石头都要测量画图，画完之后，满图纸的小圈。习通源本科学的是电子专业，因为痴迷考古而考取了王建新的硕士研究生。这个方脸剑眉的小伙，眼睛清澈得像天空，十分直率和真诚。他把全站仪玩得溜溜转，用全站仪测出每个遗存的坐标，再由任萌将其标在图纸上。这比使用传统的平板仪快了很多。但是，巨大的工作量仍然使测量和绘图工作进展缓慢：仅高台和石围基址的测量和绘图就花去了整整20天时间，画到最后，任萌说他看什么都是石头。习通源发出感叹："任萌绝对是全国画石头最多的人，而我则是那个测石头最多的人。"

天气仍然是拦路虎。巴里坤地区昼夜温差大，紫外线辐射特别强烈。宋亦箫这个在长江边长大的孩子，刚来巴里坤就领略了这里的极端天气，不到两天时间，胳膊就被晒蜕了一层皮。宋亦箫关于巴里坤考古的记忆，许多都是关于天气的。而且，这里到9月中旬以后就冷得无法开展野外工作了。

在将近3个月的时间里，考古队并没有完成预定的目标。12座墓葬发掘了9座，4座石围基址发掘了1个，4米高的石筑高台也仅仅挖下去了1米。王建新决定，2006年的发掘工作就此结束，下来是整理资料、总结经验，剩余的部分到明年再行发掘。

虽然说2006年的工作是一个半拉子工程，许多事情不如人意，留下诸多遗憾。但在发掘过程中，考古队还是严格按照田野发掘的规程，所有工作都做得严谨认真。当然，2006年也不是一无所获，墓葬中出土了很多文物，同时，考古队还发现了墓葬之间存在明显的形制演化。8月中旬，考古队还在巴里坤召开了发掘成果研讨会。来自全国各地的专家对这次发掘中的新发现进行了热烈的讨论，大家各抒己见，见仁见智，甚至进行了激烈的学术交锋。研讨会上产生的学术观点，对大家认识古代西北游牧人群的历史文化有极大的启迪作用。无论如何，神秘的东黑沟遗址已经被王建新他们揭去了半边面纱，王建新心中的疑惑也得到了部分答案。但是，还有许多谜题需要进一步研究。

接下来就要看来年的考古发掘了。

入选2007年“全国十大考古新发现”

2007年6月，东黑沟遗址第二年的发掘工作正式开始，王建新延请教研室的冉万里出面主持。冉万里比王建新小14岁，本科毕业于西北大学考古专业，博士学位是在日本同志社大学获得的，他一直从事着隋唐考古和佛教考古的研究工作。这位温文尔雅的年轻人刚满40岁，10年之后，他撰写了一本研究丝绸之路的著作《丝路豹斑——不起眼的交流，不经意的发现》，在学术界引起了不小的反响。

这一年，跟随王建新多年的刘瑞俊前往中央民族大学攻读民族学博士学位，其他学校的学生们也都返校了，参加东黑沟考古发掘的人员只剩下任萌、磨占雄、张凤、席琳、习通源、陈新儒、陈小军、孔令侠几人了。考古队的工作人员少了，但发掘任务并没有减少，除了少量墓葬外，还有3座石围基址和3米高的石筑高台等待发掘。如果按照去年的进度，结果可能仍然不会乐观。

冉万里研究了几天，决定适当减少墓葬的发掘，将工作重点放在石筑高台与石围基址上。他引入项目管理的方法，制定工作目标和工作计划，把任务细分到每一天。他还制作了任务进度表，挂在墙上，方便每个人看到工作进展，随时调整工作节奏。人员也重新进行了分工，习通源负责墓葬的发掘，张凤和席琳等负责石围基址的发掘，任萌和磨占雄负责石筑高台的发掘，测绘工作仍

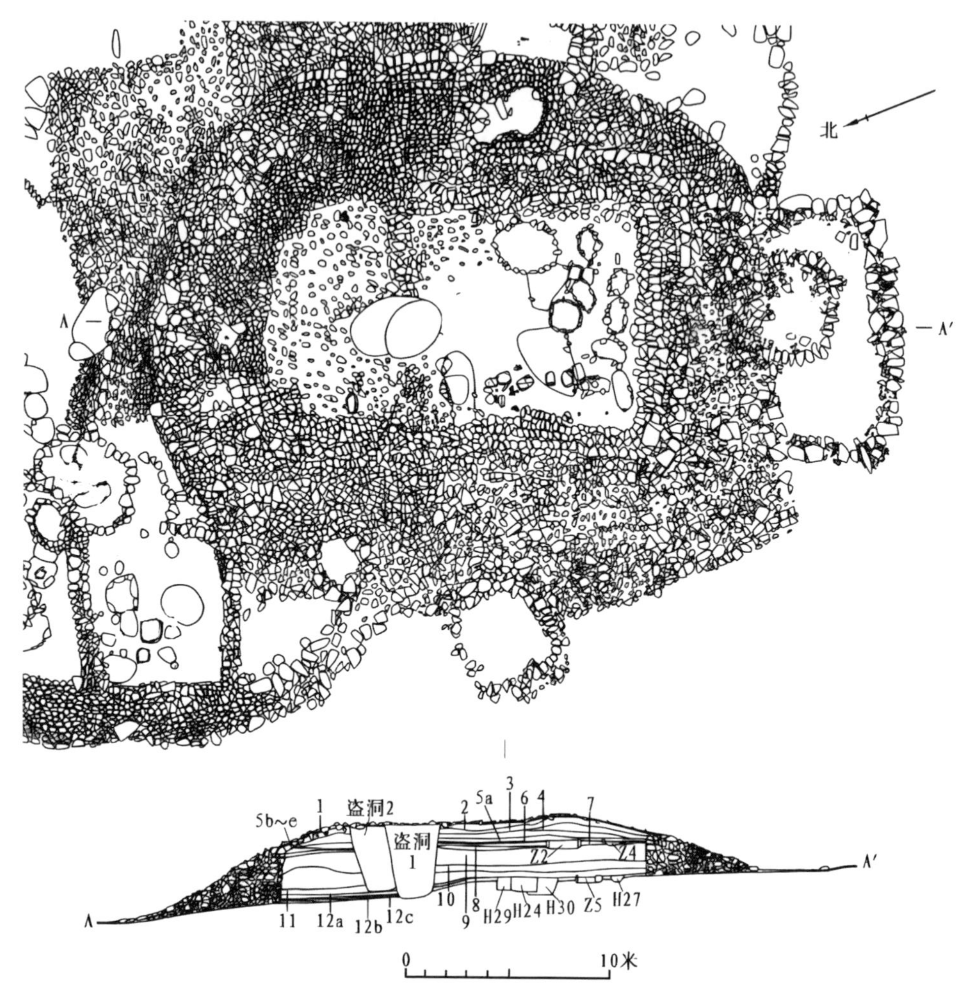

◆ 东黑沟遗址石筑高台及周边石围基址示意图

然交给任萌和习通源负责。

有了去年积累的经验，这一年的工作大家都熟练了不少，许多问题都能够从容应对。考古队员们动起手来也胸有成竹，不再像去年那样顾虑重重了。冉万里教大家使用“接力出土法”，让大家排成接龙长队，一个接一个把石块和沙土传到控制方的外面，不再像去年那样每个人一趟一趟地来回搬运，土方工程的速度和效率马上提高了很多。

石围基址的发掘，因为有了去年已经完成的样板做参考，所以划分层位、判断遗迹、分析地层关系也就轻车熟路了。石筑高台的发掘也很顺畅，没有遇到太大的障碍。一个多月之后，3座小型墓葬和3座陪葬坑都已发掘完毕，3 座石围基址也已全部清理，考古队就把所有力量集中起来，开始合力“围攻”石筑高台了。

这时候，巴里坤却降下了一场据说130年来未曾遇过的大雨，紧接着停电一周，电话也没了信号。考古队窝在驻地，哪里都去不了，几乎与世隔绝，发掘工作也全面停顿。现在看起来，那场大雨好像是某种暗示，这一年东黑沟注定要发生大事。

等发掘完石筑高台后，整个考古队欣喜若狂，欢呼雀跃：石筑高台大有乾坤，发掘的结果颠覆了所有人的想象——石筑高台并非大家之前所猜测的祭祀建筑，而是一座大型房屋。

石筑高台共有12个堆积层，其中有两个使用面，第11层至第12层是位于最下面的早期的使用面，第5层至第6层是晚期的使用面。12层是垫土，往下就是自然层了。

第11层是一层灰烬和木炭，经过仔细清理，大家“发现这些木炭堆积排列有序，还保留着屋顶木结构建筑倒塌的形状，依稀可辨出梁、椽、檩，还有榫卯结构的木构件。在高台内西、南边缘下部，还发现了被火烧毁的木墙痕迹”。再往下是一个使用面，也就是房屋建筑的地面。这个使用面上的遗迹实在是太丰富了。除了青石垒砌的火塘、庞大厚重的石磨盘外，还有30个排列整齐的柱洞，其内的木柱基部也保存完好，使房屋前后的结构一目了然。灰坑种类也很多，有专门的储粮坑，坑底全是纯净的碳化麦粒；有数个祭祀坑，填埋

◆ 东黑沟遗址墓葬出土的饰品

着至少7具完整的羊骨架，甚至还有保存完好的羊粪；除此之外，还有专门放置大型圆底陶器的小坑。

这些遗迹周围散布着大量的石器、骨器，还有少量的铜器。陶片的数量之巨令人咋舌，整个使用面几乎全被陶片覆盖了，尤其是墙根处和石磨盘、灰坑附近，陶片层层叠叠，有些还能依稀辨认出陶器原来的形状。

这是一个具有石围墙、木板壁、木结构屋顶的规格很高的大型建筑，面积达166平方米。房屋南高北低，依地势而建，南部高台上是主室，北边较低的是一个木柱带顶的廊道，从廊道进入主室有一个斜坡。纵使整个房屋化为灰烬，也依然显示出它的恢宏与大气。

一场突如其来的大火，使这座木房屋毁于一瞬。这种被烈火焚烧的遗迹在岳公台遗址的大型石围基址中也有发现。这里曾经发生过什么？这场大火因何而起？是不小心失火，还是人为纵火？是被闪电击中，还是仇敌发起了突然袭击？屋内的一切仍然保持着烧毁前最后一刻的模样，记录着不为人知的秘密。那些灰烬仿佛前一刻还在燃烧，火光映红的面容上是痛彻心扉的惋惜与悔恨，是绝望与无助，还是逃亡前的惊惧与慌张，现在已然无法推测。但从考古的角度讲，这种被突然废弃的房址都是可遇而不可求的“宝贝”，因为其中出土的文物丰富完整、共时性强，具有极高的研究价值。2007年9月底，北京大学严文明先生前来工地参观指导，看到这一切之后非常惊喜：“这么漂亮、保存这么好的房子我还是第一次见到。”

根据碳-14测年数据，石筑高台下部的这个使用面，年代在公元前1300年至公元前1000年前后，大概对应中原的商朝后期。

另一个晚一点的使用面是第5、6堆积层。使用面南部正中是一座用青石垒砌、整齐规整的火塘，火塘两侧排列有8个长达五六十厘米的大型石磨盘和十几个小型石磨盘。在它们周围，分布着大量灰坑和各种石器、陶片。收集的陶片后来复原出了高达七八十厘米的双耳罐，能盛下整只羊的大釜，以及造型奇特的陶鍑等大型陶器，很多器形在当地都是首次发现。整个使用面有大量用火的痕迹，上面覆盖着一层厚厚的灰烬。

根据碳-14测年数据，石筑高台上部使用面的年代在公元前1000年至公元前800年前后，大概对应中原的西周时期。

现在石筑高台的发展演变比较清楚了：最初的时候，石筑高台是一座木石结构的高等级房屋建筑，可能是某个部落贵族的府邸，因为一场大火而突然废弃。后来，人们又在其残存的石墙内部填土堆石，再次利用，这样就形成了上部的使用面。上部使用面再次被废弃并被覆盖后，高台表面长满青草，最终形成了现在的样貌。

石筑高台周边的石围基址是更小型的居住遗存，大多数有3个文化堆积层，发现有灰坑、火塘、灶等遗迹，还有埋有完整羊骨架的土坑，以及各种石器、骨器、陶器。其中有两个石围基址在废弃之后又用于简单墓葬：潦草地堆一个石圈，将尸骨存放进去，凌乱的人骨说明了埋葬时的草率和简陋。石围基址的年代也大概分为两种，即公元前1300年至公元前1000年左右，公元前1000年至公元前800年前后。

让人更为惊喜和惊奇的是墓葬。

这次，考古队共发掘墓葬12座，其中小型墓葬8座，中型墓葬4座，都有圆形石封堆，以西北—东南走向为主，个别为东北—西南走向。这些墓葬大部分都是竖穴偏室墓，还有一部分是竖穴土坑墓。竖穴偏室墓就是在修建坟墓的时候，先挖掘一个长方形的竖穴墓坑，然后在墓坑壁上掘出墓室，墓室里安葬遗骸，墓坑里填充泥土和石块，其上聚土石为封堆。

有一座中型墓葬引起了王建新的注意。

清理掉表层土壤之后，王建新发现封堆的西侧有3座殉坑，一坑殉有1匹骆驼，另两坑各殉1匹马。这是一座等级较高的墓葬，王建新判断，墓主人的地位可能比较显赫。之后，大家清理墓坑里填埋的石块时，又发现了一副完整的殉马，同时还有残缺的人骨，说明这座墓葬还有人殉现象，而且人殉有随葬品，

◆ 竖穴偏室墓葬

是一些壶、碗等日常使用的陶器。看来，墓主人不仅仅地位显赫，而且很有权势，他的殉葬品证明他在这里具有主宰权，不但可以随意支配财产，而且可以随意支配生命。再向下清理，墓里出现了一具“井”字形木椁，榫卯结构，木头缝隙存留红底黑色漆皮残片，墓主人就安葬在这里。不出所料，随葬品极其丰厚，有银牌、金牌、金箔、金泡、金花等饰品，有各种陶壶、陶钵，有骨具、骨针、骨串饰，以及铜镜、铜锥、铜环首刀，还有铁器和石磨盘、磨具。王建新发现，出土的金牌和金饰品跟阿尔泰山北麓的巴泽雷克大墓出土的文物极其相似。

这座墓到底隐藏着什么秘密呢？那位骸骨残缺的殉葬者又有着什么样的悲惨命运，让他或者她陪着这位权贵在此沉睡了2000余年？

王建新对随葬品进行了仔细分析，发现了其中的端倪。

关于墓葬的时间和墓主人的身份，王建新发现，这个墓葬的形制特征与随葬品的组合与已经发掘的巴里坤县黑沟梁墓地基本相同， 应属同一时期同一文化的墓葬。而黑沟梁墓地出土有中原式羽状地纹铜镜残片，这种纹饰的铜镜的流行年代为战国晚期至西汉前期。据此推断，这次发掘的墓葬也属于战国晚期至西汉前期。这一时期，在东天山地区活动的正是月氏。这个墓葬很可能就是月氏贵族的。

关于墓主人和殉葬者之间的关系，王建新根据他们各自的随葬品进行了判断：“墓葬人牲和石圈遗迹内人牲的随葬品都为实用器，器形和纹饰都与哈密地区焉不拉克墓地、寒气沟墓地、艾斯克霞尔墓地等出土的器物存在联系，代表的应是一种在当地延续发展的土著文化。而墓主随葬品中的陶器多为火候较低、无使用痕迹的明器，与哈密地区土著文化的陶器形式明显不同。动物纹金银牌饰等其他器物也非哈密地区的传统器形，代表了一种新出现的外来文化。”——陪葬的实用器，指的是死者生前日常使用的器物，而明器则指为了给死者陪葬专门制作的器物。

最后，王建新推断，东黑沟“墓葬中发现的以墓主为代表的外来文化和以人牲为代表的土著文化同时共存的现象，反映了征服者与被征服者的关系”。

至此，这个全国首例游牧文化聚落考古项目完美收官，收获巨丰，大家心

◆ 新疆巴里坤县东黑沟遗址出土陶器

中的喜悦难以言表。王建新觉得，多年来一直苦心造诣地研究古代西北游牧文化，这时候该有一个总结了。他决定用东黑沟遗址的考古发掘成果申报2007年“全国十大考古新发现”。

考古队整理完资料，向哈密博物馆移交文物之后，时间已经到了12月。他们回到西安，又马不停蹄地开始撰写最新的发掘简报和“全国十大考古新发现”申报材料。几个月之后，消息传来，东黑沟遗址入围。2008年3月底，王建新奔赴北京，参加最后的评审答辩。4月初的一个午后，任萌收到陈新儒的短信，只有简短的几个字，“东黑沟被评为十大发现”。

这是国内田野考古工作的至高荣誉，也是西北大学考古专业历史上第一次获此殊荣。从2000年王建新踏上寻找大月氏之路算起，他在古代西北游牧文化考古这一很少有人涉足的领域里，已经干了整整9年。好在丰硕的学术成果和考古学界的肯定与褒奖，足以告慰他多年来的艰辛、苦痛、付出和汗水。

东天山的故事

随着研究的深入，东天山地区的历史状貌逐渐清晰，这里在秦汉及其以前发生的故事也慢慢浮现了出来。

阅史最难的是建立时间概念。就像视野尽头的景象会丧失空间距离感一样，越远的历史越容易让我们失去时间的距离感。公元前2000年以前至公元前2世纪，也就是中原的夏、商、周至西汉初期，是近2000年的时间段。2000年，也相当于汉代到今天的时间长度。想想吧，最近这2000年，人类发生过多少事件？世界上演了多少战争？崛起和湮灭了多少个帝国？涌现了多少圣贤与智者？中国发生了多少次朝代更替？这2000年，我们从铁器时代进入蒸汽时代，从电气时代进入互联网时代，现在正要迈步跨进人工智能时代。

公元前的那2000年并不比这2000年短促，也并不缺乏时空的质感。那2000年也被人世间的兴衰、争斗、迁徙、繁衍填满了。

东天山在公元前2000年以前至公元前2世纪是一幅什么样的历史图景呢？

那是一段没有文字记载的历史空白，包括王建新在内的考古学家们正在用考古发掘一点一点唤醒那段近2000年的记忆。

那段历史可以划分为四个阶段。

第一阶段，公元前2000年以前。河西走廊的甘青人群、北方草原上已经完成东西交融的人群、西方的高加索人群逐渐进入新疆，新疆进入了新石器时代晚期的铜石并用时期。这一时期的东天山，甘青人群是主体，其他两个人群是少数，他们主要在哈密盆地、吐鲁番盆地沿河绿洲上从事农业，种植粟、小麦、青稞。现有的考古发掘证明，东天山地区的文化深受河西走廊的影响，而河西走廊又深受黄河中上游和渭河流域的影响。

第二阶段，公元前2000年至公元前800年左右。其中有几个时期值得注意。

公元前1300年左右，东天山南北两侧走向繁荣，人口大增，原有的生存空间日益狭小。生活在盆地绿洲上的农耕人群开始沿河流向东天山山坡上的草原地带分流，这些人以放牧为生，兼事少量的农业生产。正是这些人在东天山南北两侧建立了兰州湾子、东黑沟、寒气沟、红山口、乌拉台等早期游牧聚落，他们内部也已经有了等级观念和贵贱之分。

公元前1000年左右，我国西北地区曾经有过一段时间的动荡。安阳殷墟出土的甲骨文记载，公元前1100年前后，商王武丁的妻子妇好曾经率军“伐羌”。这场战争可能引起了西北地区各人群的流动和争斗。传说中，周穆王于公元前965年以“不享”之名西征犬戎，“获其五王，又得四白鹿，四白狼”，迫其“荒服”于周。就像池塘中投入一块石头，中原地区发生的事件会扩散成波及周边的涟漪。无论是史实还是传说，都说明西北地区在这一时期战火频仍，动荡不安，原有的秩序在不断打破。

公元前800年左右，东天山突然衰落了。这个衰落没有渐变过程，是一次短时间内的巨变，而衰落的答案就在物候学家竺可桢先生1973年发表的那篇经典之作《中国近五千年来气候变迁的初步研究》之中。竺可桢先生研究发现，公元前800年左右，欧亚大陆经历了一个时长百余年的大降温时代，这一气候变化在整个天山地区的考古发掘中得到了印证。气候变冷导致农作物歉收、牧场退化，人类的生存受到威胁，欧亚大陆陷入了大动荡。就在这一时期，东天山人口锐减，聚落废弃、毁坏，这与人群的主动迁徙有关，也可能与争夺生存资源的战争有关。人群退至山下的河谷和盆地中的绿洲，生存空间缩小迫使相当一部分人群向东方迁徙，逼迫当地的戎、狄向中原挺进。也就是在这一时期，西周在西戎的打击之下走向灭亡，周平王东出沣镐，迁都洛邑。

第三阶段，公元前800年至公元前400年左右。东天山进入了铁器、铜器、石器并用时期，但再次陷入了长达400余年的动荡。随着气候回暖，自然条件好转，山下绿洲上的人群开始再次分流上山，但山地草原的繁荣却始终没能恢复到以前的程度。公元前623年，秦穆公征伐西戎，引起西北地区各人群的连锁反应，东天山受到波及。公元前550年前后，西方波斯阿契美尼德王朝的居鲁士大帝向东征伐中亚游牧人群，使中亚游牧人群东进北上。公元前330年前后，希腊马其顿亚历山大大帝再次征伐中亚，使中亚游牧人群再次东进北上。这时候，东天山地区已经无力抵御其他人群的进入了，西来、北来的人群比例增加，不过甘青人群仍然占据主体地位。

第四阶段，公元前4世纪左右。我们的主角开始登上东天山的历史舞台。东黑沟遗址这一时期墓葬的人殉现象表明，这里存在着征服与被征服的关系。墓主人的“井”字形木椁，陪葬的金银饰品和明器，表明这一人群的文化与阿尔泰山地区的巴泽雷克文化极其相似，这说明这些征服者可能是从阿尔泰山迁徙而来的游牧人群。

阿尔泰山一直是欧亚大陆东西方交流的中心地带。

人类在农业出现并发展之后，才逐渐定居。而在这之前的几千年里，四处流徙就是生活本身。在新石器时代，欧亚大陆东西方的交往是沿着北纬50°西风带上的大草原展开的，这条通道被人们称为草原丝绸之路。考古资料证明，这个时期，中国北方和欧亚大草原交往密切，无论是对文化还是人种都影响深远，而他们发生碰撞和融汇的地方正是西伯利亚南部和阿尔泰山地区。

在青铜时代，天山一线的东西大通道已经打通，这就是著名的丝绸之路。东西方交往的密切程度远远超出现代人的想象，玉石、丝绸、马匹等等物资已经开始大规模交易。当时这一地区尚无文字，所以人们之间的交往并无文献记载，但考古研究却证明了欧亚大陆内部东西南北交往的频繁与深刻。

到了铁器时代，欧亚大陆东西方的贸易利益让各方势力都垂涎不已，丝绸之路成了大国争夺的焦点。东天山和盛产黄金的阿尔泰山就处于这个焦点的核心位置。

阿尔泰山北端丘雷什曼河与其支流巴什考什河之间有一片狭长谷地，巴泽雷克文化遗址就坐落其中。这里也是中国、蒙古、哈萨克斯坦和俄罗斯的边境地区。1927年，苏联考古学家鲁金科率领考古队来到这个谷地，发现了用巨石和封土堆成的古代墓葬群。当考古队清除表层的石块和冻土之后，却发现墓室之上有一层晶莹剔透的冰冻层。冰层很厚，铁镐无法凿开，鲁金科最后采用开水浇融的办法消解了冰层，这也是人类考古史上令人称奇的一幕。由于战争原因，发掘工作陷入停顿，20年后才再度进行。这次，考古队用了两年时间，一共发掘了5座大墓，收获巨丰。墓主人的遗骸安葬在原木制成的“井”字形木椁里，随葬品具有中国元素、波斯元素和希腊元素，特别醒目的是产自中原南方的丝绸、铜镜和漆料。大量的金银饰品具有鲜明的草原风格，东黑沟晚期墓葬出土饰品与其相似。从体质人类学上看，巴泽雷克文化人群兼具印欧人种与蒙古人种的特征。考古学家们认为，巴泽雷克文化的年代大概在公元前4世纪至公元前2世纪。

巴泽雷克文化是欧亚大陆早期铁器时代最为著名的考古学文化之一，是文化交融的产物。它分布的范围十分广泛，遍及整个阿尔泰山，其文化因素向东沿阴山、燕山一直影响到整个中国北方地带，还渗透到了中原甚至南方。

东黑沟遗址和东天山其他遗址的考古发现说明，巴泽雷克文化人群沿阿尔泰山迁徙而来，随后攻占了东天山的各大草原。他们因何而来呢？是因为自然灾害无法生养？是因为人口增多资源不足？是因为别族攻击背井离乡？是因为帝国扩张开疆拓土？还是因为觊觎东天山草原和绿洲的丰腴？或者就是为了争夺丝绸之路的控制权？——他们一直活跃在东西方贸易往来之中，当草原丝绸之路走向衰落，他们就得寻求新的通道。一切已经无法说清，就像那个模糊的时代一样，这个人群南迁的原因也模模糊糊地隐藏在历史的迷雾之中。

现在人们推测，这一人群可能就是月氏。他们进入东天山之后，臣服了

◆ 巴泽雷克文化人像复原图

本土人群，并与本土文化开始了全面融合，建立了一个多元文化的游牧政权。好在他们在东来西往中游刃有余，并不排斥不同文化。他们具有强大的军事攻击力和文化包容力，很快征服了天山南北、河西走廊。他们实行部落制和领有制，派遣贵族首领和部众统治这些广袤地区的人群。他们属于山地游牧人群，和绿洲农业人群是控制与被控制的关系。他们天生就善于贸易，嗜金如命，耽于享乐，在扼守了丝绸之路的咽喉之后，垄断了东西方的贸易。他们曾经非常强大，令残暴的匈奴都心生畏惧，后来却在大国竞争中逐渐失去优势，最终被匈奴击败，逃亡至中亚。他们的逃亡不仅仅是王族和贵族的迁徙，也是他们治下的戎、狄各部人民的迁徙。总而言之，月氏从进入东天山开始就是一个全新的不同以往的政治综合体、文化综合体、经济综合体和军事综合体。

东天山的考古工作仍在继续，一直到了今天。2008年暑假，王建新带领马健、任萌、习通源和一部分研究生对位于东黑沟西边的红山口遗址进行了调查。红山口遗址是巴里坤草原继兰州湾子遗址、石人子沟遗址之后的又一重要发现，是当时在东天山北麓地区发现的石围基址数量最多、规模最大、分布最为集中的一处古代游牧人群大型聚落遗址。2012年，马健主持发掘了巴里坤西

◆ 巴里坤西沟遗址1号墓出土的巴泽雷克文化类型的金饰牌

◆ 西沟遗址发掘的具有殉葬的竖穴偏室墓葬

沟遗址，出土了大量巴泽雷克文化类型的文物。2015年，王建新他们参与了柳树沟遗址的发掘，这也是一个与东黑沟遗址相似的文化遗存。2017年，马健、任萌和习通源发掘了巴里坤海子沿遗址，该遗址与东黑沟遗址、兰州湾子遗址几乎完全一致，属于同类考古文化遗存。后续的这一系列考古发掘，不断充实和丰盈着东天山地区的历史样貌，也使人们不断逼近月氏的历史真相。

早在2008年，王建新已经对东天山的考古工作有了新的想法和新的安排。相较于获得“全国十大考古新发现”，让他更觉宽慰和欣喜的是，他和他的团队已经在古代西北游牧文化考古研究中建立起了自己的理论体系并得到了验证。

从2000年开始到2008年，他们逐渐形成了聚落、墓葬、岩画“三位一体”的古代游牧文化研究理论，这在国内甚至世界考古学界都是巨大的创新。王建新还总结出了一套“大范围文化调查，小区域精准发掘”的工作模式，把具体问题置于更大的历史背景之下，从更广阔的视域对其进行透视，让每一次考古研究都能有清晰的时空定位和完整的实景还原。当然了，在多年的调研和发掘过程中，他也积累了丰富的实践经验，这些经验为以后的考古发掘打下了坚实的基础。

9年来，他解开了“敦煌、祁连间”到底在哪里的历史谜题，探清了古代西北游牧人群与蒙古高原游牧人群不同的生产生活方式以及他们与不同农耕形态人群之间的关系。更为重要的是，他为西北大学考古专业开创了一个新的学科方向，并且培养了一支精于实战的科研团队。

他觉得，东天山的考古发掘工作可以放心地交给年轻人去做了，而他的目光已经瞄向了中亚。1999年，他提出了“中国考古走出去”的设想，算下来已经过去整整10年了。现在他在理论和实践方面都已经做好了准备，是时候行动了。

走进中亚

葱岭之西

飞机降落在乌兹别克斯坦塔什干机场的那一刻，王建新多年来走进中亚的愿望终于落地了。他清楚地记住了当天的日期，2009年6月12日。

塔什干机场第二航站楼棱角分明，在碧空之下透露着传统的厚重和现代的质感，像极了乌兹别克四楞小花帽。沿着大月氏当年的西迁之路，跨越2000年的追寻将王建新带入了中亚。这也契合10年前王建新提出的研究大月氏“先国内后国外”的设想，而这个设想也将使西北大学考古学科最终实现“走向国际”的夙愿。

单凭河西走廊和东天山地区的研究成果，王建新团队就已经非常成功了，他们已经站在了国内西北游牧文化考古的前列。无论从个人角度还是事业角度而言，他们已经被证明，他们也得到了应该得到的地位、荣誉、待遇和尊重。止于此处，已居巅峰。但对王建新而言，他仍然没有达到最充实的满足感。

大月氏研究需要中亚考古发掘来进行对照和印证，丝绸之路真实的历史状貌需要用中国话语体系进行阐述和还原，同时，中国的世界考古学需要有人构建和实践，中华文化在全球的解读和传播需要进一步匡正和扩大。这些不仅仅是学术任务，更是一名考古工作者的责任和担当。王建新来到中亚，是一种必然。

然而，过程并不顺利。

中亚各国在独立之前是苏联的加盟共和国，没有独立的外交权，加之中苏交恶期间，苏联的舆论机器在宣传和塑造中国的形象时并不友好，甚至常常恶意中伤，导致中亚和中国近在咫尺却形同陌路。高耸入云的帕米尔高原，即中国史书所称的葱岭，苍黑色的山体在那段时间犹如一道被焊死的铁盾，隔绝了两边的往来。中国学术界也只是将中亚作为苏联框架下一个并不重要的部分进行研究，关注不够，成果不多，基本为空白。

20世纪90年代初，中亚五国独立之后，和我国逐渐有了接触和联系，但这种接触谨慎而简浅，更多的是官方外交，文化交往尚不深入，民间往来更是稀少。理解那个时期吧，因为信任的建立需要时间。从接触到了解，从了解到信任，这是一个不断消除疑虑与戒备，积攒善意与好感的漫长过程，其间充满了磨合与反复。

中亚各国独立之后基本上都亲近西方，美国、法国、英国、德国、意大利等国家的学术机构和学者大举进入，那里突然成了一方热土。然而对于东方邻居，中亚各国反倒关注不够，学术界几乎没有联络和交流。王建新不认识任何一位中亚的考古学者，走进中亚，想起来简单，做起来却无门而入。

“机会总是留给有准备的人”，进入中亚的机会正是王建新自己寻找并牢牢把握住的。

十年深耕，王建新团队已经引起了世界考古学界的关注，其学术影响和学术声望让王建新有机会认识在美国从事古代近东考古与艺术研究的吴欣。

吴欣毕业于北京大学考古学系，后来在美国宾夕法尼亚大学艺术史系攻读考古学博士学位。她的身上散发着东方女性娴雅聪慧的知性之美，举手投足热情大方、雍容得体，眉目之间洋溢着自信和敏锐。吴欣先后在纽约大都会博物馆、纽约大学古代世界研究所和以色列奥尔布莱特考古研究所工作，研究领域也从西亚逐步进入中亚。沿着学术前进的轨迹，她自学掌握了德语、波斯语和俄语，把华人的刻苦、聪明、自律与坚韧发挥得淋漓尽致。

这位天才的女考古学家是陕西泾阳人。泾阳县位于西安之北约40公里处，号称关中的“白菜心”，自古便是经济文化极其繁荣之地。民国著名政治家、教育家、书法家于右任的祖籍就在这里。泾阳安吴堡吴氏家族更是赫赫有名。这个家族世代经商，清末时期在精明干练的寡媳周莹的操持之下走向辉煌，富冠陕西。周莹在慈禧太后避难西安时捐银10万两，被慈禧封为“一品诰命夫人”，并题“护国夫人”牌匾，电视剧《那年花开月正圆》的主人公原型就是周莹。这个家族在民国时期还出了一位大学者吴宓——清华大学国学院的创办人之一，与陈寅恪、汤用彤并称“哈佛三杰”。吴欣正是泾阳吴氏宗亲后裔。

吴欣在回国探亲期间，专程前往西北大学拜会了王建新。机遇来临了。2009年，吴欣正在着手进行乌兹别克斯坦苏尔汉河克泽尔特佩遗址考古发掘的准备工作。当年6月，联合国教科文组织亚太中心将在撒马尔罕举办一次考古学术会议。当吴欣知道王建新想进入中亚开展考古工作的愿望后，便热情地联系会议主办方向王建新发出了邀请。就这样，王建新得以踏进中亚。

在会议闲余时间，王建新参观考察了撒马尔罕城，仔细品味了她的韵味与风姿。

撒马尔罕，中亚的灵魂。这座城市承载着中亚所有的记忆，是中亚的“活化石”。

撒马尔罕，乌兹别克语的意思为“肥沃的土地”。被泽拉夫善河滋养着的撒马尔罕，建城已逾2700年。它在公元前6世纪以后成为波斯阿契美尼德王朝在中亚的重镇，从那时候起，世界上的史书就开始记载它的名字、它的繁荣与富庶，以及对它的向往和仰慕。那时候，琐罗亚斯德教盛行中亚，撒马尔罕城建有众多琐罗亚斯德教神殿。

公元前329年，当希腊马其顿亚历山大大帝攻下撒马尔罕城之后，年轻的国王发出了由衷的赞叹：“我所听闻并非虚假，撒马尔罕比我所想更为壮美！”而这个时候，东方的秦国在雄图大略的秦孝公主政之下，已经建都咸阳20余年了。亚历山大帝国分崩离析之后，撒马尔罕的光芒也一直辉耀在丝绸之路上。

公元前2世纪至公元4世纪，撒马尔罕盆地分布着游牧国家康居统治下的5个农业小国。公元5世纪至8世纪，以撒马尔罕为中心的锡尔河与阿姆河之间的索格底亚那（粟特）地区，是那些自称为“昭武九姓”的粟特商人们的老家。这一时期，粟特商队几乎垄断了中国与中亚、西亚地区之间的商业贸易，撒马尔罕是丝绸之路上世界级的财富中心。

公元6世纪，突厥汗国占领中亚，后来很快分裂，这一时期，撒马尔罕城是西突厥汗国王冠上的明珠。公元657年，大唐虎将苏定方征讨西突厥，生擒西突厥可汗阿史那贺鲁，西突厥灭亡。唐高宗在撒马尔罕设置康居都督府，东方之风沿着丝绸之路吹至此处，然而不到100年，阿拉伯帝国的洪流便滚滚而来。

公元706年至公元709年，阿拉伯倭马亚王朝东方呼罗珊的总督、精明强悍长于计谋的大将屈底波，带着阿拉伯贵族对中亚财富的垂涎与贪婪，率军征服此处。他采取离间与诱降的手段，拿下粟特的一座座城邦，撒马尔罕城抵抗一阵之后也开城投降了。屈底波在中亚招募士兵，组建自己的亲兵卫队，并在各个城中大规模修建清真寺，诱惑和强迫中亚人民改宗伊斯兰教。公元715年，他反叛新任哈里发，被部下刺杀。公元751年，阿拉伯阿拔斯王朝开国名将艾布·穆斯林与大唐名将高仙芝在怛罗斯大战一场，大唐败绩，阿拉伯帝国彻底占据中亚。然而，这两位战场上的对手，最终却走向了相同的人生结局。公元755年，艾布·穆斯林因为功高震主、威胁王权，被哈里发曼苏尔召至巴格达皇宫，酷刑处死。半年之后，高仙芝在抵御安史之乱的叛军时败退潼关，被唐玄宗李隆基治罪斩首。

百年之后，公元840年，回鹘汗国败给黠戛斯人，回鹘人从蒙古高原迁徙至中亚，与突厥葛逻禄部联合建立喀喇汗王朝，撒马尔罕城归其所有。公元890年左右，塔吉克人（东伊朗人）在中亚南部建立萨曼王朝，其后从喀喇汗王朝手中夺得撒马尔罕城。

又一个一百年，突厥乌古斯人塞尔柱家族崛起。1037年，“东方与西方之王”图格鲁克建立塞尔柱帝国，横扫中亚、波斯和高加索。其后，阿尔普·阿尔斯兰和马立克沙两任苏丹将帝国版图扩展至小亚细亚和叙利亚。当圣城耶路撒冷被攻占之后，欧洲基督教世界一片惊慌与愤慨，罗马教廷组织联军讨伐塞尔柱帝国，拉开了长达200年的十字军东征。塞尔柱帝国的中心在波斯和西亚两河流域，但撒马尔罕是其东方的重要城镇，因为它连接着去往中国和印度的商路。黎巴嫩裔法国著名小说家阿敏·马卢夫在他的著作《撒马尔罕》中讲述了帝国的秘密。

1124年，中原契丹辽朝被女真金朝攻灭前夕，辽朝大臣耶律大石西逃至中亚建立西辽政权。深受中原汉文化影响的他，完全采用汉制管理国家。1141年，西辽军队与塞尔柱帝国联军在撒马尔罕以北的卡特万草原上展开决战，这就是著名的卡特万战役。塞尔柱帝国战败，西辽占据中亚河中地区，在撒马尔罕设置河中府。

这是一个群雄并起的时代。当塞尔柱帝国、喀喇汗王朝和西辽王朝在中亚缠斗之时，阿姆河下游的花剌子模王朝悄然兴起。它最初附庸于塞尔柱帝国，卡特万战役之后又拜西辽为宗主国。1212年，花剌子模君主摩诃末占领撒马尔罕，并将都城从玉龙杰赤（现乌尔根奇）迁徙至撒马尔罕。摩诃末是一位骄傲而自大的君王，他四处征战，了无对手，于是便自认天下第一。然而此时，天之骄子成吉思汗已经站立在蒙古高原上，雄鹰一般地傲视寰宇了。

公元1218年，成吉思汗派遣一支500人的商队前往花剌子模，花剌子模讹答剌城（现哈萨克斯坦奇姆肯特附近）总督海儿汗·亦纳勒术垂涎商队的财宝，杀人越货。消息传来，成吉思汗恼怒异常，派遣使臣去讨回公道，索取赔偿，结果摩诃末杀使臣，拒赔偿。盛怒之下，战端必起。公元1219年，成吉思汗发动大军开始了蒙古帝国的第一次西征，并于1220年5月攻下了撒马尔罕城。苍凉的蒙古呼麦在撒马尔罕城的上空回荡，撒马尔罕在铁蹄之下战栗哀号，一座历史名城就这样毁于一旦。此后，撒马尔罕便置于蒙古察合台汗国治下。

公元1370年，突厥化的蒙古贵族帖木儿在蒙古察合台汗国的废墟上建立起疆域辽阔的帖木儿帝国，撒马尔罕成为帝国之都，这座城的重建与复兴由此拉开了序幕。帖木儿把从亚洲各地劫掠来的珍宝运往撒马尔罕，把各个城市里的能工巧匠征召到撒马尔罕，在撒马尔罕城建起了最富丽堂皇的宫殿和清真寺。帖木儿死后，帝国很快分裂，但他的儿子沙哈鲁和孙子兀鲁伯继承了他修建撒马尔罕城的宏愿，神学院、天文台和图书馆拔地而起，辉煌而璀璨，至今仍然是撒马尔罕的地标与象征。也就是从这时候起，撒马尔罕重新成为中亚的文化中心和宗教中心，成为中亚的精神之塔。

1500年左右，来自北方的乌兹别克部昔班尼汗攻灭帖木儿后裔，建立起了布哈拉汗国。帖木儿六世孙巴布尔受迫向南进入印度，在印度建立起了莫卧儿王朝。布哈拉汗国最初定都撒马尔罕，后迁至布哈拉城，但撒马尔罕一直是布哈拉汗国最重要的城市。1868年，布哈拉汗国成为俄国的附庸国。1920年，布哈拉苏维埃人民共和国成立，汗国灭亡。

漫步撒马尔罕街头，列基斯坦神学院蓝色的穹顶、雕花的阿拉伯拱门和宣礼塔在浩渺的天空之下依然沉醉在历史之中。王建新第一次直接感受到了中亚历史文化的灿烂与辉煌，那种惊叹与震撼让所有文字记载都苍白而暗淡。

中亚历史发展完全不同于中国。中国历史是一脉相承的，既是人的历史，也是地域的历史，是人与地域在时间轴上的共同延续。中亚历史中，人与地域是两张皮：如果谈起人的历史，那其祖先往往要追溯至中亚之外；而谈起地域的历史，其主人公却像走马灯一样换来换去。这就是中亚历史文化的复杂性，也是中亚历史文化的魅力所在。中亚，自古是游牧人群和商业人群的舞台，他们的精彩就裹藏在麻团一般的纷乱之中。

初识中亚

王建新在会议上做了一次学术报告，吴欣担任他的俄语翻译。这是王建新第一次在中亚同行面前亮相，他介绍了自己在国内所做的工作，让中亚的同行们对中国的古代游牧文化考古研究有了一个大概的了解，也对中国同行有了初步的印象和评价。

会议结束之后，吴欣夫妇和王建新在当地租了一台老旧的嘎斯吉普车，开始了考察之旅。

中亚的文明发展是建立在水源之上的，那些有水的山谷、山麓和河滨之地，都是重要的文化空间。西天山和帕米尔高原的西麓，从北向南分布着五大

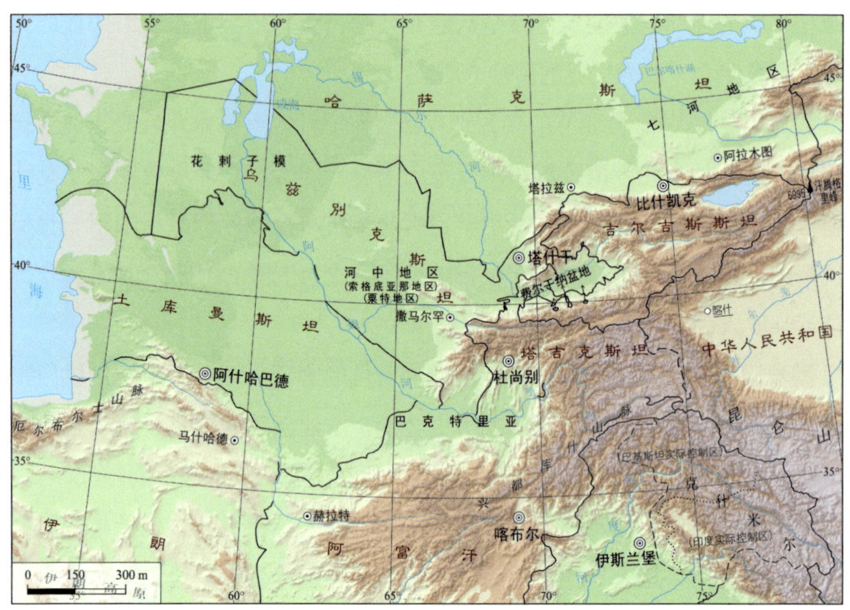

◆ 中亚古代历史文化区域图

文化区域。

最北边的是哈萨克斯坦境内卡拉套山以北的七河地区，包括巴尔喀什湖流域、伊塞克湖流域、楚河流域、塔拉斯河流域的广袤地域。哈萨克斯坦的前首都阿拉木图、吉尔吉斯斯坦的首都比什凯克都建立在此。这里自古就是游牧人群的天堂，唐代的碎叶城就坐落在楚河之畔的托克马克附近，而大唐与阿拉伯发生战争的怛罗斯也位于塔拉斯河畔的塔拉斯城附近。

卡拉套山以南，泽拉夫善山以北，锡尔河与阿姆河上游、泽拉夫善河流域的绿洲被称为索格底亚那或者粟特，中国称之为河中。这里是中亚的历史文化中心，哈萨克斯坦的图尔克斯坦、奇姆肯特，乌兹别克斯坦的首都塔什干，以及奇尔奇克、吉扎克、撒马尔罕、布哈拉、沙赫里萨布兹都是丝绸之路上的历史文化名城。

泽拉夫善山和吉萨尔山以南、兴都库什山以北的喷赤河流域，希腊史书称之为巴克特里亚，中国史书称之为大夏，后称吐火罗斯坦。塔吉克斯坦的首都杜尚别，乌兹别克斯坦的铁尔梅兹，阿富汗的马扎尔谢里夫、昆都士都是这一地区的中心城市。

镶嵌在西天山之中的费尔干纳盆地是锡尔河的最上游，面积大小与关中盆地相当。费尔干纳盆地是中亚最为富庶之地，也是世界上人口密度最大的地区之一，人口多达1100万左右，约占中亚人口的七分之一。塔吉克斯坦的苦盏，吉尔吉斯斯坦的奥什，乌兹别克斯坦的费尔干纳、纳曼干、安集延、浩罕、马尔吉兰，都是中外史书中频频提到的著名城镇。

位于阿姆河下游的花剌子模地区，是一片被荒漠包围的肥沃绿洲，南边是卡拉库姆沙漠，意为黑色沙漠，北边是克孜勒库姆沙漠，意为红色沙漠。古城希瓦、乌尔根奇就居于此处。

王建新他们的考察分为西、南两线，向西是从索格底亚那前往花剌子模，向南是从索格底亚那前往巴克特里亚。他们将撩起中亚历史文化的面纱，欣赏她多彩的容颜。

他们先走西线，第一站是位于泽拉夫善河下游三角洲上的古城布哈拉，路程300公里左右，需要4个小时。

汽车奔驰在绿洲之上，道路两旁是延展至天际的棉花田。这时候，棉花正在开花，大地如同锦绣一般，把泽拉夫善河油脂般的河水化作蓬勃的生命力呈现在蔚蓝色的苍穹之下。

乌兹别克斯坦盛产优质长绒棉，是世界第二大棉花出口国，被誉为“白金之国”。这既是乌兹别克斯坦的自然条件所使，也与苏联对中亚各加盟共和国的经济分工有关：苏联中央政府命令乌兹别克斯坦大规模种植棉花，让哈萨克斯坦大面积种植小麦。这种计划经济时期的分工更多地表现在工业领域：中央政府在发展工业时，常常把同一个产业链的上下游企业分散在不同的加盟共和国，而把核心部件的生产安排在俄罗斯和乌克兰。这样既加强了苏联内部各加盟共和国之间的经济联系，也杜绝了各加盟共和国建立自己完整工业体系的机会。后来，这种经济分工给独立之初的中亚各国造成了巨大困难。

与此相似的还有中亚的交通体系。苏联没有围绕中亚各加盟共和国的中心城市建立铁路网，这些加盟共和国的首府往往只有过境铁路，交通枢纽则建立在中亚周边的俄罗斯城市奥伦堡、车里雅宾斯克、鄂木斯克和巴尔瑙尔。中亚的铁路网更像是捆绑在他们身上的绳索。

布哈拉是一座历史文化名城，曾经是塔吉克人萨曼王朝的首都，后来成为布哈拉汗国的都城，现在是布哈拉州的州府。布哈拉的人口之中，塔吉克族占比很高。这里简直就是一座大型博物馆，保存着布哈拉汗国16世纪至19世纪400年来建造的王宫和清真寺。夏宫、雅克城堡、阿尔卡禁城、卡扬宣礼塔、卡扬清真寺，这些伊斯兰风格的建筑表墙上的每一寸都被精美的花纹和图案所装饰，不厌其烦，不计其琐，不留丁点空白，仿佛唯有如此，才能够完全展示灵魂深处的表达。是呵，围困绿洲的荒漠广袤而强大，它用死寂的枯燥和单调让所有的眼眸绝望，在它的面前，人类无能为力，无法证明自己，那就把所有的心血和毕生的精力都投到建筑上吧，那每一个拱门、每一个穹顶、每一个图案、每一个花纹，每一个精确的勾连和衔接，其实都是对自我存在的极致刻画和举证。地面之上的遗迹已经丰厚如此，但布哈拉的地下世界其实更加丰富。几十米厚的土层里，记录着这座城市2000多年来的诞生、成长、辉煌、失落、复兴、繁荣与苦难。

考察完布哈拉城，王建新他们驱车前往阿姆河下游卡拉卡尔帕克自治共和国（相当于州）的首府努库斯城。这次，他们向西北而去，800公里的路程基本上都在克孜勒库姆沙漠之中，干燥、炎热的天气和太阳照射下刺目的红色沙漠让人倦怠无力、昏昏欲睡。

当车抵达特尔特克尔小镇的时候，一条款款而流的大河出现了。这就是阿姆河，滋养了索格底亚那、巴克特里亚和花剌子模的阿姆河，滋养了中亚数千年文明的阿姆河，流淌在中国和西方众多历史书籍中的阿姆河。从这里开始，他们就踏入了花剌子模绿洲。丰腴富饶的花剌子模绿洲上坐落着乌尔根奇和希瓦两座历史文化古城。中亚流传着一句古老的谚语，“我愿出一袋黄金，只求看一眼希瓦”，可见希瓦的重要。但由于不顺路，王建新他们并未前往，而是直奔努库斯。

努库斯是一座荒凉小城，人口不足15万。但正是这座小城却拥有一座世界顶级的艺术博物馆——卡拉卡尔帕克斯坦国立艺术博物馆。这座博物馆让全球各地的游客对世界尽头的努库斯小城趋之若鹜。

斯大林时代就开始“隐居”在努库斯的苏联艺术家与考古学家伊戈尔·萨维茨基，不修边幅却独具艺术眼光和过人胆魄，同时还不乏与那个特殊时代周旋的智慧。他说服当地官员建立了一座艺术博物馆，而艺术博物馆里收藏着数量众多的遭受批判和迫害的苏联前卫艺术家们的作品，这就是卡拉卡尔帕克斯坦国立艺术博物馆。观览一幅幅精美的遗世之作，在钦佩萨维茨基的同时，那位地方官员也让人心生敬意。卡拉卡尔帕克斯坦国立艺术博物馆还收藏着卡拉卡尔帕克地区出土的文物以及当地的手工艺品，藏品多达82000余件，英国《卫报》称誉这座博物馆为“乌兹别克斯坦的卢浮宫”。

王建新他们参观了努库斯的艺术博物馆以及周边地区的早期铁器时代遗址和琐罗亚斯德教墓葬遗址。同时，努库斯老百姓的东方面孔，以及他们半定居的农牧业生活方式也给王建新留下了深刻印象。稍作休整之后，王建新他们又启程向东返回撒马尔罕。

回到撒马尔罕，他们开始了南线的考察。

第一站前往卡尔卡什河州的沙赫里萨布兹古城。

中国史书将沙赫里萨布兹称为渴石，隋唐时期，这里是粟特“昭武九姓”史国的都城，而史国曾在唐贞观元年遣使来贡。这里的商人活跃在丝绸之路上，许多人最终定居在中国，现在长安周边许多史姓人氏的先祖之地就在此处。

沙赫里萨布兹也是帖木儿的故乡。1336年，一代枭雄帖木儿出生在这里。这一年，朱元璋刚刚8岁，家境贫寒的他已经开始给地主放牛。1370年，帖木儿建立起庞大的帝国，称雄西方世界。而两年之前，朱元璋已经在东方建立起了大明帝国，年号洪武。1394年，帖木儿遣使迭里必失向朱元璋奉表贡马300匹。他在信里这样写道：“臣帖木儿僻在万里之外，恭闻圣德宽大，超越万古……”四年之后，朱元璋去世，大明帝国陷入“靖难之役”。1402年，朱棣攻破南京城即皇帝大位。1405年，帖木儿率军20万北渡锡尔河，雄心勃勃地准备东征大明，光复蒙古帝国的荣耀与伟业，结果，一场伤寒葬送了他和他的梦想。

就像朱元璋将自己的父亲安葬在故乡凤阳县一样，帖木儿把自己的父亲安葬在了沙赫里萨布兹。像朱元璋在故乡修建行宫一样，帖木儿在沙赫里萨布兹为自己修建了众多宫殿和清真寺。所有建筑直至今日依然极尽奢华、富丽堂皇，而当年帝国的雄威却再无踪影。

离开沙赫里萨布兹，王建新他们前往苏尔汉河州的首府铁尔梅兹，途经小城拜松，便在此休息一夜。

第一眼看到拜松的山川形势，王建新就牢牢记住了这个地方。拜松位于玄奘《大唐西域记》中所记载的铁门关以东18公里处。这是吉萨尔山南麓的山前盆地，地势北高南低，盆地底部是银色的拜松河，河流两岸是阡陌相连的田畴，这是苏尔汉舍拉巴德河谷绿洲。河谷台地往北直到山体则是苍翠的草原和松林。河流、绿洲、山体草地，整个形貌和东天山的自然环境如出一辙，这不正是山地游牧人群理想的栖息之地吗？此后，每次到中亚，王建新总会来到这里，他坚信这里应该是某个游牧人群的活动区域。10年之后，他们在这里发现和发掘了拉巴特遗址。

铁尔梅兹是王建新一直向往的地方，这是巴克特里亚的中心城市之一，从希腊—巴克特里亚时期就已经矗立在阿姆河河畔，在贵霜帝国时期走向繁荣。这里盛产铁器和陶器，更是中亚佛教的滥觞之地，留下了大量的佛教遗迹。铁尔梅兹持续繁荣了1000余年。1220年，蒙古大军攻来，全城军民拒不投降，成吉思汗下令屠城，铁尔梅兹被毁为尘土。100余年后，帖木儿重建此城，但铁尔梅兹已无法恢复往昔的盛况，全城居民不过数百家。王建新他们仔细考察了卡拉特佩和法亚兹特佩佛教寺院遗址，又驱车至铁尔梅兹城以北50公里开外，参观了青铜时代的聚落遗址——萨帕利特佩遗址。

他们由铁尔梅兹一路向北，从乌兹别克斯坦乌尊地区的一个海关检查站穿过边境，抵达塔吉克斯坦首都杜尚别。塔吉克斯坦，这个帕米尔高原上的山地之国，是中亚唯一一个非突厥语族的国家。塔吉克语属于伊朗语族，是波斯语的一种方言。1992年5月，塔吉克斯坦走向独立刚过半年，内战便风起云涌。反对派民兵组织与政府国民卫队打斗了8年，直到2000年3月才实现民族和解。此时，杜尚别尚在恢复之中，现代化的新建筑正从灰暗陈旧的苏联老式建筑群中拔地而起。

杜尚别的郊区有一座古城吉萨尔，王建新他们考察了那里。一个群山环绕的盆地之中有一块卧蚕状的高地，从青铜时代一直沿用到喀喇汗王朝的吉萨尔古城就建造其上。古城有一座修建于公元8世纪的清真寺，据说为中亚地区现存最早的清真寺。

6月底，考察结束了，吴欣夫妇返回乌兹别克斯坦，王建新则从杜尚别飞回国内。离别时，王建新和吴欣相约，2010年在西北大学召开一次国际学术会议，吴欣协助宣传并出面邀请国际考古学专家们出席。

对王建新来说，这次考察让他对中亚有了一个概略性的认识。书籍中面容模糊的中亚，现在具象成了山岳、雪峰、荒漠、大河、绿洲、草场、村落、城堡、市镇和一张张面孔。这是一个独特的文化区域，看似疆域辽阔，但人类的活动却拥挤在狭小的空间里；历史遗迹层层堆积，却无时无刻不被打破和毁坏，诞生与灭亡在同一地点不停地轮回。

更重要的是，这次考察让他和中亚的同行们有了接触，有了初次认识和被认识，而这终将激活一个全新的机遇——无论是对王建新还是他的中亚同行们而言。

趁热打铁

2010年9月18日，王建新和吴欣商定的“欧亚考古学国际学术研讨会——从青铜时代到早期铁器时代”如期举行。这是一次盛会，共有22位国外考古专家出席。除美国、英国、俄罗斯等国的国际学术会议常客之外，难能可贵的是，蒙古、乌兹别克斯坦、哈萨克斯坦、吉尔吉斯斯坦、塔吉克斯坦等国的专家也应约而来。国内更是大家云集、群贤毕至，北京大学、清华大学、中国社会科学院等大学和科研单位共派出40多位专家参会。

中国国家文物局时任副局长顾玉才到会并讲话，他充分肯定了本次国际学术研讨会的意义，认为欧亚考古一直是世界瞩目的重大传统学术领域，对这一领域的研究极大地促进了欧亚大陆各国民众之间的文化互动和相互理解。德高望重的李学勤先生在开幕式上发言，他充满喜悦和期待地讲道，欧亚考古学的兴起代表了现代历史学和考古学在20世纪中叶以后一种显著的研究新趋势，对欧亚考古学的讨论与研究是一个新的视野、是一项重大的课题，必将产生前所未有的成果和创见。西北大学时任校长乔学光教授亲自站台，发表了热情洋溢的欢迎词。

这些都让王建新备受鼓舞，特别是李学勤先生的鼓励和赞许，让他更加自信，也更加坚定。他张罗着、忙碌着，也欣喜着、兴奋着，虽然他已经57岁了。

这次会议的协办方是中国社会科学院考古研究所和新疆文物考古研究所。为期3天的研讨会结束之后，外籍专家前往新疆实地考察了考古工作现场。王建新详细介绍了西北大学团队在东天山的考古调查和发掘工作，并把多年来的学术成果与国际同行们进行了分享。

通过这次国际学术研讨会，王建新掌握了世界考古学的前沿问题和研究进展。在这之前，他将自己考古研究工作的坐标系锚定在国内；而在这之后，他把它延伸到了国际，在更广阔的领域和空间里重新设定奋斗目标。他也收获了友谊，与中亚各国的考古学家建立了学术联系。同时，他在中亚开展考古工作的思路得到了中国国家文物局和陕西省文物局的肯定，国内同行们也表达了合作、协助的愿望。

这次会议能有这么多中亚国家的专家们出席，与国际形势的变化密切相关。中亚各国独立之后，积极与西方国家加强合作，经济和政治改革也向西方看齐，但20年来成效并不显著，经济社会发展相较于苏联时期甚至还有退步。2008年，国际金融危机爆发，中亚国家深受打击，经济发展陷入困顿，这使中亚国家普遍开始了反思，同时也开始重新审视和评价中国的发展成绩。中亚的目光终于向东方看来。

打铁要趁热，王建新筹划再次前往中亚。

然而，困难依旧重重。首先是经费问题无法解决，现有的科研经费管理体系没有为国外考古研究这个新生事物设立经费渠道和支出项目。其次是进入中亚的通道仍然不是很畅通，两边的学术交流尚处于接触阶段，联系还不算紧密和热络。

还是应了那句老话，“世间无难事，只怕有心人”。在四处奔走呼吁的时候，王建新遇到了一位热心的企业家王海鹰，他表示愿意协助和支持王建新的活动。

充满传奇色彩的王海鹰是陕西洋县人。洋县地处秦岭之南、汉江之北，属于陕南汉中地区的下辖县。这里一派江南风光，是朱鹮的栖息地，也是东汉“蔡侯纸”发明者蔡伦的墓葬所在地。洋县自古物华天宝、人杰地灵，翻越秦岭连接秦蜀的商道“傥骆道”就从这里穿过，所以洋县总能走出一些精明强干的商人，这一点在王海鹰的身上表现得特别典型。

王海鹰剑走偏锋，从事的是普通人想都想不到的焰火燃放业务。焰火燃放属于国家严格管控行业，从事这个业务必须具备健全的行业资质，而全陕西具有这个资质的企业不过三四家，王海鹰创办的陕西天彩焰火有限公司就是其中之一。陕西乃至全国举办的大型庆典和大型活动中，但凡需要燃放焰火，几乎都能看到王海鹰公司的身影。

可能连王海鹰自己都没想到，因为一场焰火，他会和中亚扯上关系，并结下不解之缘。

2005年11月，首届欧亚经济论坛在西安召开，主办方安排了一个夜游大唐芙蓉园的活动，其中有一个环节就是观赏焰火。燃放焰火的任务交给了王海鹰的公司。王海鹰把每次演出都看作一次机会，而不是一单生意。那天晚上，他燃放了独家研制的“高空瀑布”“芙蓉花”“金色大丰收”等焰火新品种。

艳丽、壮观、恢宏、震撼的焰火彻底打动了一个中亚国家的政要，他就是塔吉克斯坦总理阿基洛夫。阿基洛夫观看焰火之后，赞叹不已，当即决定邀请王海鹰在塔吉克斯坦国庆庆典上燃放焰火。事出突然，时任陕西省商务厅厅长李雪梅亲自为塔方代表和王海鹰充当翻译，当场促成了这笔生意。

2006年7月，塔吉克斯坦方面发来邀请，王海鹰加急办理了进出口经营资质和检验检疫手续。在中国驻塔吉克斯坦大使馆的斡旋下，王海鹰运送烟花和器材的车队从喀什西南的卡拉苏—阔勒买口岸进入了塔吉克斯坦。

2006年9月9日，是塔吉克斯坦独立后的第15个国庆日，当天晚上，塔吉克斯坦首都杜尚别的天空被王海鹰点燃了，同时被点燃的还有杜尚别全城人民的激情与欢呼。当塔吉克斯坦“国旗”焰火在杜尚别市体育场上空“迎风飘展”

时，焰火晚会被推向高潮，总统拉赫蒙肃然起立，鼓掌赞赏。

焰火虽然成功，但随后的问题也不少。塔吉克斯坦政府没有钱支付这笔费用，但他们愿意在杜尚别的郊区划出一块土地给王海鹰，用土地的使用权来顶替这笔费用。王海鹰身上陕商的那种机敏和干练表现了出来，他马上答应下来，随后用这块地开发房地产。现在，王海鹰开发的那片小区是杜尚别市的高档别墅区。

热心的王海鹰答应以企业的名义发出邀请函，并协助王建新团队办理签证，负责王建新团队在中亚考察期间的交通、食宿。这样，王建新的第二次中亚之旅才得以成行。

对于第二次考察活动，王建新有两个目标：一是开启大范围走马观花式的调查，搞清楚索格底亚那地区和巴克特里亚地区的文化遗存，而且把目光聚焦在铜石并用时代至希腊化时代、前贵霜时代和后贵霜时代以及粟特时代，也就是公元前3500年至公元7世纪左右的文化遗存上，以期发现大月氏进入中亚前后这一地区文化遗存所发生的变化，并为后面的“系统区域调查”和“小规模科学精准发掘”做好准备；二是深化与中亚各国考古学家的交流和友谊，并与其文化管理机构、文物研究机构和大学建立联系，寻找合作机会。

王建新、国家博物馆综合考古部主任杨林、陕西考古研究院张建林牵头组织考察队，国家文物局和陕西省文物局对此给予了协调和支持。2011年5月26日，他们带领张良仁、习通源、任萌到达塔吉克斯坦首都杜尚别。张良仁去年从中国社会科学院考古研究所调来西北大学工作，他精通俄语，因而兼任考察队此行的翻译。习通源和任萌相继于2008年和2009年硕士毕业，并继续攻读王建新的博士，这次还是承担测量与绘图的任务。

塔吉克斯坦文化部部长米尔左绍赫鲁赫会见了考察队。在考察期间，塔吉克斯坦文化部主管文化遗产工作的副部长也多次陪同考察队考察。

塔吉克斯坦的文化遗址主要分布在两个区域，一个是吉萨尔山以南的哈特隆州和杜尚别市，这片地区位于喷赤河、瓦赫什河流域，是巴克特里亚地区的北境，主要有贵霜时期的卡拉伊米尔古城遗址，公元7世纪至公元8世纪的阿吉纳特佩佛教寺院遗址。另一个是塔吉克斯坦北部粟特州泽拉夫善河上游河谷及

◆ 塔吉克斯坦文化部部长米尔左绍赫鲁赫会见考察队

泽拉夫善山北麓，属于索格底亚那地区，主要的文化遗迹有公元前3500年至公元前2000年的青铜时代聚落遗址萨拉兹姆遗址，这是塔吉克斯坦当时唯一的世界文化遗产，除此之外，还有希腊化时期的库鲁格贝特佩遗址，中世纪重要的彭吉肯特古城遗址、桑加沙古城遗址和卡拉卡哈古城遗址。

6月9日，王建新他们结束了在塔吉克斯坦的考察，准备前往乌兹别克斯坦。但这时候，他们发现，塔乌两国关系突然紧张，两国边境的口岸几乎全部关闭，他们已经无法从塔吉克斯坦直接进入乌兹别克斯坦了。

塔乌两个爱恨交织的兄弟，一直纠纷不断，主要矛盾起因于水资源的分配。

塔吉克斯坦国内资源匮乏，石油、天然气、煤炭依赖乌兹别克斯坦供应，但塔吉克斯坦地处山地和阿姆河上游，水资源极其丰沛。而乌兹别克斯坦虽然资源丰富，但是气候干燥，荒漠连片，许多地区依赖阿姆河水源灌溉。2008年，因为缺水，乌兹别克斯坦棉花种植面积减少了750平方千米，而这时候，塔吉克斯坦政府却在实施水电兴国战略，开始恢复修建位于阿姆河第二大支流

◆ 考察队与塔什干大学考古系教授们座谈

◆ 乌兹别克斯坦考古学界米加耶夫院士会见考察队

◆ 考察队参观铁尔梅兹大学考古学系

瓦赫什河上的罗贡水电站。问题在于，罗贡水电站庞大的蓄水量会直接减少阿姆河的径流量，影响乌兹别克斯坦的水源供应。乌兹别克斯坦不高兴了，不遗余力地坚决反对，而塔吉克斯坦不屈不挠地坚持初衷，双方矛盾一时难以调和。从2010年开始，乌兹别克斯坦开始采取强硬措施，停止对塔吉克斯坦的能源供应，又于2011年拆除了通往塔吉克斯坦的铁路，关闭了大部分边境口岸，两国气氛一时紧张。

王建新他们迫于无奈，只好从杜尚别返回国内。

这年9月，他们通过王海鹰联系到乌兹别克斯坦塔什干马可·波罗旅行社，筹划再次前往乌兹别克斯坦，到9月26日终于成行。这次他们跑遍了乌兹别克斯坦，西去花剌子模地区考察了乌尔根奇和希瓦两座古城，南去再次考察了拜松和铁尔梅兹，重点考察了索格底亚那地区的泽拉夫善河流域和巴克特里亚的苏尔汉河流域。

考察队会见了乌兹别克斯坦文化部官员，拜会了乌国考古学界泰斗米加耶夫院士，与塔什干大学考古学系的苏莱曼教授等人进行了座谈，又在撒马尔罕

◆ 铁尔梅兹法亚兹特佩佛教寺院遗址

与乌兹别克斯坦国家科学院考古研究所的穆塔力夫教授进行了深入交流，表达了合作意愿并就此交换了意见，此外，他们还参观了铁尔梅兹大学考古学系。

他们较为仔细地考察了撒马尔罕附近的考科特佩遗址、萨扎干遗址，苏尔汉河流域的巴赫赤遗址、图阿达遗址、达尔弗津特佩古城遗址，铁尔梅兹附近的卡姆佩尔特佩遗址、铁尔梅兹古城遗址、法亚兹特佩佛教寺院遗址。

10月11日，第二次中亚考察活动结束了。王建新的脑海里已经建起了一本中亚文化遗迹的台账，而且对不同历史时期的考古学文化特征有了一个大致概念。

大范围“走马观花式”的调查基本结束了，下一步就是“系统区域调查”和“小规模科学精准发掘”了。王建新在考察结束后，已经规划了若干个准备实施的考古调查、发掘和文化遗产保护项目。但是，经费又该从哪里找呢？后续工作的突破口又该从何处打开呢？

萨扎干遗址大墓

时代之潮

生活一直波浪前行，时而波峰时而波谷。

2012年是王建新事业的低潮期：前往中亚考古的计划一直无法实施，经费无从落实，两边的合作也找不到合适的渠道。这件事情就像一颗坚果，翻过来覆过去，看似把握在手，却始终找不到破壳的纹路和方法。

当然了，2012年也并非了无收获。

这年8月，喜讯从东天山巴里坤传来：马健主持发掘了巴里坤西沟遗址1号墓。西沟遗址位于东黑沟遗址西侧两公里处。西沟遗址1号墓是一个统治阶层的高等级墓葬，存在殉马和人牲现象。该墓墓葬结构为侧室墓，墓坑填土石，夹杂人骨，葬具为石椁包木椁。墓室存有制作精美的虎形金饰牌和盘羊首形金饰牌等等黄金制品。这是一个具有巴泽雷克风格的墓葬，特征与东黑沟遗址的大型墓葬一致，时间属于战国晚期至西汉早期，这正是月氏活跃在我国西北地区的时间段。墓葬出土的陶器、玻璃器等器物显示，这一人群与河西走廊、甘青地区、塔里木盆地各绿洲和西天山等周边地区发生着密切的文化联系，文化融合与交织显著而深刻。相较于巴泽雷克出土的文物，这个墓葬出土的文物更具有东方“本土”的味道。西沟遗址1号墓的发掘，再次证实了月氏与巴泽雷克文化具有密切的关系。

这一年，王建新的学生梁云从国家博物馆田野考古部调回西北大学工作。这位出生在新疆阿克苏的四川小伙子，17岁便考取了西北大学考古专业，1993年本科毕业之后，回新疆工作一年，接着又考取了西北大学考古专业研究生，跟随王学理、王建新两位老师学习秦汉考古。硕士毕业后，他在陕西师范大学工作了3年，接着又考取了北京大学考古学博士，师从李伯谦先生研究商周考古，3年便拿到了博士学位。2005年，梁云加入南开大学朱凤瀚先生团队进行博士后研究，主攻方向为青铜器和古文字，博士后出站之后进入国家博物馆工作。这是一份学霸的履历。履历上的每一行字都在说明梁云受过系统正规的学术训练，具有扎实的学术功底。他的上进心、恒心和毅力不由得让人心生钦佩。

不仅如此，梁云还有着丰富的考古实战经验。他曾经在甘肃东部长期开展田野考古，发掘过礼县鸾亭山、清水县李崖、甘谷县毛家坪等遗址。他打的探方，几乎没有落空过，因此考古队送给他“金手指”的美誉，而这其实是在考古工地上日复一日年复一年锻炼出来的职业敏感和专业素养。

敦实而儒雅的梁云，眼神自信而坚定，浑身充满力量。他在秦文化研究方面已经崭露头角，颇有影响。2001年，他和王学理先生合著出版的专著《秦文化》，被人评价为“继林剑鸣先生《秦史稿》之后的又一部力作，把秦文化研究向前推进了一大步”。2008年，他的另一部著作《战国时代的东西差别——考古学的视野》再次引起了学术界的关注。

2004年夏天，梁云跟随王建新前往马鬃山地区开展考古调查和发掘工作，他对老师从事的西北游牧文化考古研究兴趣浓厚，从那时候起就有意步入这一领域。从北京调往西安，梁云放弃的不仅仅是更优渥的生活条件，还有京城里更为便利的学术环境、更为广阔的学术空间和更多的学术机会。在常人眼里，这是一次“得不偿失”的选择，因为伴随而来的还有艰苦和清贫，但梁云跟从的是自己的学术志向和内心所爱。

王建新团队有了梁云的加入，年龄结构和梯队层次更为优化，实力也极大增强。

2012年是西北大学历史上极不平凡的一年。这一年，著名理论物理学家、西北大学侯伯宇教授被推选为全国重大先进典型。9月27日，侯伯宇先进事迹报告团进入人民大会堂做首场报告，随后在全国各地巡回宣讲这位罹患绝症、痛失儿子和孙子却依然坚守科研第一线，直到生命最后一刻都不放弃的老科学家的故事。10月15日，西北大学迎来了她的110周年华诞，凤凰卫视播放了120分钟的校庆纪录片，校庆晚会烧红了整个西安城。

王建新的事业稍显沉寂，但中亚考古的准备工作并未停歇，所有的困难都无法阻止他前进的步伐，因为他发自灵魂地厌恶平庸。

他和我们一样无时无刻不在质问人生的价值和意义。很多人的困扰在于不清楚以什么名义质问和考量人生，错把索取和占有作为衡量人生的标准，所以常常迷失在患得患失之间无法自拔，焦灼、沮丧、颓废，缺乏进取的原动力。而王建新从事业、国家、民族出发，反观自我，拷问人生，把生命的价值定位于奉献，用奋斗和行动构建人生意义。当人生的意义与国家民族的事业紧密相连的时候，被推向历史的潮头就水到渠成、自然而然。

2013年，王建新被推向了时代的前列。

这年9月7日，国家主席习近平在哈萨克斯坦纳扎尔巴耶夫大学发表了题为《弘扬人民友谊　共创美好未来》的重要演讲，全面阐述中国对中亚国家睦邻友好合作政策，倡议用创新的合作模式，共同建设丝绸之路经济带，将其作为一项造福沿途各国人民的大事业。习近平主席还深情地讲道：“我的家乡陕西，就位于古丝绸之路的起点。站在这里，回首历史，我仿佛听到了山间回荡的声声驼铃，看到了大漠飘飞的袅袅孤烟。这一切，让我感到十分亲切。”习近平主席发自内心的真情实感，引起了在场所有人的共鸣。共建丝绸之路经济带的倡议也在国际上引起了强烈反响，中亚各国积极响应，国内更是热情高涨，迅速行动。

10月20日，星期天。这天晚上，陕西省政府大院会议室里灯火通明，省政府周末讲座正在进行。这次讲座的内容是丝绸之路专题，主讲专家正是时任西北大学校长、历史学专家方光华和西北大学丝绸之路文化遗产保护与考古学研究中心主任、考古学专家王建新。丝绸之路的起点陕西，敏锐地察觉到重大历史性机遇的到来。无论是古代还是现在，丝绸之路与长安总是并蒂相连。丝绸之路经济带建设对陕西、对西安来说，既是机遇更是担当，当然不能缺席。省政府所有领导和各厅局的一把手都静静地聆听着专家的讲解，他们把目光聚焦到丝绸之路的历史，渴望从历史发展的脉络里寻找启迪与启示。

王建新演讲的题目是《丝绸之路的历史与重建丝绸之路》。在报告结束时，王建新介绍了自己在中亚的工作和存在的困难，又提到："内蒙古自治区文物单位和蒙古国相关机构组建考古队在蒙古国进行考古调查和发掘，他们没有经费，自治区政府给予了支持。"

王建新讲的这件事情发生在2005年。内蒙古自治区文物考古研究所与蒙古国国家博物馆等考古机构建立合作关系，联合开展了"蒙古国境内古代游牧民族文化遗存考古调查与发掘研究"，先后发掘了回鹘、契丹及柔然的墓地，填补了一系列考古学空白。这是中国考古学家最早的国外考古工作，得到了内蒙古自治区政府的经费资助。

提到此事，王建新也请求陕西省政府对中亚考古工作给予支持。主持这次周末讲座的是时任省委常委、副省长江泽林，他当场拍板：应该给予支持。第二天，财政厅的同志就联系王建新研究预算和财务管理的细节问题。因为有2009年、2011年的两次实地考察，所以王建新对于中亚考古工作已经有了一个比较详细的工作方案和经费预算。有了这个基础，经费支持方案的研究虽然严格而慎重，但效率极高，富有成效。不久，每年200万元、连续支持三年的经费方案被研究通过。

2013年12月，王建新和张良仁前往乌兹别克斯坦撒马尔罕。冬天的撒马尔罕冷清得像无云的碧空，城中为数不多的俄罗斯人点亮了圣诞树上的灯珠，贴上了圣诞老人的图卡，使这座古老的伊斯兰城市闪烁着淡淡的基督教的色彩，飘散着几丝节日的气氛。这次来，王建新他们不是为了开展考古工作，而是参加一场外交活动。

时任副省长庄长兴带领的陕西省代表团随后抵达这里，西北大学校长方光华是成员之一。撒马尔罕城举办了一场隆重的签约仪式，陕西省与撒马尔罕州友好省州关系备忘录、西北大学与撒马尔罕国立大学合作协议、西北大学与乌兹别克斯坦共和国科学院考古研究所合作协议分别签署。

中亚考古的渠道终于畅通了，而王建新也已经整整60岁了。上苍从不薄待奋斗者，这个重大机遇是赠予他花甲之年的一份厚礼。“2013年之前的工作，是一位考古学者的个人学术追求和学术任务。而在此之后，这项事业是为了服务国家战略。”

2013年的最后一天，王建新返回西安。新年已经来临，西安沉浸在一派节日的喜庆之中。新年新气象，对王建新来说，这也是一个新的工作起点。他马不停蹄地组建了西北大学中亚考古队。这支团队由西北大学文化遗产学院8名教师、12名学生组成，又先后吸收了国内外19家合作单位的59名成员参与。在随后的岁月里，他们将在中亚大地上留下中国考古人的足迹、汗水、智慧和善意，并用东方视角去叙述发生在那里的历史故事。

考察“三河流域”

2014年4月，中亚考古队成员王建新、马健、习通源、任萌、中科院古脊椎动物与古人类研究所周新郢、陕西省考古研究院陈爱东、郑州大学孙危来到了乌兹别克斯坦撒马尔罕。他们与乌方同行组建了中乌联合考古队，乌方的主要人员为其国家科学院考古研究所的穆塔力夫教授。

中乌联合考古队召开了几次工作会议，确定了工作思路，制订了工作计划。

王建新从国内十几年的考古研究实践中，总结形成了“大范围系统区域调查与小规模科学精准发掘相结合”的工作模式。面对中亚复杂的历史文化背景，他将工作思路调整为“走马观花式全域调研”“区域系统调查”“小规模科学精准发掘”三步走。2009年和2011年，王建新他们已经跑遍了乌兹别克斯坦和塔吉克斯坦，对两个国家的文化遗址有了一个宏观的了解，也对中亚的历史发展和文化空间有了一个基本概念，这等于已经完成了“走马观花式全域调研”，下一步就是开展“区域系统调查”，为“小规模科学精准发掘”做准备。

考古队将目光瞄向了泽拉夫善河、卡什卡利亚河、苏尔汉河流域。泽拉夫善河与卡什卡利亚河流域属于粟特地区，苏尔汉河流域则属于巴克特里亚地

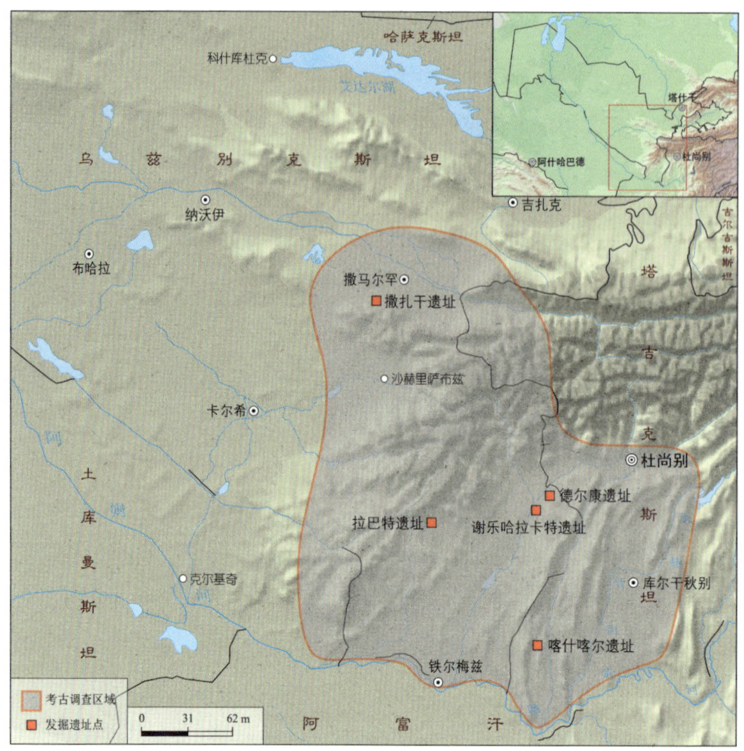

◆ 2014年至2015年中乌联合考古队的考察区域

◆ 2014年中乌联合考古队调查撒马尔罕萨扎干遗址

区。三条河的水流从西天山的山谷中奔流而下，把强劲的生命力注入广袤的荒漠和空阔的盆地，使那些绿洲、那些城池和村庄生机盎然，人间烟火世代不息。三河流域是中亚文明的心脏，如果把阿姆河和锡尔河比作大动脉，那么泽拉夫善河、卡什卡利亚河和苏尔汉河就是包裹心脏、为文明搏动提供能量的冠状血管。

王建新他们考察的主要区域集中在河谷两侧台地上的山前地带，因为这里草场遍布，又靠近绿洲，是月氏这样的山地游牧人群的必选之处。考古队对已经发现的遗址进行了详细的测量勘察，对已经出土的文物进行了反复研究，在草场和田地里寻找遗迹和遗留物，在修路、建房和河流冲刷所形成的断面上寻找文化堆积层的蛛丝马迹。

考古队进行了分工，王建新负责总体规划和协调，马健、习通源和任萌负责测绘和记录，陈爱东和孙危负责用探铲踏勘，周新郢主要负责环境分析和研究。周新郢是一个专注而认真的学者，他根据文化堆积层中的土壤变化和动植物遗留物研判不同历史时期的气候变化、生态环境和人类活动情况，为考古研究增加了一条新的蹊径。这是一次巨大创新。王建新一直对采用新技术持有开放和包容的心态，甚至对开展多学科综合考古情有独钟。他热衷于学习国际考古学界最新使用的技术方法，对马健等年轻人提出的采用高科技手段的建议也从善如流。他们测定东黑沟遗址人骨碳氮同位素比值，发现东黑沟遗址先民的食物结构中肉类食物占比很高，说明其经济形态以游牧为主，农业和狩猎为辅。他们还采用激光剥蚀电感耦合等离子体原子发射光谱和激光拉曼光谱方法对东黑沟遗址和西沟遗址出土的玻璃珠进行化学成分分析，结果发现西沟遗址出土的玻璃珠可能是在中亚或新疆地区制作而成，而东黑沟遗址出土的玻璃珠可能是由中原地区传播而来，从而佐证了新疆巴里坤地区是古代东西方物质文化交流的重要节点，游牧民族在玻璃制品传播和交流过程中扮演着重要的角色。习通源是整个团队里的技术控，王建新鼓励他引入地理信息技术，建立大范围的区域文化遗址空间分布图谱，从而分析文化遗址之间的内在联系和发展变化。为了从空中以“上帝之眼”鸟瞰遗址的全貌，王建新还使用过直升机和无人机进行测量和绘图。

乌方专家穆塔力夫负责提供线索以及与当地政府和群众的协调工作。这是一个典型的图兰人，憨厚的东方脸盘上，长着西方的深目与隆鼻，身材不高却健硕得像草原上的骑手，衣着质朴得像打理田地的棉农。穆塔力夫是乌兹别克斯坦国内田野考古经验最为丰富的考古学家之一，对乌国各地的文化遗存了如指掌，有着百科全书式的知识储存。

苏联时期，中亚的考古研究取得了很多成果。苏联解体之后，在中亚工作的大多数俄罗斯学者离开了中亚，加上独立之初中亚各国经济不景气，考古研究得不到支持，很多专业人员都流失了。中亚的文化大国、文物大国乌兹别克斯坦也仅有考古研究人员50名左右，而设有考古学系的只有塔什干大学、撒马尔罕国立大学等为数不多的学校，考古学教育非常薄弱。

在考察的过程中，王建新发现乌兹别克斯坦民众的文化遗产保护意识比较淡薄，许多文化遗迹都毁坏于推土机的铁铲之下，或为修筑道路，或为平整土地，让人心疼不已。乌兹别克斯坦并没有像我国一样，进行过全国性的文物普查，建立有详细的文化遗址和文物收藏档案，也没有制定系统的文物保护措施和文物保护法规。王建新希望通过三河流域的考古调查，为乌兹别克斯坦建立一整套区域性的文化遗产档案，包括图文资料和测绘数据，同时把中国标准和中国做法引入乌兹别克斯坦，为乌国的考古研究和文化遗产保护做出贡献。他认为，这是一名负责任的中国考古研究工作者应该具有的职业良知和专业素养。

中乌联合考古队里乌方的一位小伙子引起了王建新的注意。这个小伙子叫比龙，是费尔干纳国立大学历史系的在校大学生。腮帮和下巴上青黑色的胡茬，让人觉得他的胡须应该和他的满头黑发一样浓密。他身材魁梧，总是面带笑意，勤奋而能吃苦，让人心生好感。后来，比龙留学西北大学，跟随梁云攻读硕士学位。

2014年整个第一季度，中乌联合考古队在泽拉夫善河流域做了系统而详细的调查。春季来临，大地、村庄、城镇从漫长而干燥的冬季里渐渐苏醒，草场上慢慢露出了薄雾般的绿色。农民们开始播种棉花，而考古队的工作也进展顺利。欢快的气息随着涓涓而流的渠水以及大地灌溉后所散发出的湿润的泥土味道，弥漫在整个撒马尔罕盆地之中。

◆ 2014年中乌联合考古队调查拉巴特墓地

◆ 2014年中乌联合考古队调查拜松遗址

就在泽拉夫善河流域的考古调查结束之时，王建新他们遇到了意大利博洛尼亚大学的考古学家托蒂亚。

身材高大的托蒂亚是欧亚考古学的三大巨头之一，在国际考古学界负有盛名。和他的欧美前辈和同行们一样，托蒂亚在中亚的考古研究主要集中在寻找古希腊和古波斯的城堡遗存上，他的团队已经在撒马尔罕地区做了15年考古调查和发掘了。中乌联合考古队调查的区域是他们已经勘察过的，托蒂亚坚信，这些区域不可能再有新的发现。

在撒马尔罕乌兹别克斯坦国家科学院考古研究所看见王建新他们的时候，托蒂亚的眼里充满了诧异和狐疑。是的，近现代以来西方所形成的文化优越感已经根深蒂固，就连这位世界级的考古学家也未能免俗。在托蒂亚的眼里，中国考古学极其落后，在国际考古学界并无声音，也无代表人物。说到考古，中国在国际上是没有座席的，充其量只是一位旁听的学生。而今天，中国的考古学家竟然也进入中亚，竟然也谈起了考古学研究。就像一位衣衫褴褛的邻居，一直卑微而潦倒，也一直被大家所遗忘，然而突然有一天，他西装革履地坐在了绅士们聚会的咖啡屋里，和大家平起平坐。这让托蒂亚难以接受。

托蒂亚不无敌意地说道："我们已经在撒马尔罕盆地做了15年考古调查了，你们来干什么？你们会调查吗？"

王建新只好淡淡地说，我们的学术目标不一样，你们调查你们的，我们调查我们的。应付几句之后，两人就分手了。

当天下午，中乌联合考古队2014年上半年考古调查工作汇报会在科学院考古研究所召开，参加的人员除了乌兹别克斯坦的专家之外，还有来自德国、法国的学者，以及意大利博洛尼亚大学托蒂亚团队的师生们，但托蒂亚本人并未出席。

王建新系统汇报了中乌联合考古队考古调查工作的过程，并详细介绍了新发现的几个游牧文化遗存，其中还有大型游牧聚落遗址，这些遗存，国外的几支考古队此前都未发现。

听到消息的托蒂亚坐不住了。他立即改变了态度，约王建新见面相聊，并且邀请王建新和团队成员吃饭喝酒。这下，感到诧异和狐疑的反倒成了王建新——托蒂亚这种前倨后恭的巨大转变，让王建新一时也难以接受。王建新便说白天没有时间，谁知托蒂亚又说，那就晚上吧，王建新无奈回复，晚上七点之后才行，托蒂亚当即同意。

坐在一起之后，托蒂亚说："我们关于撒马尔罕盆地考古的报告已经出到第三部了，第四部是不是由你们来写呢？"王建新的大脑迅速转动起来，他揣测，托蒂亚的真实意图是想将中国考古学家的研究成果纳入他们的体系之中，而这并不符合自己建立和把握丝绸之路考古研究中国话语权和研究主导权的初衷。王建新说，我们愿意合作，但怎么合作还需要认真商议，这次时间太紧，我们马上就要回国了，以后有机会再说吧。托蒂亚却紧追不舍，说他要派人到西安和王建新继续谈。

两厢分手之后，王建新感慨万千。通过这件事情，王建新认识到，在游牧文化遗存考古方面，我们的理论方法和实践经验并不落后于西方学者，甚至已经超越了他们。这无疑极大地增强了王建新的自信心。

2014年下半年，中乌联合考古队考察了卡什卡利亚河流域。这次他们邀请西安外国语大学俄语教师曹辉担任翻译工作。语言问题一直是王建新工作的一个"麻烦"。中亚各国独立之后，虽然都将自己的民族语言确定为官方语言，但俄语一直是通用语言。从社科院考古研究所调来的张良仁此时已经出国研修，王建新团队里缺少既懂专业又懂俄语的人才，大量的涉及中亚考古的俄文资料无法阅读，团队内部中乌双方人员的考古工作交流也深受限制。这是一个迫在眉睫却又不得不耗费漫长时间去解决的问题，从长远讲，王建新希望通过招收俄语专业的学生和中亚留学生来逐步解决，邀请曹辉则是为了解决眼前的困难。

2015年上半年，中乌联合考古队考察了苏尔汉河流域。至此，三河流域的"区域系统调查"结束了。成果丰厚而喜人，图文资料和测绘数据让乌方专家赞叹不已，中国考古学家的学术水平和专业精神刷新了他们的认知。相处下来，中国人的谦让温和和友善协作也让他们如沐春风。

之后，考古队重点选取了撒马尔罕附近的萨扎干遗址作为下一步"小规模科学精准发掘"的对象。

发掘萨扎干遗址

2015年9月，中乌联合考古队进驻撒马尔罕萨扎干村，准备发掘萨扎干遗址墓地，因为根据文献资料推测，粟特地区有可能是大月氏来中亚之后的居留地之一，而撒马尔罕就位于这一地区。

张骞出使西域回到长安向汉武帝汇报时，有一段关于西域各国地理位置的叙述："大月氏在大宛西可二三千里，居妫水北。其南则大夏，西则安息，北则康居。"（《史记・大宛列传》）大宛就是现在的费尔干纳盆地，妫水就是今天的阿姆河，阿姆河中上游的索格底那亚地区即粟特地区。汉代的一里地相当于今天的415米左右，如此算下来，大月氏之地应该在费尔干纳盆地以西800公里至1200公里之间，这正是撒马尔罕地区，而撒马尔罕的地理位置也正好在阿姆河之北。

居住于粟特地区的商人，从汉代到宋代一直都活跃在丝绸之路上。他们组织商队、建立商业聚落，做起了货物转手生意，辉煌时期曾经一度垄断了中国和西方的贸易往来。后来，不少粟特人定居中国，数量以长安周边最多。粟特各城邦的王均称祖先来自河西走廊弱水之畔的昭武城，所以粟特人又被称作"昭武九姓"，其姓有康、安、曹、石、米、史、何、戊地、火寻等等。弱水就是今天流经张掖绿洲的黑河，水流最后消失在内蒙古阿拉善盟额济纳旗的大漠之中。汉时，这里降雨丰沛，弱水下游聚水为居延海。弱水两岸和居延海周边的蒹葭湾港、鸬雁滨洲，曾是水草肥美、稼穑兴盛之地。昭武城就在今天甘肃省临泽县鸭暖镇昭武村附近。《隋书・西域传》记述，康国"其王本姓温，月氏人也，旧居祁连山北昭武城，因被匈奴所破，西逾葱岭，遂有其国"。关于"昭武九姓"为月氏后裔的传说，后人分析认为，这应该是粟特商人为了拉近与中原民众的关系而杜撰的。但传说总有起源，而且这也充分说明，当年大月氏的西迁曾在丝绸之路上产生很大影响，是一个重大历史事件。撒马尔罕是粟特地区的中心，"昭武九姓"的传说值得在此考证。

撒马尔罕地区是一个东西走向的盆地绿洲，北面是西天山余脉努拉塔山，南边是泽拉夫善山的余脉卡拉图拜山，两山之间距离达100公里至200公里，清

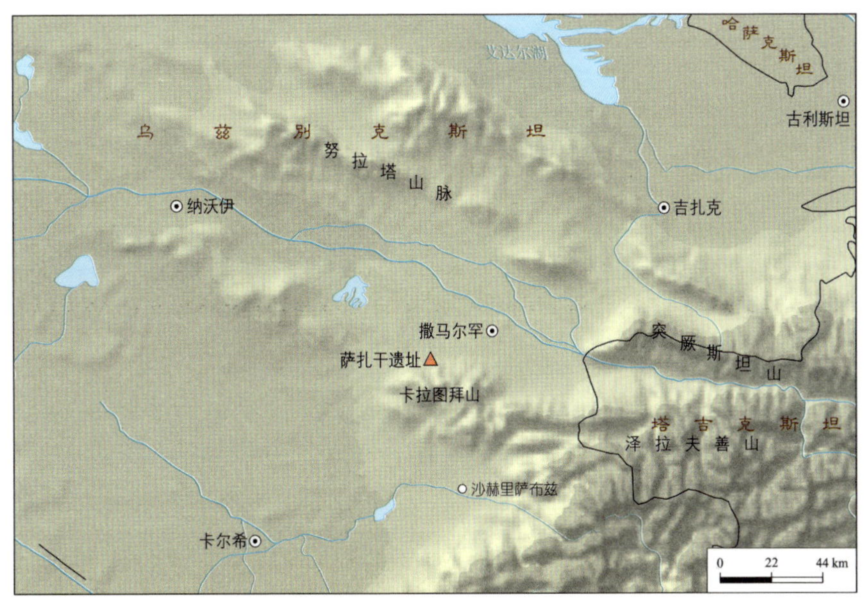

◆ 萨扎干遗址位置图

澈的泽拉夫善河从中穿过，撒马尔罕城就位于盆地底部泽拉夫善河的南岸。撒马尔罕城西南20公里，卡拉图拜山的山前草场上坐落着一个规模较大的村镇，这就是萨扎干村。萨扎干河从南向北穿村而过，河流上游的山谷里有成片的丛林。这种地理环境符合山地游牧人群的生存要求，有草场、有水源，距离绿洲不是很远。一条东西向的大路穿过村子的南部，这是撒马尔罕通往卡什卡河州州府卡希尔的公路。沿着这条路，可以抵达土库曼斯坦、阿富汗和伊朗。在古代，它也是从粟特前往呼罗珊的商路和驿道。

萨扎干遗址环绕村庄，以西侧最多。通过观测可以知道，整个萨扎干河山口扇形辐射区域应该存在一个面积很大的古代文化遗址，这个遗址的中心位置已经被萨扎干村居民的宅舍所破坏和覆压了。看来有水源的地方从古到今都是人们首选的聚居之地。

2014年上半年，中乌联合考古队对萨扎干遗址进行了全面调查，根据遗迹的集中程度，他们把整个遗址划分为五个区域。遗址中的墓葬以游牧人群墓葬为主，小型墓葬主要集中在村子的西侧，数量较多；大中型墓葬主要集中在

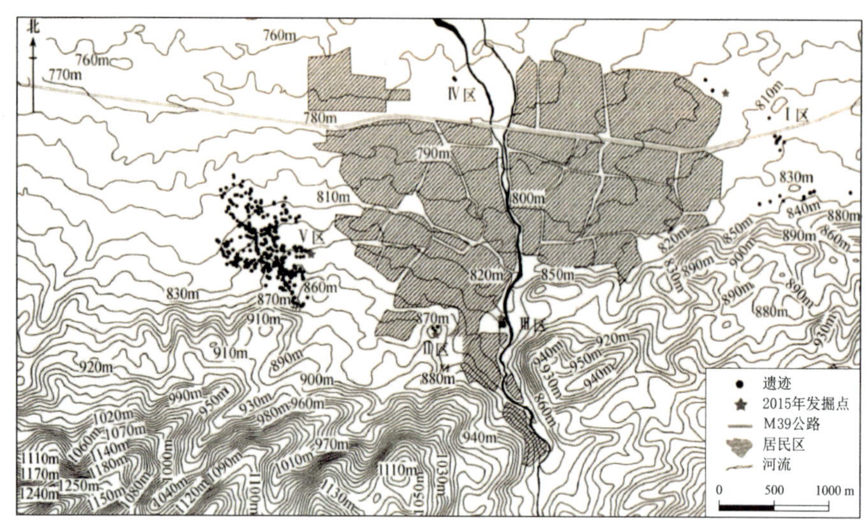

◆ 萨扎干遗址遗迹分布图

村子的东侧，数量较少。村子南边河谷西岸上则分布着中世纪以来的穆斯林墓葬。村北平缓的坡地上，遗迹破坏严重，仅有数座小型墓葬。

其实，早在2003年，意大利和乌兹别克斯坦联合考古队就在萨扎干村南河谷山口的西侧小山丘上调查发掘过一座公元前4世纪至公元前2世纪的小型希腊化城堡遗址，但对叠压在其上的7座公元前1世纪至公元1世纪的游牧人群墓葬，他们却熟视无睹，直接忽略了。

中乌联合考古队着手发掘的正是这7座墓葬中的3座，以及附近的一座石围居址和村子西侧小型墓葬群中的2座。

为了更好地解决语言问题，王建新想到了他的维吾尔族学生热娜古丽·玉素甫。乌兹别克语和维吾尔语同属阿尔泰语系突厥语族葛逻禄语支，两种语言有百分之六七十的相似度，几乎可以无障碍沟通。而且热娜是学考古出身的，在与乌方专家和技工进行工作沟通时，可以更到位更准确。热娜2010年从西北大学考古专业毕业，紧接着又跟随王建新攻读了硕士学位。这时候，她已经回到新疆，在新疆大学任教了。王建新给新疆大学发去借调函，将热娜调来撒马尔罕萨扎干考古工地。这位像百灵鸟一样甜美聪颖的哈密姑娘，工作认真而负责。她也不负众望，让中乌团队相处得融洽而愉快，穆塔力夫教授甚至跟热娜学会了做西红柿炒鸡蛋。

王建新还调来自己的研究生刘欢和陕西师范大学研究生兰博参与发掘。兰博本科读俄语，硕士读考古，有语言优势。当然了，王建新的留学生苏荷也不能缺位。苏荷在塔什干大学读的汉语专业，还是在校大学生的他曾在王建新的学术报告上做过现场翻译。这位长着波斯人脸型的英俊小伙，因为翻译王建新的报告而对考古学产生了浓厚兴趣，大学毕业之后就直接申请前往中国留学，师从王建新攻读硕士，2019年又继续攻读博士。

乌方的人员，除了穆塔力夫教授和比龙之外，还有塔什干大学历史系教授乌鲁别克。消瘦的乌鲁别克满头白发，眼镜后面充满笑意的眼眸和刻在脸颊上的皱纹使他看起来始终是一副老学究的模样。此外，考古工地上挖土方的技工都是从萨扎干村请来的年轻人，矫健活泼，像一群在草原上嬉闹的儿马。

双方人员很快打成了一片，大家感觉不到民族和文化的不同，在工作、生活中也不存在任何隔阂。这是彼此尊重的结果。王建新他们有着发自内心的坦诚和诚恳，谨慎自律地尊重乌方的文化习俗和民族自尊心。而乌方人员也发自内心地尊重中方的工作计划和技术路线。合作关系很快成了伙伴和朋友关系。

相处日久，热情好客的萨扎干技工邀请考古队去家里做客。葡萄和苹果摆上了，糖果和馕摆上了，手抓饭和手抓肉端上来了，煮好的砖茶倒上了，王建新他们盘坐在毯子上，真切体验了一把乌兹别克斯坦的热情和民俗。

村子里有一位老大妈，几次让热娜捎话，邀请中国教授去家里做客。王建新觉得这是一次了解当地文化的机会，欣然允诺。

慈祥的大妈拿出馕和糖果，在庭院的葡萄架下迎接她的中国客人。老人的丈夫生前是一所中学的历史老师，专门考证和研究过萨扎干村的村史。她说，这个村子也叫“萨热依”村，“萨热依”是乌兹别克语“驿站”的意思。老人讲道，村里的居民都是乃蛮人，祖先来自北方的草原。这让王建新惊讶不已。乃蛮是蒙古高原上的游牧部族，曾经活跃在阿尔泰周边地区，被成吉思汗征服后，成了蒙古帝国治下的部族之一。后来，乃蛮部归蒙古金帐汗国统辖，金帐汗国衰落之后，乃蛮部成了哈萨克汗国的重要组成部分，哈萨克斯坦至今仍有

◆ 2015年中乌双方考古队员发掘萨扎干遗址墓葬

乃蛮部。萨扎干的居民是13世纪随蒙古大军而来，还是16世纪初追随昔班尼汗而来，老人已经说不清楚了。她的教历史的丈夫早几年已经去世，随之而去的还有曾经清晰的村史，以及这个村子回眸自己过往的兴趣。仔细端详起来，萨扎干村的大部分村民的确都有一张东方面孔。这是一个有故事的村庄，但在乌兹别克斯坦，这样的村庄又何其之多，因为中亚的历史一直都流荡在迁徙与征战之中。

老人说，她的孩子们要么进城工作，要么去俄罗斯打工，都已离家而去。苏联解体后，中亚国家有好多青壮年劳力都去俄罗斯打工，劳务输出是这些国家重要的经济收入和外汇来源。萨扎干村除了草场，并无耕地，而草场上除了少量的奶牛也没有更多的牲畜，王建新一开始就疑惑村民们以何为生，现在，这个问题有了答案。

中乌联合考古队中方人员的驻地被安排在一所闲置的儿童夏令营营地里，乌方队员则住在村民家里。

沿萨扎干河向南进入山谷，在一处较为开阔而平坦的地方，铺呈着一列二层楼房，这是苏联时期专门为当地少年儿童开展暑期教育和度假所修建的夏令

◆ 中乌联合考古队中方驻地

◆ 2015年，中乌联合考古队在萨扎干村做入户调查

营营地。跟那个时代的建筑一样，这座楼四棱四角、中规中矩，且高大坚固，除了米黄色的外墙和宽大的门廊，怎么看都更像一个仓库。楼内设施一应俱全，有厨房、饭厅、活动室、会议室和宿舍。周边环境也很好，有草坪、有小树，空气清新，院子前边是萨扎干河沟，河沟里丛林密布。

这座夏令营在苏联解体之后就闲置了。现在，考古队将这里作为驻地，生活条件算得上很优渥了。唯一的瑕疵就是床不舒服：这里的床是为少年儿童准备的，有点短，个子高一点的人，躺上去就得蜷着。而且，这些床都是弹簧床，太软了，队员们在工地上劳累一天，晚上蜷在床上休息一夜，第二天起床时仍然感觉腰酸背疼。

发掘工作进行得很顺利，因为是第一次在国外考古，整个过程也非常审慎。这里的土壤是腐殖质含量较少的白土，干燥的气候让所有可以软化它的水分都挥发而去，留下的只有坚硬的质底和随着铁镐扬起的飞尘。萨扎干9月的

太阳依然毒辣，开工不久，所有的人都被晒成了古铜色，没有了人种和肤色的差异。

很快，村南萨扎干河山口西侧希腊城堡遗址上面的石围居址被清理了出来。这是一个直径3米左右的圆形石围居址，一层排列整齐的石块围成圈基，居址内部有柱洞、灰坑和灰堆，还有陶纺轮和陶壶残片。很明显，它是一个圆形帐篷居址的地面遗存，有一户古代牧民曾经生活在这里。当夜晚降临、火堆生起，女人们开始纺织羊毛线，男人和孩子们则坐在一起嬉戏或者讲故事。他们可能会喝点什么，但奶茶的可能性极小，因为那个时候，饮茶之风在中国才刚刚兴起，茶叶能否传到此地尚存悬疑。他们可能会啜饮发酵后带点酒精的乳品，缺了酒精的草原没有生命力，不喝酒的牧人不是真正的勇士。其乐融融的一家人可能不知道，他们的帐篷下面有一座200年前的城堡遗址，那是希腊亚历山大大帝征服撒马尔罕地区之后的功业。这座希腊城堡里驻扎着军队，远离

◆ 发掘中的萨扎干大墓

故乡的士兵们在这里度过日常生活，有喜乐，有忧伤，也有死亡与思念。而当城堡化为废墟，希腊人眼里的蛮族，那群放羊的牧民在它上面建立起自己的生活时，一切都显得充满戏剧性和嘲讽的意味。历史就是如此，无名者被遗忘，自大者成为笑话。

村南和村西的5座小型墓葬也被陆续清理出来。墓葬等级不高，应该都是一些平民之墓。这些墓葬有竖穴墓和偏室墓，墓葬扰乱严重，遗骨散乱，随葬品也不是很多，以陶器和铁制品为主，年代大概在公元前后，但文化特征不好判断。总体而言，这些小型墓葬的考古学价值不是很高。

发掘康居贵族墓葬

9月中旬，梁云来到萨扎干考古工地。看到这个局面后，梁云和王建新商议，应该发掘一座高等级的墓葬，因为只有这样的墓葬才有数量可观的随葬品，文化特征更好辨析。正是这个决定，使萨扎干遗址的发掘最终有了重大发现。

萨扎干村的东边、公路的南侧有一座大院，那是村民卡米力的家。空阔的院子里有一座直径40米的封土堆。封土堆的北半部在修整土地时已经被推土机铲去，封堆下面的石围圈和中央南北走向的墓圹痕迹已经露出。单看封堆的大小，就能判定这是一座规格非常高的墓葬，墓主人身份高贵而有权势。中乌联合考古队决定对它进行发掘，正端来茶水的卡米力带着憨厚的笑容欣然同意。

现在，封堆的剖面不需要再做了，因为推土机已经铲去了一半。还好铲去的一半正好是北半部，与南北走向的墓圹形成一个十字，墓圹没有被破坏。考古队对封堆剖面进行了整理、齐平，并沿墓圹的走向从中间位置对封堆进行下切。随后，带生土台阶的墓道露了出来。墓道有二层台，墓道北端有一个洞室，应该就是墓室。梁云将这种墓葬形制称为端室墓。

时间很快进入了10月，国内正在欢度国庆节和中秋节。10月6日这天，中

◆ 萨扎干大墓

国驻乌兹别克斯坦大使孙立杰前来萨扎干工地慰问考古队。孙立杰大使仔细考察了考古队的考古现场和生活驻地，称赞王建新他们是推动“一带一路”民心相通的“先锋队”，鼓励考古队助力中乌人文合作和丝绸之路经济带建设。大家深受鼓舞，晚餐加菜上酒庆祝了一番。

乌兹别克斯坦的气候是典型的大陆性气候，10月中旬以后天气就开始转冷，到10月底，天空就时不时飘起了雪花。山谷里孤零零的夏令营营地，这时候更显得岑寂和冷清。热娜和刘欢晚上甚至听见房子外面有野狼嚎叫，早上起来，便在院子的雪地上发现了狼的爪印。

考古队停下当年的工作，留下任萌和习通源在撒马尔罕整理资料，其他人员陆续返回国内。

2015年对王建新来说，收获良多。中亚考古的第一铲已经打了下去，他对这里的自然环境、土壤性质和文化堆积已经有了一个完整的认识，后面就是甩开膀子大干了。

2016年5月，中乌联合考古队再次进入萨扎干村，继续发掘村东的大墓。这一次，西安市文物保护考古研究院的吴晨被邀请加入考古队。吴晨是西北大学文化遗产学院文物保护技术专业硕士毕业生，在玻璃珠等饰品的研究方面学有所长。

王建新始终觉得，中国考古学家进入中亚，绝对不能像一些西方人那样进行掠夺式发掘，只搜集资料不保护文物，而应该像在国内那样，边发掘边保护。发掘萨扎干大墓的时候，他就有意地为以后的文物展示和文物保护留下空间。他决定在萨扎干大墓上建立一个保护大棚。

正好，撒马尔罕附近有一家韩国人开设的板房制造工厂。考古队就从那里买来建材，在大墓的探方上建造了一个保护性的大棚。大棚内安装了中国自主研发的环境监测仪器和安全监控设备，可以24小时不间断地检测遗址上的温度和湿度，还可以通过手机随时监控遗址的安全防护。这是乌兹别克斯坦考古发掘史上的第一次，因此得到了乌方文物管理部门和考古学术界的高度关注与赞扬。

王建新还要求考古队在发掘结束之后一定要回填探方。中亚地区是大陆干

◆ 2016年萨扎干大墓发掘现场的中乌人员

◆ 萨扎干大墓出土的金环扣和金泡

旱性气候，生态非常脆弱，如果不回填探方，时间长了，那些发掘现场就像暴露在大地上的疮疤，沙尘飞扬，有些甚至会引起周边土地的荒漠化。这种情况在中国考古队发掘过的地方绝对不能出现。只是这一次在萨扎干发掘现场，考古队还遇到了一件让人啼笑皆非的小事：房东卡米力，他的相貌完全就是东方式的，如果让他进入中国北方的任何一个村庄，谁都会认为他是一位地地道道的中国农民，而不会相信他来自乌兹别克斯坦。卡米力不但像中国农民一样淳朴温和、善良好客，也像中国农民一样精明能干，是个过日子的好把式。他用考古队挖出的土方打土坯建房子，等到发掘结束的时候，他家的房子也建了起来。而当考古队要用土回填探方的时候，发现土已经没了，只能从别处买来10卡车生土进行回填。当然了，这都是后来发生的故事。

而现在，考古队要对大墓的墓室进行清理了。

墓道和墓室之间有一个土坯砌成的封门。墓室里边大有文章：棺木已经彻底腐朽，只留下一圈木炭痕迹和扣合棺木的铁合页、铁环。尸骨已基本上腐化殆尽，只留下一个黄褐色粉末状人骨形状和四颗牙齿、两节指骨。随葬品异常丰厚，除了两个陶器、两件铜器、两件骨器之外，共有金器88件。金器有金管、金泡、金钉、金环、金带扣等等。初步判断，这是一个贵族妇女的墓葬。

在清理墓室的时候，梁云发现墓室的土壁上有一个神秘的大洞，用竹竿探测，这个洞非常之深，考古队判断，紧邻此处应该还存在着另一个大型墓葬。但这个墓葬位于保护大棚之外，现在发掘，必须拆除大棚才行，考古队决定暂且将其放下。2019年，萨扎干遗址大棚拆除的时候，梁云对第二个墓葬进行了发掘。这是一个东西走向的墓葬，除了没有封土，规制与第一个大墓相当，时间却稍早一些。而且两个墓葬存在先后打破的关系，所以推测两个墓主应该是亲密的亲属关系。

公元前后的某一天，生活在萨扎干草场上的一个游牧部族里去世了一位贵族女性，她可能是妻子，可能是儿媳，可能是母亲，也可能是女儿。听到消息的族人们开始张罗了起来，他们在那个背靠大山、面向田野、地势较高的台地上，找到埋葬着她的亲人的墓地，召集下人或者奴仆在旁边为她营建坟茔：先

◆ 萨扎干大墓出土的陶罐和陶豆（杯）

◆ 萨扎干大墓出土的金饰品

挖掘一个长五六米深三米左右的墓道，同时在墓道的南端凿出台阶，方便运出泥土和人员上下，然后在墓道北端的土壁上掏出一个深洞作为墓室。这个工作很快就完成了，这种土结构的墓葬开凿并不困难，工程量也不算大。但对平民百姓来说，这种坟墓已经非常讲究也非常复杂了。家里，女人们已经为遗体梳妆完毕，并给她穿上华丽的丝绸裙，佩戴上所有的金首饰、金胸饰，扣上衣服上的金扣子。随着萨满巫师如泣如诉的祈福和祷告，遗体被装殓到棺木之中，再用铁钉和铁扣封好。这也是一般平民所不能享受的待遇。出殡的那天，送葬的队伍抬着或者用马车拉着棺木前往墓地，到了墓地之后，将棺木沿台阶送入墓室，将女人生前使用过的陶罐和陶豆（杯）放置在棺木旁，然后用土坯封好墓室的洞门。最后，填平墓坑，按照传统用石圈围住墓圹，并从别处取土在墓地上堆起一个巨大的封土堆。高大的封土堆是为了彰显尊贵与地位，也是为了让来往的人们铭记和瞻礼。

那么这个大墓是不是月氏贵族的墓葬呢?

根据墓葬的形制以及出土的随葬品，对照七河地区、花剌子模地区相同年代的文化遗存，王建新和梁云判断，这是一个康居贵族的墓葬，而并非月氏贵族之墓。

康居，汉代西域大国，最迟于公元前2世纪建立政权，是一个活跃在丝绸之路上的游牧国家。它在与大汉、匈奴、乌孙之间的博弈中，对大汉时友时敌，但最终承认了大汉的宗主权，遣子侍汉。大汉西域都护府设立的目的之一，就是“督察乌孙、康居诸外国动静，有变以闻”。

虽然考古队这次发掘未能发现月氏的踪迹，但却掌握了康居的文化特征，按照排除法，又一种文化形态被剥离出去，这对寻找大月氏也是好事。而且这次发掘还使康居的疆域明晰了。公元前后，康居的统辖之地东至西天山，西占花剌子模，北迄七河，南据粟特。史书记载，大月氏在康居之南，那么寻找大月氏的地域范围就越来越小，越来越集中了，这样也就离大月氏的居留之地越来越近了。此外，对康居文化的研究，也是还原中亚历史样貌必不可少的一环。

对第一次前来中亚考古的中国考古队来说，这已经算是收获巨大了。更为重大的惊喜随即而至。

2016年6月22日下午，正在乌兹别克斯坦访问的习近平主席接见在乌开展考古发掘和文物保护工作的中方人员。苏荷驾车将正在工地上的王建新、梁云和吴晨送往塔什干。

中亚考古，新的阶段即将开启。

发现大月氏

大月氏迁徙之路

撒马尔罕萨扎干遗址发掘之前，康居的考古文化研究几乎被沙皇俄国和苏联的学者垄断了，他们从19世纪末至20世纪80年代在七河地区、粟特地区发掘了几百座康居遗址，撰写了大量的发掘报告和研究文章。而在这之后，王建新团队在这个领域为中国的考古学者争得了一席之地。

丝绸之路上的强国康居，曾频频出现在中国史书之中。在大汉与匈奴长达200余年的战争中，康居首鼠两端，利用强国之间的矛盾，制衡西域大国乌孙与大宛，称雄中亚。公元前58年，汉宣帝神爵四年，匈奴在大汉的打击之下，早已式微零乱，而这年内斗又起，5位皇族为争夺汗位互相攻讦，掐起了群架。第三年，康居邀请其中的一支郅支单于就食于国，辟楚河流域和塔拉斯河流域供其游牧，利用其压制乌孙与大宛，并拒阻大汉向西突进。公元前36年，汉元帝建昭三年，大汉猛将甘延寿、陈汤西征匈奴残部，击杀郅支单于。“明犯强汉者，虽远必诛”这句铁血激越的名言，就出自此战之后陈汤给汉元帝的奏章，原句为“宜悬头槀街蛮夷邸间，以示万里。明犯强汉者，虽远必诛！”然而，此战虽然剿灭了郅支单于，却并未对康居造成威慑。康居拥有60万口部众，12万控弦之士，这足以让其坐稳葱岭之西的霸主地位，更何况它也不愿轻易放弃丝绸之路上的贸易控制权：康居向西经奄蔡可抵达黑海沿岸，向西南经安息可抵达叙利亚和小亚细亚半岛，向南可抵达印度河流域，向东可抵达富庶的大汉帝国，它占据的是丝绸之路的咽喉。直到东汉班固平定西域各国叛乱之时，康居仍然操控着西域各小国，纵横捭阖，抬高身价，索取利益。公元3世纪末，北方嚈哒崛起之后，康居才最终湮灭在滚滚铁骑之下。

中国学者对康居的研究，从前只能凭借史书文字的记载，直到王建新他们发掘了萨扎干康居大墓，中国人才第一次真正触摸到康居遗物与遗迹。2018年，梁云撰写的《康居文化刍论》发表在《文物》杂志第7期。同时，这期杂志还刊载了西北大学关于中亚考古的3篇发掘报告和研究文章，封面与封底均取图于出土文物的照片。

萨扎干康居大墓的发掘，揭示了大月氏迁来中亚的大致地理位置就在巴克特里亚，同时也揭示了当时中亚错综复杂的地缘政治关系与国际形势。

康居、大宛能够立国并迅速走向强盛，大月氏能够南下并在巴克特里亚地区立足，个中原因在于，此时的希腊—巴克特里亚王朝正走向衰落，整个中亚地区出现了权力真空。

“把战争带给亚洲，把财富带回希腊”，在希腊马其顿贵族的叫嚣声中，公元前334年春，年轻的亚历山大大帝开始了彪炳史册的东征，剑锋直指波斯帝国。而波斯阿契美尼德王朝经过两个世纪的统治，已经日薄西山，气数殆尽，东方中亚各行省已经出现了强烈的分离倾向。

马其顿精良的重装步兵方阵出现在波斯的地平线上，前进的步伐踏起蔽日飞尘，也让大地战栗。波斯阿契美尼德王朝大流士三世的大军一触即溃，败如山倒。在青铜时代晚期，马其顿的重装步兵称雄天下，无可匹敌。战士们戴青铜头盔，披青铜胸甲，左手持青铜大盾，右手持5米长的撒利沙长矛，组成8列或者16列方阵，一起移动，一起攻击，静则竖盾为城，动则整体推进，敌军攻不进，啃不动，几番下来，只能败逃。

亚历山大大帝凭借这支雄师，打赢了格拉尼卡斯、伊萨斯、高加米拉三大战役。大流士三世束手无策，只能实行坚壁清野政策。那个100年前曾经在希波战争中狂虐希腊城邦50年、高贵而骄横的阿契美尼德王朝，此时却惊慌失措。大流士三世一路向东仓皇败逃，然而这还不是他最悲惨的境地。公元前330年，惊魂未定的大流士三世逃亡至帝国东方的巴克特里亚行省，但等待他的不是大后方的基石和后盾，而是当地总督柏萨斯的背叛和欺辱，大流士三世被废黜并囚禁。200年前，他的祖先大流士一世征服了这里，200年后，他却丢盔弃甲，命运被自己的奴才所掌控。希腊的史书并未记载大流士三世的所思所想所感所悟，但这个帝国末代皇帝的狼狈与恐惧却充斥字里行间。

公元前329年，亚历山大大帝开始东征巴克特里亚和索格底亚那地区。他先征服了阿富汗，然后翻越兴都库什山脉北上，最终出现在巴克特里亚的大地上。波斯巴克特里亚的总督柏萨斯并未抵抗，在向索格底亚那逃跑的路上，他刺伤并丢弃了大流士三世。不久，大流士三世伤重而亡，称雄整个西方的波斯阿契美尼德王朝至此“打烊”。

不到两年工夫，亚历山大大帝彻底征服了巴克特里亚和索格底亚那地区。控制着地中海和黑海商业贸易的希腊亚历山大帝国，此时又控制了从地中海东岸直达印度和中国的陆上贸易通道，这个庞大的商业帝国走向巅峰。

公元前327年，踌躇满志的亚历山大挥师南下，直取印度河流域。结果，那里的炎热和瘴霾所带来的疾病与不适，激起了士兵们的思乡之情，厌战情绪蔓延整个军营。第二年，亚历山大无奈休兵，开始班师回朝。在途经幼发拉底河沼泽地时，这位雄图大略的青年大帝染病不起，于公元前323年6月死在了巴比伦城。33岁的他并未明确指定继承人，只有一句含糊的遗言：“让最强者继位。”随后，帝国开始分崩离析，他的将领们瓜分了他的战果，他的母亲、妻子和孩子惨遭杀害。

亚历山大帝国必不长久，因为他还没来得及建立系统的国家治理体系。波斯有成熟的中央集权政治制度，亚历山大却仍然采取希腊式的城邦殖民统治，两者难以融为一体。他采用了一些政治手腕消弭差异，鼓励将士们与当地女子通婚，并以身作则娶了粟特首领的千金，还穿起了波斯皇室的服饰，接受波斯的朝拜礼。但这只是“术”，不是“道”。他的权威建立在个人魅力和统治权谋上，而不是建立在构建和运营一个良好的系统上。所以，当他逝去，帝国轮盘上的向心力瞬间消失，帝国所有的部件都沿着离心力的方向飞散而去。亚历山大的个人魅力和谋略是拜其师亚里士多德所赐，亚里士多德的理想主义和道德至上原则让年轻的亚历山大充满号召力和感化力，但同时也脱离了现实的轨道。真正的政治家，谁会把国家治理建立在信口而来的道德承诺上？当亚历山大身着波斯皇袍出现在众人眼前的时候，他的部将们却认为他已经背叛了希腊。波斯与希腊的对抗并没有因为征服而结束，恰恰相反，这只是开始。

亚历山大帝国必不长久，因为国家的共同意识难以建立。希腊人带到中亚的是古希腊神教，而波斯与中亚的人们却信奉琐罗亚斯德教。当希腊人在城堡之中建立起圣殿之时，巴克特里亚和索格底亚那的人们正跪倒在琐罗亚斯德教神庙的祭坛之下。这意味着希腊人和当地人的精神世界并不一样，共同的价值观念和文化认同并未建立起来。更为吊诡的是，希腊人在中亚统治的合理性并不来源于希腊神教，而来源于琐罗亚斯德教。琐罗亚斯德教信奉善恶二元论，他们崇拜光明之神阿胡拉·马兹达，但同时也承认黑暗恶神阿赫里曼的存在。他们认为黑暗恶神会统治人间，但光明之神最终会战胜黑暗恶神，光明终将重返人间。站在琐罗亚斯德教的视角看，希腊人是黑暗恶神阿赫里曼在人世间的代理，而黑暗势力的统治是一种可以接受的存在。对于希腊的占据，波斯和中亚的人们在自己的宗教信仰中找到了逻辑。

西方学者把亚历山大大帝征服波斯和中亚之后的几个世纪，称为波斯和中亚的希腊化时期。但是细究起来，除了建筑与艺术，希腊到底把波斯和中亚“化”到了什么程度？所谓“希腊化”，不过是一帮西方文化中心论者的意淫。

亚历山大帝国崩溃之后不久，将军塞琉古割据叙利亚、波斯、中亚地区，建立了塞琉古王朝。王位传至塞琉古的孙子安条克二世时，王国开始衰落。公元前247年，埃及托勒密王朝发动了对塞琉古王朝的第三次战争，安条克二世自顾不暇，东方开始崛起的帕提亚很快占领波斯全境，建立起了帕提亚帝国，中国史书称之为安息。这一年，秦王嬴政即位，中国开始走向统一。次年，安条克二世死去，中亚巴克特里亚地区的总督狄奥多塔斯宣布独立，建立了希腊巴克特里亚王朝，中国史书称之为大夏。虽然狄奥多塔斯名义上仍然承认塞琉古王朝的宗主地位，但希腊—巴克特里亚王朝实质上已经独成一国，狄奥多塔斯也以“国王”之名开始铸币。当时，希腊—巴克特里亚王朝占据中亚，国力

◆ 希腊—巴克特里亚王朝的疆域

强盛，领有巴克特里亚、索格底亚那等地区，以及花剌子模一部分领土。

公元前230年，索格底亚那总督攸提德谟斯发动政变，又于公元前225年篡位。这一年，秦始皇嬴政派大将王贲攻打魏国，引黄河之水淹没其都城大梁，魏国灭亡，4年之后，秦帝国建立。

攸提德谟斯是一位清明的君主，在位长达40年，他在位期间，希腊—巴克特里亚得到发展，势力延伸至费尔干纳和兴都库什山以南地区。公元前190年，他的儿子德米特里即位。德米特里跋扈而富有野心，他在位期间，崛起的罗马两次攻击塞琉古王朝，德米特里利用塞琉古王朝集中力量应付西方边境之时机，南进印度，夺取了大片领土，又筑城奢羯罗，并长期驻扎在了那里。

公元前171年，巴克特里亚的地方官欧克拉提德起兵造反，占据了巴克特里亚地区。而这时候，西方的帕提亚帝国已经发动了对巴克特里亚地区的攻击。北方的匈奴崛起之后开始向西域发展，打败了月氏，收服了西域三十六国，西域各游牧人群受到挤压，纷纷南下。外患不绝，内患又起，公元前145年，欧克拉提德的儿子弑父僭位，不久，欧克拉提德另一个儿子杀死自己的兄弟替父报仇。希腊—巴克特里亚陷入了风雨飘摇之中，政治崩坏，社会动荡，已经无法抵御外敌入侵，康居乘机南下占据索格底亚那地区，而大宛也迅速独立。公元前135年，包括大月氏在内的北方游牧人群南下占领了这里，其中，大月氏力量最强，建立了新的政权月氏王国。

公元前129年，当张骞追寻至此处，大月氏刚刚南下巴克特里亚不久，只占领了阿姆河上游喷赤河以北的地区，即北巴克特里亚地区，而在喷赤河以南至兴都库什山周边的南巴克特里亚地区，希腊—巴克特里亚王朝余孽仍存。几十年后，大月氏才逐步向南发展，占领了南巴克特里亚地区。所以，张骞出使大月氏时，既会见了大月氏国王，又会见了大夏各城邦的首领。

希腊的历史学家在记叙这段历史的时候，是站在自己的文化视角来看待这些从北方南下的“蛮族”的，对其来龙去脉并不关心，偶尔提及也是含糊其词。这些“蛮族”的名字可能是来自不同语言的音译，同一人群在不同语言里可能有不同的名称，他们也不予考证，统统罗列出来，让后世研究者争论不休。比如，有人就将大月氏与吐火罗混为一谈，造成了不少的学术错误。这笔糊涂账增加了中亚历史研究的难度，王建新他们就意图通过考古研究，将这些问题逐一理清。

北巴克特里亚是一个富庶肥腴之地，苏尔汉河、喷赤河、瓦赫什河及其支流形成的山间河谷盆地和冲积平原上，灌溉农业和山地畜牧业繁荣发展，河谷平原上麦浪翻滚，山前草原上牛羊成群，晴空之下，鸟语花香，空气里流淌着奶与蜜的香甜，这是山地游牧人群最为理想的栖息之所。这里还扼守丝绸之路向西、向南、向北的商道关口，丰厚的贸易利润和税收足以供养一个强大的武力集团。况且，波斯和希腊先进的农耕技术、建筑技术、手工业技术，成熟的社会组织和政治体系，以及发达的宗教和文化，对来自北方的大月氏来说，是全新的体验和感受——这里吸引他们的不仅仅是富足安逸的生活方式，还有滋养精神和提升品位的文化内涵。大月氏乐不思蜀，不愿意再与匈奴为敌，报往昔的国恨家仇了，他们开始了又一次深刻的文化融合。

寻找大月氏文化遗存，王建新把目光转向了北巴克特里亚地区。

发现拉巴特

2016年12月30日，梁云、习通源已经在乌兹别克斯坦苏尔汉河流域的拜松城附近探寻一周时间了。

7月，萨扎干遗址发掘工作尚未结束，王建新就开始思忖寻找下一个发掘地点，一直盘旋在他脑海中的拜松城就成了必选之地。将萨扎干遗址发掘的文物和资料向乌方交接之后，时间已经到了2016年的圣诞节。撒马尔罕大雪纷飞，气温降到了-20℃左右，整个古城被封在了雪幕与冰雾之中。按照王建新的安排，梁云和习通源在乌方专家穆塔力夫的陪同下，从撒马尔罕出发前往苏尔汉河州的拜松城，正式进入巴克特里亚地区进行考古发掘调查。天寒地冻，路面已经不适合汽车出行，他们只好乘坐火车前往。

苏尔汉河州位于西天山余脉泽拉夫善山和吉萨尔山的南麓，两条山脉的平均海拔高达3000米左右，高大巍峨的山峦足以抵挡从北方西伯利亚高原上呼啸而来的凛冽寒风。苏尔汉河发源于塔吉克斯坦的群山之中，上游由东向西流淌，塔吉克斯坦首都杜尚别就坐落在苏尔汉河之畔。苏尔汉河进入乌兹别克斯坦之后向南流淌，形成了一个地形开阔的冲积平原，最后在苏尔汉河州州府铁尔梅兹市注入阿姆河。这里的纬度与我国黄河下游相同，但由于北边有山脉呵护，年平均气温达到20℃以上，冬季最低气温不低于-10℃。印度洋水汽北上，在这里的迎风坡上形成降雨，使平原地带的降雨量达到130毫米到360毫米，山前地带和山地的降雨量则多达445毫米到625毫米。整个苏尔汉河流域夏季干燥炎热，冬春温暖湿润，适合亚热带植物生长。非常明显，巴克特里亚地区的水热条件远比中亚其他地区优越，所以自古便是中亚各族群的向往之地。

梁云、习通源、穆塔力夫抵达拜松城，铁尔梅兹大学考古学系教授阿纳耶夫已经在此等候。拜松天气晴好，温暖如春。苏尔汉河支流拜松河在山间冲积

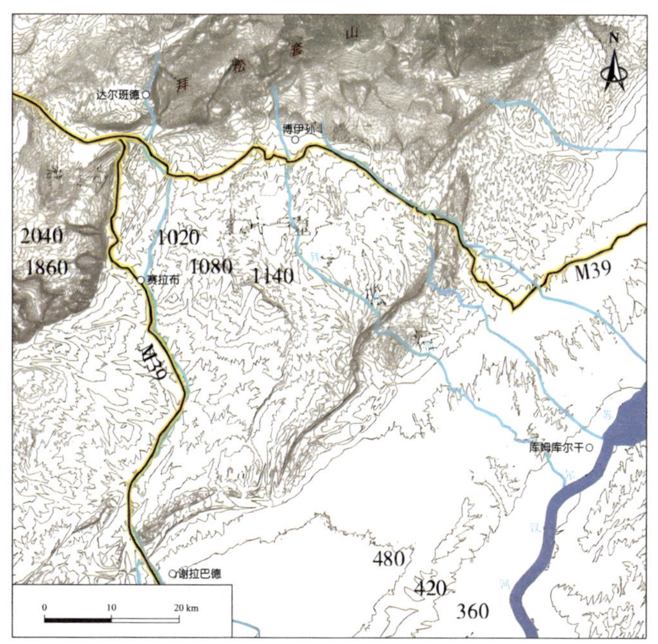

◆ 拉巴特遗址位置图

形成了一个南北走向的河谷盆地，拜松城就坐落其中。它是苏尔汉河州的14个农业行政区之一，位于苏尔汉河州的北部。整个苏尔汉河州的人口并不稠密，只有180余万，其中乌兹别克族占比13%左右，人数最多的是塔吉克族，有144余万，占比多达80%。全州最大的城市铁尔梅兹，人口有11万左右，而拜松城的人口不超过2万，就是一个小城镇。

他们先考察了位于拜松绿洲上的卡尔查延遗址，之后将考察的重点放在了山前地带和浅山地带——按照以往的经验，这些地带上的草原是山地游牧人群的聚集、栖息之地。拜松是王建新每次到中亚必去的地方，之前他也进行过一些考古调查，但调查对象都是一些已经被发现或者发掘过的文化遗址，田野调查并不充分。前些年，调查队在山前地带进行过走马观花式的勘察，曾经发现了一些外观陈旧的石堆，并进行了简单的试发掘，结果发现这些石堆是苏联时期为平整土地而用推土机推出来的烂尾工程，并非古代遗存。

一周时间里，梁云他们几乎徒步走完了拜松周边所有的山坡，并认真地将这些地带重新梳理了一遍，结果了无收获。苍黄而空阔的山坡上，枯草随风摇曳，山下土黄色的拜松城散落在河谷之中，略显寥落与孤寂。梁云他们情绪低落，原来让中乌联合考古队抱有极大期望值的拜松盆地，现在看来要让大家失望了。如果这样，中亚考古可能会走入死胡同。下一步该怎么办呢？想到这里，梁云的心情沉重起来。

无奈之下，梁云他们决定返回撒马尔罕。

到了拜松火车站，梁云突然想起来，自己以前读过一份乌兹别克斯坦考古学家的记录资料，里面提到拜松附近曾经发现过古代墓地遗址，20世纪80年代，苏联考古学家还对其进行过发掘和清理，但具体地点到底在哪里，已经无人能够说清楚了。这时候，阿纳耶夫也提出到拜松河边上去看看，梁云应声说道，好。

向南步行不足2公里，到了拜松河边，梁云眼前一亮。

在河岸台地土崖的断面上有一个灰层，灰层下面嵌有人骨，这是一个明显的文化堆积。刨出人骨细看，梁云判断其年代应该不晚，顿时兴奋不已。几个人快步爬上断崖，来到台地上面。台地上面有一个村落，这就是拉巴特村。在拉巴特村四周的空地上，碎陶片四处散落，还夹杂着人骨碎片。这些陶片和人骨是当地村民在平整土地时露出地表的。

梁云捡起几块碎陶片仔细察看，嘴里自言自语："这些陶片属于哪个时代呢？"其实，他心里早已经云涛翻滚，激动万分，按他的初步判断和感觉，这个遗址应该与月氏有关系。这是一种职业直觉，是长期沉浸在学术研究和学术思索中的结果，也是长期追寻大月氏文化遗存的潜意识与自身知识碰撞的结果。

梁云身后的穆塔力夫不紧不慢地说："月氏。"中外史书对月氏都有记载，而且所有语言都称之为"月氏（Yuch-chih）"。穆塔力夫是用俄语说出"月氏"之名的，这是一句半开玩笑的正经话——穆塔力夫是乌兹别克斯坦国家科学院考古研究所的资深专家，对乌境内的文化遗迹和文物掌握得比较清楚。

梁云听到这句话，不由得敞怀大笑，马上拿出手机拍摄了碎陶片、人骨以及现场。他把照片发给王建新，并简单说了说自己的判断和感觉。这时，习通源装置好无人机设备，从空中鸟瞰整个现场，这才发现，在拉巴特村的南北分布着大片的墓葬遗迹，许多墓葬已经被完全铲出地面。

2016年的年根，拉巴特墓地遗址就这样被发现了。

这是一个背靠山坡草地、位于河畔台地上的墓葬遗址。根据地形推测，这里在古代并不适合开展农业耕作，大概率是一个游牧人群的墓地。但按照以往的经验，游牧人群的活动区域应该贴近山前地带，而这个墓葬遗址却坐落在河边的台地之上，这是为何呢？梁云分析，可能是因为水源的问题。他们以前所见到的游牧人群遗址多分布在山脚，遗址附近必有从山中流出的河流——游牧人群也离不开水源。而拜松河谷附近的山坡上并无小河，所以游牧人群为了取水方便，活动区域向前推进到了河岸边的台地之上。

当然也存在另外一种可能，那就是河谷平原上的农业人群把墓地选在河岸边的台地之上，减少对耕地的占用，这种情况在中亚也曾经出现过。

那么，拉巴特墓地到底是游牧人群的墓地还是农业人群的墓地呢？答案只能在考古发掘之后才能最终揭晓。经过现场沟通，中乌联合考古队决定来年春夏对拉巴特墓地进行发掘。

几人在此分别，阿纳耶夫返回铁尔梅兹，梁云、习通源和穆塔力夫乘坐火车返回撒马尔罕。梁云和习通源未作停留，又匆匆从撒马尔罕赶往塔什干，从塔什干飞往乌鲁木齐，然后又从乌鲁木齐转机到西安。

2017年1月3日，走出西安咸阳国际机场航站楼，梁云看到王建新已经在等候他们了——王建新亲自在机场迎接归来的考古队队员，这是第一次。两人相拥在一起，哈哈大笑。他俩都知道，中亚考古工作能否继续向前推进，就看拉巴特遗址了。

发掘拉巴特遗址

2017年5月，晚春初夏，中乌联合考古队直接奔赴拜松的拉巴特村。

这一次，中乌联合考古队中方人员有王建新、梁云、赵东月、吴晨、王嘎，乌方有穆塔力夫、苏荷、比龙。赵东月是西北大学文化遗产学院的教师，研究方向为体质人类学。王嘎是中国政法大学的俄语教师，也是梁云的同学，这次来担任专职翻译。

考古队驻扎在拜松城郊的一个家庭旅馆里。这家旅馆条件还算不错，配有厨房和卫生间。家电比较齐全，只是冰箱、电视机都是苏联时期的物件。冰箱运行时，整个房间都嗡嗡震动。电视信号则来自卫星接收器，头天晚上收看过的频道，第二天晚上得重新翻找。跟苏联时期的所有建筑一样，旅馆里的各种管道也都粗糙笨重，水管总是滴滴答答漏水，热水供应也不正常，洗澡要靠碰运气。

考古队的一日三餐交给塔吉克房东打理。质朴诚恳的房东大娘，把对中国客人的所有热情都倾注到每餐的手抓饭里。中亚塔吉克的手抓饭据说是最不可辜负的美食之一，它选用新鲜羊肉、羊臀脂、胡萝卜、洋葱和中亚常见的长粒大米做食材，清炒羊肉、洋葱和胡萝卜之后再加入长粒大米熬煮，直到汤汁收干。几日之后，考古队员们个个都吃得油光满面，摸一把脸，手上都有一层油。中国人的胃开始扛不住羊肉手抓饭的油腻了，考古队中方人员决定还是自己动手。

王建新他们又开始轮流做饭了。拜松河中产鱼，这里的鱼肥硕而便宜。于是，煎、煮、烹、炸，各种做法的鱼成为餐桌上的常见菜。刚开始煎鱼的时候，大家技术并不熟练，不但粘锅，还容易烂糊。经过反复摸索、交流经验，考古队员个个都成了煎鱼高手。

拉巴特墓地是一个规模巨大的墓葬群，南北长约2000米，东西宽约300米。拉巴特村其实就坐落在墓葬群遗址之上，所以墓葬遗迹人为破坏严重。考古队将拉巴特村北的墓葬群称为拉巴特1号墓地，将村南的墓葬群称为拉巴特2号墓地，将村南2号墓地西北的墓葬群称为拉巴特3号墓地。这次发掘的是拉巴特1号墓地。

墓葬的封土堆在平整土地时，已经被推土机铲去，许多墓葬的墓圹轮廓已经露出地表，清晰可见。布下探方，清理掉表层土壤，骸骨和随葬品就显露出来了。墓葬分布很密，几个探方里就有十几座墓葬。墓葬都是南北走向，遗骸头枕北脚蹬南，随葬品有头饰、项饰、胸饰、铜手镯，陶器、铁器等等。看

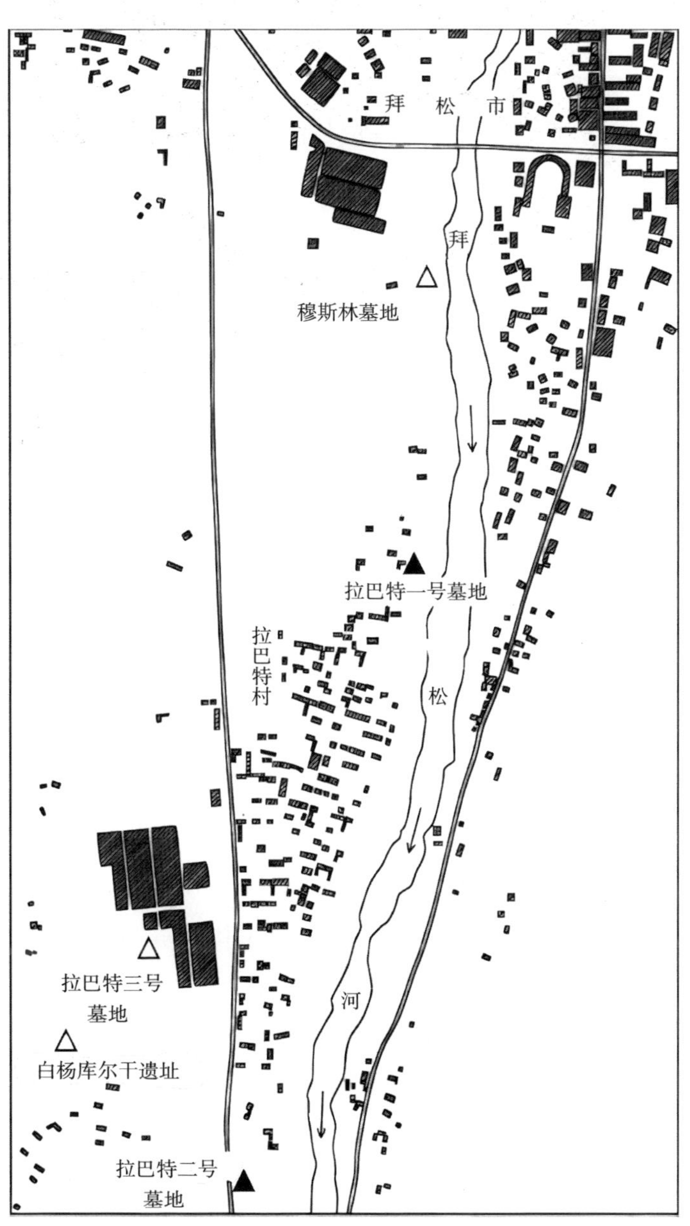

◆ 拉巴特墓葬遗址示意图

◆ 拉巴特遗址竖穴偏室墓葬

来，这个墓葬群重在清理，发掘的工作量并不大。但清理工作也不轻松，考古队队员们必须用小铲或者木签将包裹文物的泥土一点一点抠掉，然后用毛刷拂去灰尘，最后还要测量、绘图、拍照、清点、登记。

这时候，梁云发现了一个奇怪的现象：所有墓葬的东侧都伴有一个条状石堆。一开始，他深感困惑，百思不得其解，查阅中亚的考古资料后，他发现塔吉克斯坦贝希肯特遗址也存在这种情况。回想起东天山发现的以石块填埋竖穴墓道的偏室墓葬法，梁云与王建新经过对比研究，最后断定，这些墓葬就是典型的用石块填埋竖穴墓道的偏室墓葬。

复原墓穴建造过程，秘密便会被轻松解开。位于拉巴特的古代聚落里，每当有人去世，人们就会为他营造坟茔，举行葬礼。他们在公共墓园靠近死者家族成员墓地的地方，按照血缘关系选取一个位置，挖掘一个长方形的南北向竖穴，又在竖穴的西侧掏一个墓室，然后将遗体安放在墓室之中，用泥砖封堵墓室的门，再向竖穴之中填入石块，最后用挖墓取出的土壤在地面上堆成封土堆。这种墓葬不同于萨扎干遗址的康居墓葬，康居墓葬的墓室在竖穴的顶端，被称为端室墓，而拉巴特的墓葬墓室建在竖穴的侧面，叫偏室墓。

2000多年以后，拉巴特村的村民为了平整土地，用推土机铲去了地面之上的封土和墓葬表层，露出了墓葬的底部，出现了条形石堆与墓葬并行的景象：条形石堆的位置实际上是填满石块的竖穴墓道，而存有遗骸的位置实际上是安放遗体的墓室。

现代化的推土机对拉巴特墓地的破坏十分严重，个别墓葬的上部被铲去较多，遗骸的颅面都被削去了一半，墓葬之中的陶器也均被打碎，随葬品散落一地。

新石器时代至铜铁并用时期，偏室墓在我国北方非常流行，同时也流行于整个欧亚草原地带，只是形制稍有差异。但是在公元前后的铜铁并用时期，巴克特里亚地区的墓葬却较为简单。信奉琐罗亚斯德教的当地民众，采用的是不完全火葬。这种葬俗是先用火焚烧遗体，等到只剩下骨骼之时，再将残骨收集起来集中存放。所以考古发现，当地人群在这一时期的墓葬均是乱骨墓葬，而非偏室墓葬。希腊人曾统治中亚200余年，但在考古过程中却鲜有希腊墓葬发现，有学者认为，希腊人可能将遗体运回希腊故土进行安葬了，也有学者认为，他们是完全火葬，所以没有留下墓葬遗存。因此从各种情况分析，这个历史时期北巴克特里亚地区出现的偏室墓葬，绝对是外来人群所带来的新的墓葬文化，而这些人群极有可能来自中国北方或者欧亚草原地带。

发掘工作紧张有序地向前推进，考古队每日早出晚归。这可能是拜松城和拉巴特村第一次有中国人停留这么长时间，当地居民好奇而热情，每次遇见考古队队员，总是笑容可掬。

每天下午，驻地附近的村子里总有一群孩子在土路上踢足球，考古队的车子经过时，这些孩子会停下来，挥着手用中文喊“您好！您好！”孩子们玩的足球已非常破旧了，有一块外皮已经开胶，一脚踢上去，根本没有弹性。中方考古队员们决定给孩子们买一个新足球。当孩子们欢呼雀跃地拿到新足球的时候，嗷嗷声传遍了村子的大街小巷。

第二天下午，当考古队返回驻地时，一位戴头巾的当地妇女站在巷子口拦住了车子，她手里提了一袋油炸的土豆饼，坚持要送给考古队的中国人。她不停地说着话，使劲地把土豆饼从车窗递进来。王建新他们推辞不掉，只好收下。穆塔力夫把妇女的话翻译成俄语，王嘎再把俄语翻译成中文，原来，那位妇女说的是："感谢好心的中国人，我们没有更贵重的东西，只能用土豆饼表示谢意，希望你们不要嫌弃，收下我的这份心意。"其实大家都知道，当地民众的生活并不宽裕，生活水准相当于我国80年代初的水平，而且为了送土豆饼，那位妇女可能站在巷子口等了好长时间。无论贵贱，这份土豆饼都让大家感动不已。

时间不觉到了6月底，拉巴特1号墓地清理出了52座墓葬，出土的文物远超当初的想象，而这只是1号墓地的中、东部分。这时候，拜松盆地气温骤升，阳光暴晒，考古工作进展缓慢。王建新决定暂停今年的工作，来年继续进行。

当王建新、梁云他们在拉巴特遗址开展发掘工作的时候，马健、任萌、习通源正带队在东天山巴里坤发掘海子沿遗址。这是一个公元前1300至公元前800年的青铜时代晚期的文化遗迹，跟岳公台、东黑沟遗址早期文化类型相同。7月18日晚上，考古队驻地所在的村子发生了一起火灾。这个村子是汉族

◆ 拉巴特遗址发掘现场鸟瞰图

和哈萨克族混居的村落，考古队20多名师生和村民们一起打水救火，有人被火燎掉了眉毛和头发，有人赤脚奔跑时划伤了脚掌。村民们非常感动，事后把锦旗和感谢信寄到了西北大学。

发现大月氏

2018年5月，中乌联合考古队再次前往拜松的拉巴特村。

这次，考古队阵容庞大。中方人员有王建新、梁云、赵东月，博士生唐云鹏、李伟为，洛阳市文物考古研究院的刘斌、张如意，故宫博物院的吴伟，西安市文物保护考古研究院的吴晨、赵兆，天水市博物馆的裴建陇，西安外国语大学的王秋实、李家杰，留学生苏荷、比龙；乌方人员有乌兹别克斯坦国家科学院考古研究所的穆塔力夫、萨纳特、拉赫莫夫、阿尔泽耶夫，铁尔梅兹大学的阿纳耶夫，费尔干纳国立大学的哈米德加诺娃、索比洛夫。

王建新始终对拜松盆地炎热的夏天有所担忧，这时，他想起了自己曾经见过的洛阳生产的带轨伸缩大棚，这种大棚适合考古工地：早上可以把大棚收起来，只占很小的空间，等到中午再把大棚伸张开，遮挡阳光的暴晒。他决定为拉巴特考古工地购买安装这种大棚，这样大家就可以在阴凉下工作了。然而这件事情却大费周章，因为出口手续和运输出关等问题，一直到5月底，大棚才在工地上安装到位。

大棚遮住了阳光照射，却隔绝不了拜松盆地灼热的气温，大家依然挥汗如雨，但却无人叫苦。

这次发掘工作主要集中在1号墓地的北部和西部，依然是大量的清理工作。考古工地上来了一位女孩子马娜，她是费尔干纳国立大学二年级学生，利用暑假参加实习。活泼可爱的马娜像一只蜜蜂，在工地上飞来飞去，甜美的笑声让整个工地充满了欢乐。马娜非常聪慧，在中国老师的指导下，很快进入了状态。刚开始，考古队的老师还要手把手地教她发掘，两天之后，她就能独当一面，负责清理一座墓葬了。她跪在墓坑边，专注而认真地用木签和刷子把板灰仔仔细细地清理出来，看见遗骸也不会尖叫害怕，常常一待就是一整天。整理、清点文物时，马娜也毫不含糊，瞪大眼睛一个一个交接。梁云夸赞她，说这孩子是块搞考古的料。暑假很快结束了，马娜要返回学校了。考古队按规矩准备给她开工钱，但她坚决不要，说实习就是为了学习，跟中国老师学了很多学问，这比金子还要珍贵。

7月初的一天，考古队在一个墓葬中发现了五串胸饰，其中有玛瑙珠上百颗，还有斯芬克斯（人面狮身）形费昂斯吊坠。斯芬克斯形的饰品最早发源于古埃及，后来传播至中亚，再由中亚传播至欧亚草原，最远甚至传至我国北方地区，而费昂斯是最早的亮色彩釉陶制品。斯芬克斯形费昂斯吊坠出现在中亚，能够充分反映古代世界文明传播的路线、方式和文明交往的密切程度，因而具有重要的考古学意义。玛瑙串珠是古代极其珍贵的饰品，也是当代文物收藏家们热衷收集的宝物，在文物市场上价值连城。

◆ 拉巴特遗址墓葬中出土的串饰

这些饰品还没清理完，天已经黑了，工作无法继续进行，梁云无奈，只好用遮雨布将墓葬盖起来，将所有工作放到第二天完成。但他心里忐忑不安，总觉得安全是个问题，让他迟迟放心不下。

当时，考古队专门雇了一个强壮而憨厚的村民看护工地。这个村民对考古队很友好，白天会给大家端来茶水，聊上几句，考古队也经常从他们家采购一些酸奶，照顾他们的生计。离开工地的时候，梁云再三向这位村民交代，请他晚上多加小心，关照一下工地的安全，防止失窃。

回到驻地，梁云辗转反侧，无法入眠，甚至觉得冰箱的嗡嗡声都比平时更吵。到了半夜，梁云总觉得会出事，便叫醒几个人，开车前往工地查看。工地上漆黑一片，伸手不见五指，他们呼喊那位看护工地的村民，却无人应声。梁云一下子就慌了神，着急地说道："怎么回事啊，看工地的人都不见了，会不会出事啊。"几个人打着手电筒去查看那座墓葬，发现遮雨布完好如初，墓葬没有被刨动过，这才大出一口气，放下了心。

后来，梁云听穆塔力夫解释，乌兹别克斯坦没有盗墓的恶俗，在他们的文化传统里，盗墓是犯忌讳的事情。这给梁云留下了深刻印象，也让考古队对乌兹别克斯坦人民肃然起敬。

2018年7月，拉巴特墓地发掘工作正式结束，共发掘墓葬42座，算上2017年发掘的52座，总共发掘墓葬94座。

墓葬出土的文物非常丰厚。陶器、铜器、铁器、金器、银器、石器、骨器、贝饰、费昂斯制品，以及铁剑、铁镞等武器，大小共计上千件。与周边遗址出土的文物进行对比分析之后，梁云他们判断，拉巴特遗址墓葬整体存在的年代范围大致为公元前2世纪末至公元2世纪。这段时间正好是希腊—巴克特里亚王朝崩溃至贵霜帝国建立的初期，也正是史书中所记载的大月氏在巴克特里亚地区活动的时间段。

拉巴特遗址最关键的发现是墓葬的形制：所发掘的94座墓葬中，竖穴偏室墓59座，竖穴墓29座，因被破坏形制不明的6座。

根据出土文物推定，这些竖穴偏室墓的时间大概在公元前2世纪末至公元1世纪前期。梁云分析，"这个时期，在帕米尔以西、西天山以南、铁门关以

◆ 拉巴特遗址墓葬中出土的斯芬克斯形费昂斯吊坠

◆ 拉巴特遗址墓葬中出土的陶器

东、阿姆河以北这一所谓的北巴克特里亚地区，分布着一种共性很强、面貌特征相当一致的游牧文化遗存。已知遗址包括乌兹别克斯坦的拉巴特、阿伊尔塔姆墓地，塔吉克斯坦贝希肯特谷地的阿鲁克陶、考库姆、图尔喀墓地及丹加拉的克希罗夫墓地。

“就出土文物来看，拉巴特墓地以束颈带耳壶或罐、高足杯等轮制陶器，无纽或具柄镜、缠丝耳环、喇叭形端口的手镯、凸起椭圆形戒面的戒指、弧顶喇叭形铜铃等生活及装饰品，横栏格式铁短剑、三翼式带铤铁镞等武器，以及各种质地和形状的串饰为代表。

“就墓葬形式和葬俗来看，拉巴特墓地墓葬地表无封堆或有低平的石封堆，形制上流行偏洞室墓，洞室大多开在墓道的西侧，竖穴墓道往往填石或泥砖。如阿鲁克陶墓地，在发掘的111座该时期的墓中，偏洞室墓73座；在图尔喀墓地发掘的219座墓中，偏洞室墓183座。葬式绝大多数为头向北的单人仰身直肢葬。这种文化遗存有自身的特征，与其他地区同时期文化区别明显，可作为一支独立的考古学文化来看待。”

王建新分析：“这类遗存主要分布于北巴克特里亚地区河谷平原周边的山前和丘陵地带，墓葬形制、埋葬习俗均不见于巴克特里亚地区公元前2世纪以前的考古学文化遗存，也与已知分布于伊犁河、楚河流域和帕米尔高原的塞人文化遗存没有关系，而与中国新疆东天山地区公元前5世纪至公元前2世纪期间的古代游牧文化遗存面貌相似。”

“结合历史文献和考古资料，”王建新最后推断，“我们认为该类游牧遗存的时空范围和文化面貌特征等与大月氏西迁的历史背景更加相合，应该就是大月氏留下的考古学遗存。”

王建新和梁云根据出土的文物分析，拉巴特墓地的竖穴墓年代应该已经进入公元2世纪，为拉巴特墓地晚期遗存。对照竖穴偏室墓和竖穴墓的分布位置，他们发现，拉巴特遗址东部主要为竖穴偏室墓，西部主要为竖穴墓，埋葬的次序是从东往西，说明拉巴特遗址墓葬的形制和葬俗存在由竖穴偏室墓向竖穴墓演变的过程，晚期竖穴墓与平原区域的贵霜帝国早期地面龛式墓同时存在。

◆ 拉巴特遗址墓葬中出土的铁镞、铁短剑

◆ 拉巴特遗址晚期竖穴墓

按照现有考古发掘的资料，我们能够推测，大月氏被击败之后，带领治下的各个部落迁徙至北巴克特里亚地区。在这里，他们仍然沿袭山地游牧人群的生活方式，保持强大的武力，采用部落制和领有制统辖游牧人群和绿洲农业人群。他们很快接受了新栖息地的日常器物，但其社会组织体系的演化却需要更长时间，因而保持着一定的稳定性。这能够从拉巴特墓地的整体形制上管窥一二——从那种具有明显规划痕迹、存在某种秩序的墓地，以及墓主人随葬品的基本相似性所体现的身份等级相似性，可以看出这是一个部落或者氏族的公共墓园。而墓葬中的武器，显示出武力对这个部落或者氏族的重要性。大月氏的不同部落抵达巴克特里亚地区之后，分散各地，依然延续了各自的包括葬俗在内的文化习俗和生活方式，但不同部落之间的文化习俗却未必一致。

王建新和他的团队终于在乌兹别克斯坦苏尔汉河州拜松城外的拉巴特遗址追到了大月氏的身影。这是一次跨越2000年的追寻：张骞用了13年时间，一路受尽磨难，充满艰辛；王建新则整整花去了18年时光，其间的磨难岂是一句艰辛能言尽，个中滋味，只有他自己才完全知道。现在，他可以堂堂正正地回答当年的樋口龙康之问了，不仅如此，他和他的团队还完整地还原了公元1世纪前后丝绸之路上的历史原貌，这是中国考古学家第一次做到这一步。

◆ 公元前后北巴克特里亚地区主要文化遗址示意图

但是，他们的脚步并未停歇。在西方文献里，巴克特里亚的历史有一段“黑暗时代”：从希腊—巴克特里亚王朝灭亡直到贵霜帝国建立，时间长达100余年，没有文字记载，没有人知道发生过什么。而这正是大月氏统治巴克特里亚的时期。下一步，王建新将带领团队用考古研究复原大月氏在巴克特里亚的历史，把“黑暗时代”的历史“空缺”填充起来。这将是一个非常复杂和艰难的过程。好在，拉巴特遗址的发掘已经揭开了大月氏在中亚的面纱。

探秘高山之国

萨拉兹姆的水系

拉巴特遗址的发掘结果已经证实，大月氏就在北巴克特里亚地区。

西天山余脉泽拉夫善山、吉萨尔山与兴都库什山之间宽阔的河谷平原、河岸台地和浅山丘陵地带，就是肥沃富庶的巴克特里亚，这里是古代中亚的中枢，是波斯帝国和亚历山大帝国控制中亚、南下印度的桥头堡。阿姆河上游河段喷赤河从中穿过，河南为南巴克特里亚，被阿富汗所据；河北为北巴克特里亚，大部分疆土属于塔吉克斯坦；只有东部苏尔汉河中下游地区属于乌兹别克斯坦。

所以，要揭示大月氏在中亚的真实样貌，塔吉克斯坦是必去的地方。

2015年8月，王建新委派梁云前往塔吉克斯坦继续洽谈合作事宜，开展考古调查。那时候，乌兹别克斯坦撒马尔罕萨扎干遗址正在发掘之中。

梁云带领王嘎和研究生赵兆从乌鲁木齐启程。由于前路未知，梁云多少有些忐忑。出发前一晚，乌鲁木齐的朋友们为他壮行，酒已酣畅，他却始终留着半分清醒思忖着塔吉克斯坦的行程。第二天一大早，他们就飞往塔吉克斯坦首都杜尚别。

这一次，他们依然通过王海鹰安排相关事务和行程。时隔几年，王海鹰在塔吉克斯坦的生意已经做得风生水起。他买下杜尚别郊区一个倒闭棉纺厂的厂区，将厂房改造成了公司的办公场地，梁云他们就被接至此处暂住。

王海鹰亲自下厨，在烟熏火燎和“嗞喇”声中，手忙脚乱地把饭菜端了上来。尝了几口，梁云笑了，王海鹰的每道菜都咸到发苦。自家人也不见外，梁云提议，以后大家轮流做饭。四个男人各显身手，饭菜还算将就，闲时偶尔小酌几杯，餐后泡壶茶聊上半天，这让独在异乡的王海鹰倍感亲切。

梁云拜访了塔吉克斯坦考古学界的几位学者，走访了塔吉克斯坦文化部官员。塔吉克斯坦考古学界非常友好和热情地接待了梁云一行。前几年，他们通过王建新对中国考古学的发展已经颇有了解，而且也和王建新建立起了学术联系和友谊，他们对中国同行们充满钦佩和期待。塔吉克斯坦的经济一直不够繁荣，考古研究始终缺乏经费支持，而且无论是政府还是学界都希望本国的考古研究能够开展多方和多元合作，而不是完全依靠西方国家或者俄罗斯。这样，几番洽谈之后，合作事宜很快确定了下来。8月初，西北大学和塔吉克斯坦科学院历史、考古与民族学研究所长期联合考古合作协议正式签订。

除了洽谈合作事宜，梁云他们还有考古调查任务，那就是再次详细勘察塔吉克斯坦西北部的萨拉兹姆遗址。

中亚国家里，塔吉克斯坦始终保持着一种俯视的姿态。它的大部分国土分布在云端之上的帕米尔高原和西天山，平均海拔达3000米以上，是真正的高山之国。全国人口有900余万，其中塔吉克族占了80%左右。然而，塔吉克族人口最多的国家并非塔吉克斯坦，而是阿富汗。居住在阿富汗的南巴克特里亚和兴都库什山地区的塔吉克族人，数量多达800余万。公元8世纪，阿拉伯帝国征服中亚之后，中亚地区的分离势力一直都暗流涌动，从未停歇。公元9世纪末，阿拉伯帝国衰相渐露，中亚地区的割据势力迅速成长，萨曼王朝建立。经过近200年的融合发展，塔吉克民族逐渐形成。而此后，巴克特里亚地区成为他们的主要居住地。这是一个自尊并充满优越感的民族，始终具有一种高贵的气质。

王海鹰找来一辆小悍马载着梁云他们向片治肯特地区的萨拉兹姆遗址进发。遗址位于塔吉克斯坦西北部泽拉夫善河的上游河谷，北边是泽拉夫善山，南边是吉萨尔山，行政区划属于粟特州。从杜尚别出发，向北翻越吉萨尔山进入泽拉夫善河谷，然后沿着泽拉夫善河一路向西下行，才能抵达萨拉兹姆遗址。

塔吉克斯坦的山比天还大，已经难以用巍峨形容，那是一种压倒一切的存在，人类以及人类的建造物很难在它的面前找到存在感。这里的路况极差，感觉是用推土机潦草而随意地铲出路的样子就交差了，没有路基，没有道牙，土灰色的路面被石子、水坑、泥窝和深深的车辙所占据，让人无处下脚。

敦厚憨实的司机却有一颗狂野无比的心，这充分体现在他的驾驶技术上。车子一路颠簸，梁云他们感觉心脏都快蹦到喉咙眼了。还好，山间河谷风景壮丽，算是抚慰了他们的车马劳顿。谷底奔腾的河水，山坡上黛青色的草地和墨绿色的松林，以及山巅上皑皑的冰雪，让这个高山之国的神秘和纯净尽现眼前。随着海拔不断升高，偶尔会有盘羊和角羊从车前窜过。翻越吉萨尔山的时候，气温很低，让人全身都有种霜冻的感觉。这里的海拔已经达到4000米左右，属于高山荒漠，植被很少，岩石之中出没着像田鼠一样的小动物。司机告诉他们，这不是田鼠，田鼠在这么高的地方活不了，这是皮卡兔，是兔子的一种，只是耳朵很短，它们在这里靠吃草和苔藓存活。

越过吉萨尔山，一路下到泽拉夫善河谷，再向西而去，在快要到达塔吉克斯坦与乌兹别克斯坦边境的时候，泽拉夫善河河谷平原上出现了一座土结构的大型聚落遗址，这就是萨拉兹姆遗址。这里距离片治肯特市15公里左右，距离乌兹别克斯坦撒马尔罕不足100公里。

公元前3500年前后，有一群人从土库曼斯坦南部、伊朗北部地区开始向外迁徙，他们可能是部落战争的落败者，也可能是自然灾害的受害者，不管怎么样，故土已经无法生存，他们必须去别的地方寻找生存的机会。这群人沿着阿姆河、泽拉夫善河一路向东前进，到达萨拉兹姆时，被这个土地肥沃、草木茂盛的河谷盆地所吸引，这不正是他们苦苦寻找的乐土吗？于是他们便定居下来，筑城、引水、耕耘。考古发现，这是一支与当地和周边地区没有任何关系的人群，但孤独的他们却在此地建立了灿烂的文化。

萨拉兹姆遗址面积有1.3平方千米之大，根据房屋基址的规模推测，当时的人口不在少数，居民已经开始从事灌溉农业。公元前1000年之后，萨拉兹姆成为中亚地区有名的冶金中心。泽拉夫善山、吉萨尔山中丰富的金银铜铁等矿产、木材燃料，以及泽拉夫善河的水源和运输通道，促成了冶金中心的繁荣发展。公元4世纪中叶开始，萨拉兹姆古城与西亚、南亚和中国建立了密切的文化和贸易联系，成为丝绸之路上重要的古城之一，其遗址也成为塔吉克斯坦当时唯一的世界文化遗产。2001年，塔吉克斯坦政府通过一项决议，要将萨拉兹姆历史博物馆建成塔吉克斯坦古代创意、艺术和文化中心，因为在他们的心目中，萨拉兹姆遗址可以证明塔吉克人民是中亚最古老的民族之一，中亚地区也是古代农业文化的起源地之一。萨拉兹姆遗址已经成了塔吉克斯坦的文化象征。

萨拉兹姆遗址是由苏联著名的考古学家伊萨克夫教授首次发现，并于1976年开始组织力量进行发掘的。随着发掘工作的持续开展，伊萨克夫发现萨拉兹姆遗址的规模远远超出最初预测，面积超过百万平方米，有宫殿、神庙和密密麻麻的房屋建筑。1984年，苏联邀请法国和美国的考古学家参与进来，对遗址进行联合发掘。苏联解体后，法国考古学家将此项工作一直坚持至今，并在萨拉兹姆遗址的旁边修建了工作站。

梁云他们到达萨拉兹姆古城遗址后，就住在法国人的工作站里。那是一院平房，房间干净、整洁、简单、实用。这可能是梁云他们来中亚之后，所遇到的最好的住宿条件了。

但是，谁也没想到他们会败在蚊子的手里。到了晚上，蚊子像一支锲而不舍的军团滚滚袭来。这里的蚊子大而凶猛，刺一下，红包骤起，让人痛痒难忍。梁云和王嘎无法入眠，只好拿出看家宝物清凉油。

中亚考古队多年来积攒了一些基本的生活常识，大家都知道前往中亚时必须带上防晒霜和清凉油。中亚的纬度和海拔都比较高，夏天日照时间长，阳光辐射强烈，没有防晒霜，皮肤很容易被灼伤。而清凉油防暑驱蚊，清凉散热，醒脑提神，止痒止痛，是不可缺少的常备之物。

然而，抹上清凉油也不能完全驱走萨拉兹姆的蚊子，因为遗址靠近泽拉夫善河，水岸与沼泽最易滋生蚊虫，蚊子太多了，也太饥饿了，它们不顾一切向梁云和王嘎围攻而来，嗡嗡如雷。时间虽然已至深夜，两人却无法入眠，只得坐起来抽烟，想用烟草的味道驱离蚊子。烟抽了不少，蚊子却并未散去，两人索性聊了起来。等到感觉蚊子少了很多的时候，两人抬头一看，天空已经泛白了。在萨拉兹姆的第一夜就是一个不眠之夜。

2011年，王建新曾带队考察过萨拉兹姆遗址，当时就发现了一个问题，那就是规模如此巨大的聚落遗址却从未发现过墓葬存在，那么，居民去世之后埋葬到了哪里？苏联、美国、法国的考古学家们把注意力全部放在遗址的探测和发掘上，而王建新则希望中国考古工作者能够在墓葬遗存上有所发现和突破。这也是梁云此次前来萨拉兹姆遗址的学术任务之一。

寻找和勘探墓葬是中国考古工作者的特长——我们有一个扬名世界的工具，洛阳铲。梁云从国内采购托运来一套带有各种型号铲头的洛阳铲工具包。存放铲头的铝合金工具箱大而坚固，银灰色的金属光泽闪着现代化的科技感。箱子打开，摆放整齐的大大小小各款形状的铲头让塔吉克斯坦和法国的同行们发出了惊呼。

梁云带领赵兆在萨拉兹姆遗址周边地区仔细踏勘，并根据经验选出了数十个地点准备打铲取土，然后进行土样分析，以期从中发现古代墓葬的蛛丝马迹。但结果并不理想，这里的土壤非常干燥，表面是一层硬土，下面则是松散

◆ 中塔联合考古队在萨拉兹姆遗址开展考古工作

的细沙，洛阳铲无法提土上来。即便是梁云这样从工地上摸爬滚打出来的高手，这时候都有点束手无策了。他使用各种铲头进行了尝试，仍然无法提取土样，最后只好放弃。

虽然没有在萨拉兹姆找到墓葬遗存，但王建新、梁云这些中国考古工作者的专业水平、技术方法，以及专注投入、认真负责的工作态度和谦逊温和、尊重对方的合作精神还是得到了塔吉克斯坦同行们的赞赏和认可。这为以后的合作奠定了良好的基础。

2019年10月，塔吉克斯坦正在筹备“纪念萨拉兹姆5500年”系列活动，但是萨拉兹姆遗址的聚落布局、分布范围还没有完全搞清楚。塔吉克斯坦的专家们想起了中国的同行，于是，科学院院长法勒赫发出特别邀请函，请中国西北大学的梁云教授组建中塔联合考古队实施遗址的勘探工作。

梁云从河南聘请了几位经验丰富的考古技工一同前往塔吉克斯坦。同样是从杜尚别出发前往泽拉夫善河河谷，但这一次，他们不用再翻山绕行了，因为中国援建的从杜尚别直达片治肯特的公路已经修通并投入使用。宽阔的柏油公路，遇山钻洞，遇河架桥，各种配套设施和交通标志一应俱全，考古队一路疾驰，很快到达了目的地。

在为期10天的工作中，考古队累计勘探面积约10000平方米，共发现各类遗迹13处。其中，灰坑5处，房址1处，碎石面3处，沟渠1处，现代废弃水坑3处。令人惊喜的是，他们首次发现了萨拉兹姆古城遗址的引水、供水、排水系统。人工开凿的引水渠自南向北从遗址中部穿过，最后汇入泽拉夫善河；从这条主干渠上还分出了一条支流注入一个蓄水池，蓄水池的旧址就在工作站院子的前方。这个发现令塔方同行兴奋异常，因为西方学者多年来都没能搞清楚萨拉兹姆遗址的用水问题，而中国人创造了奇迹。

勘察工作圆满而成功。塔吉克斯坦考古学家波波莫洛夫当场力邀梁云他们参加2020年“纪念萨拉兹姆5500年”的国际学术会议，并在大会上做学术报告，详细介绍这次的勘探和发现。

遗憾的是，2019年12月，全球新冠肺炎疫情暴发，这次学术活动未能如期举行。

◆ 2019年中国考古队协助塔吉克斯坦考古队开展工作

初识贝希肯特

2015年9月，梁云结束了在塔吉克斯坦的工作之后，立即前往乌兹别克斯坦撒马尔罕参加萨扎干遗址的发掘。2016年8月13日至9月8日，梁云带队与塔方考古学家波波莫洛夫为首的团队共同开展工作，对塔吉克斯坦杜尚别所在的吉萨尔盆地进行了系统调查。这次调查共发现人工土丘遗迹36处，坟冢及墓葬区21处，其中封土直径在40—50米的大型坟冢两座，农耕文化居址2处，疑似游牧文化居址1处。这些遗迹属于贵霜时期前后的文化遗存。

无论是萨拉兹姆遗址还是吉萨尔盆地的文化遗存，都位于塔吉克斯坦的北部，而大月氏所在的北巴克特里亚地区则位于塔吉克斯坦的南部，那里才是梁云一直想去的地方。

张骞赶至北巴克特里亚，终于追上了大月氏。《史记·大宛列传》记述道："大月氏王已为胡所杀，立其太子为王。既臣大夏而居，地肥沃，少寇，志安乐；又自以远汉，殊无报胡之心。骞从月氏至大夏，竟不能得月氏要领。”张骞在北巴克特里亚盘旋一年有余，实在无奈，便南渡喷赤河前往南巴克特里亚的大夏。在大夏，他看到了来自中国的“邛竹杖和蜀布”，便询问当地人这些东西从何而来，大夏国人回答道，“吾贾人往市之身毒”，是大夏国商人从印度贩运而来的。身毒，即古代印度在中国的名称。这说明当时我国西南地区和印度等南亚地区已经建立了商业交往。

张骞由大夏向西行，经瓦罕走廊翻越帕米尔高原进入塔里木盆地，然后沿昆仑山北麓绿洲一路向东行至阿尔金山。翻越阿尔金山之后，他想穿过青藏高原北部的羌人之地返回长安，结果此处的羌人也已被匈奴征服，他再次被俘获。《史记·大宛列传》记载：“还，并南山，欲从羌中归，复为匈奴所得。”

喷赤河有一条支流叫瓦罕河，发源于帕米尔高原，河水自东向西流淌，形成一个河谷，被称为瓦罕走廊，这是中亚前往中国的通道之一。近代时，英国意欲从印度北上中亚，占据欧亚大陆腹地，而沙俄意欲从中亚南下印度，建立一个印度洋出海口。“北极熊”和“约翰牛”在中亚相遇，展开了一场战略大博弈。经过多轮较量，1895年3月，也就是中日甲午战争结束不久，《马关条约》签订前夕，英俄之间通过互换外交照会的方式最终划定了中亚、阿富汗之间的边界，将瓦罕走廊划归阿富汗，作为双方的缓冲地带。清王朝全盛时，帕米尔高原全境属于中国。而此时，帕米尔高原在中国不在场的情况下被剥去一多半。

张骞在大月氏的活动，史书略去了所有细节。不仅如此，《史记》对大月氏国情民情的记叙也只是只言片语。张骞在巴克特里亚地区停留时间长达一年有余，对这里的情况，包括政治、经济、人民、宗教、城池、建筑等等，肯定会有详尽和深刻的了解，按说《史记》不应该语焉不详，难道还有其他原因？

其实细究起来，我们也能略知一二。张骞的中亚之行所涉及的领域，无论是地理知识还是沿途的所见所闻，都超出了当时整个东方世界的认知范围。张骞所讲述的都是亲身经历和亲眼所见的，但张骞的这些经历和见闻，司马迁未必能用自己的知识体系和生活经验来理解、消化和接受。

这其实是两种文化的碰撞。

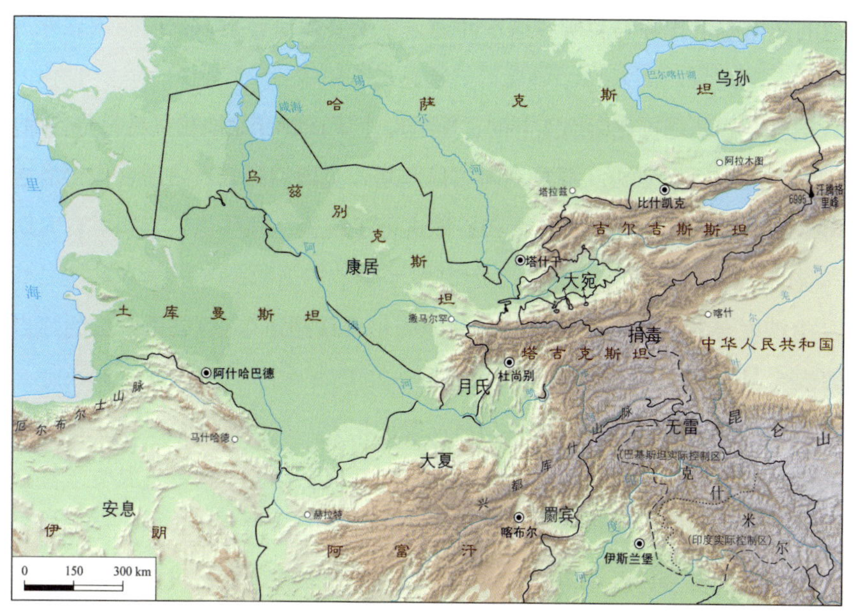

◆ 文献记载的中亚诸国分布图

大汉的中原文化体系通过张骞和司马迁开始试图认识、理解和解释中亚的希腊—波斯文化。但它们之间是那么的不同，无论是价值理念、社会组织、道德规范、语言体系，还是人种相貌、行为方式、饮食结构、衣冠服饰、用品工具，以及城市、村舍、神庙、墓庐、物产等等。展现在张骞眼前的是一个全新的世界，巴克特里亚和中国的景象与事物迥异，而两地的语言也并不兼容，没有对应的词汇来互相表述。所以，张骞可能遇到了一种“语言障碍症”，他心知，但他说不出来。更何况，他还有许多难以明白之处。比如，信奉祖先崇拜的他怎么可能接受琐罗亚斯德教神庙和希腊神殿里供奉的不是祖先呢?

所以当张骞对司马迁讲述中亚的经历之时，不免有许多不知如何表达之处。同样，司马迁也难免有许多无法理解之处，下笔成书时也就免去诸多细节，留下太多空白。

我们无法从史书中获知没有文字的大月氏人是如何适应新的生存空间和文化环境的。比如，如何面对琐罗亚斯德教、希腊神教，如何统御城市和村社，如何管理商人群体，如何与土著居民相处，还有，他们最终是接受还是拒绝了当地的文化体系，等等。所有这些问题，今天要知道答案，就只能依靠考古发掘了。

把目光移至塔吉克斯坦南部时，梁云盯上了瓦赫什盆地和贝希肯特谷地。

2017年10月，西北大学中亚考古队与塔吉克斯坦国家考古所合作对塔吉克斯坦南部的瓦赫什盆地和贝希肯特谷地进行了调查，领队是梁云和塔吉克斯坦科学院的努力金教授。

中塔联合考古队先前往瓦赫什盆地库尔干秋别市东南7公里左右的阿吉纳特佩佛教寺院遗址进行调查。

塔吉克斯坦南部的地形地貌与河流紧密相关。这里的河流基本上都发源于北部山地，然后一路向南奔流，最后注入阿姆河。每一条河流及其支流都在北巴克特里亚的大地上切割冲刷出一块块或大或小的河谷冲积平原，这些河谷平原上的绿洲自古便是巴克特里亚地区物产丰饶的农耕之地，也是波斯和希腊占据时期城池密布之处。而河谷周边的山地和山前台地上的草场一直都是游牧人群的天堂。瓦赫什盆地是这些河谷平原中的一个，它是由阿姆河上游最大支流瓦赫什河和它的支流冲积而成的，是塔吉克斯坦最大的河谷平原和农业基地。

◆ 中塔联合考古队在塔吉克斯坦瓦赫什盆地调查

公元7世纪中期，大唐帝国平定了西突厥叛乱，在阿姆河以北的中西部及东南部地区设置了羁縻府州，巴克特里亚地区迎来了短暂的和平时期，经济、社会得以恢复和发展，佛教也开始复兴，一大批寺院得以新建和重建，阿吉纳特佩佛教寺院就是其中之一。到了公元8世纪中下叶，阿拉伯帝国扩张至此，伊斯兰教开始盛行，阿吉纳特佩佛教寺院被毁。

20世纪50年代至70年代，苏联组织力量对瓦赫什谷地进行过系统的调查，发现并发掘了阿吉纳特佩佛教寺院遗址。他们发掘出了大量的雕塑和壁画，初步搞清楚了遗址的平面结构以及建筑物的情况，基本上描画出了寺院的历史原貌。

20世纪90年代初，苏联解体，中亚各国相继独立，日本学者趁机进入中亚开始考古发掘。日本学者非常热衷于研究阿吉纳特佩佛教寺院遗址，近年来，他们又对遗址进行了小规模发掘，还对发掘出的墙体等建筑遗存进行了保护加固和修复，但效果并不理想。

和中亚的许多文化遗迹一样，地处交通枢纽，就必然体现着文化交流与融合的特征，阿吉纳特佩佛教寺院遗址所展现的是瓦赫什河谷腹地融合了犍陀罗、笈多、贵霜和粟特等多种文化元素的中世纪早期佛教艺术。当然，其中也不乏中亚本土原始而独特的佛教艺术杰作。所以，阿吉纳特佩佛教寺院遗址具有很高的历史文化价值和学术研究价值，它由此而被世界各国考古学家所青睐。

考察完瓦赫什盆地的阿吉纳特佩佛教寺院遗址之后，梁云他们当天就奔向了贝希肯特谷地。

贝希肯特谷地位于乌兹别克斯坦、塔吉克斯坦、阿富汗三国交界处，南临阿姆河，与阿富汗隔河相望；从西边翻越巴巴塔格山就是乌兹别克斯坦的苏尔汉河州；东边与卡菲尔尼甘河河谷以阿鲁克陶山相隔。这是一个三面环山一面临水的封闭空间。贝希肯特谷地南北纵长约50公里，东西横宽约10公里，地势两侧高，中间低，平均海拔约 390 米。谷地内现无大的河流，3月份降雨最多，8月份降雨最少，全年降雨量不超过350毫米，属于干旱地区。但是在古代，这里可能湿润多雨，河湖遍布，是适宜放牧的肥沃之地。

20世纪50年代，苏联考古学者曼捷施塔姆带队对贝希肯特谷地内的图尔喀、阿鲁克陶和考库姆墓地进行了发掘，获得了一批重要的考古资料，并通过研究发现，这里的遗址属于公元前2世纪至公元1世纪的游牧文化遗存。20世纪70年代，南塔吉克斯坦考古队又对谷地内多处墓地进行了小规模发掘。苏联解体后，该地考古工作基本处于停顿状态。

梁云他们赶至此处时已经到了傍晚时分，他们得到了一个坏消息。贝希肯特谷地因为地处边境，一直是军事管制区，而当时，塔吉克斯坦和乌兹别克斯坦关系紧张，这一地区禁止非军事人员进入。

塔吉克斯坦和乌兹别克斯坦在边境和水资源分配等问题上一直存在纠纷，双方矛盾最终因为塔吉克斯坦修建罗贡水电站而爆发。2010年，乌塔关系开始走向持续紧张，直到2016年乌兹别克斯坦新任总统米尔济约耶夫上台之后，双方关系才得以缓解。2018年8月，塔吉克斯坦总统拉赫蒙访问乌兹别克斯坦，双方签署了战略伙伴关系条约，两国关系得以正常化。

梁云他们来的时候，塔吉克斯坦和乌兹别克斯坦的关系正在缓和，但仍然没有解除对抗，边境上的军事管制区当然不能让非军事人员出入，更何况这帮人里还有外国人。

最终，塔方领队努力金教授的斡旋和争取产生了作用，军方同意在有军事人员陪同的情况下，让中塔联合考古队进入贝希肯特谷地考察，但不得停留。这对梁云他们来说，已经很难能可贵了。考古队的车队开进了贝希肯特谷地，他们匆匆忙忙浮光掠影地参观了图尔喀、阿鲁克陶、考库姆墓地遗址，甚至连照片都没有拍摄，因为当地驻军禁止考古队员拿出相机。

虽然是一次简短的考察，但梁云对贝希肯特谷地的大致情形已经有了一个基本的认识。当时，无论是在国内还是在中亚，大月氏的王庭一直未被找到。谁都知道，如果找见了大月氏王庭，许多历史谜题将迎刃而解。所以，梁云有一个愿望，那就是要想办法找见大月氏的王庭，而贝希肯特谷地是他寄予厚望的地方。

卡什卡尔之秋

2018年8月，乌兹别克斯坦的拉巴特墓地发掘工作已经基本结束。这时候，紧张近10年的乌塔关系走向正常化。9月，中塔联合考古队见缝插针，前往贝希肯特谷地，准备对贝希肯特谷地中的遗址进行实地勘察、测绘和发掘。

中方由梁云带队，参加人员有王睿、刘斌、赵东月、吴晨、苏荷、肖国强、夏冉、韩烁、邢咚琳、张如意。王睿来自中国国家博物馆，刘斌、张如意来自洛阳市文物考古研究院，吴晨来自西安市文物保护考古研究院，赵东月是西北大学文化遗产学院的教师，苏荷、肖国强、邢咚琳、韩烁是西北大学文化遗产学院的留学生和研究生。夏冉是在塔吉克斯坦留学的中国学生，承担翻译和协调工作。夏冉毕业后娶了一位塔吉克斯坦女子为妻，最终定居在了杜尚别。塔方的人员由塔吉克斯坦科学院历史、考古与民族学研究所的努力金教授带队，队员是来自几所大学的师生。

八九月份是贝希肯特一年之中最为干旱的时候，大地已经被蒸发掉了所有水分，天空如同灰烬一般迷蒙，汽车卷起的烟尘在苍茫的旷野中滚滚而过。

在前往贝希肯特谷地之前，梁云通过查阅新老卫星地图，发现谷地西北部的卡什卡尔村以西的地面上密集分布着一些圆点，放大之后发现那是一些土石堆积物，疑为墓葬遗迹，他们便决定前往那里。在荒漠和半荒漠地区，地面上植被较少，利用卫星地图寻找和研究遗址遗存是一个效率很高的手段，而且这种“上帝”视角可以将遗址的全貌和结构关系一览无余。

考古队住在谷地北部加加林村的村长家里。房间数量有限，梁云、刘斌和努力金住在一个小房间里。山西小伙子刘斌从山西大学博士毕业后，在洛阳文物考古研究院就职。他有过在蒙古国进行游牧文化考古的经历，这次被梁云邀请过来一起勘察贝希肯特谷地的众多遗址。

野外考古生活一如既往地艰苦，大家早已习以为常。贝希肯特谷地最大的问题是缺水，北部尤甚。苏联时期修建的水利设施已经老旧，现在基本废弃不用，村民们为解决人畜饮用和日常生活所需，要从很远的地方运水过来。考古队雇用了一个村民，专职运水。尽管如此，大家还是不约而同非常自觉地节约用水，想尽办法一水多用，好在中国人并非没有这样的经历。

即便是如此干旱的地方，老鼠也依然猖獗。晚上，老鼠疾步奔跑和啃啮东西的声音太大，吵得人无法入眠，梁云和刘斌不得不经常起来驱赶。一天早晨，刘斌刚醒来就感觉脚底有一个毛茸茸的又暖又软的东西，他坐起来掀开被子，发现是一只老鼠。那只老鼠跟人一样睡眼惺忪，懵懵懂懂，几秒之后才反应过来，立马躬起身就跑，这边刘斌已经追不上了。

梁云有一只大行李箱，平常用来存放日常用品和书籍，来塔吉克斯坦的时候，他带了一点零食放在箱子里，结果忘记了。等到有一天收拾行李时，他才发现，所有的塑料袋，不管袋子里是食物还是其他物品，全被老鼠啃烂了。

梁云他们先去查看了卡什卡尔墓地遗址。

根据卫星地图的指引，中塔联合考古队在卡什卡尔村的西边，巴巴塔格山的山前低缓山丘上看到了墓地遗存。这些墓地分布在四个小土丘的顶部，考古队把东北部的土丘定为1号墓地，西北部的定为2号墓地，西南的定为3号墓地，东南的定为4号墓地。苏联考古学家在调查和发掘附近地区的图尔喀、阿鲁克陶和考库姆墓地时并未发现这些墓地，卡什卡尔墓地是被梁云首次发现并冠名的，这也是中国考古工作者在塔吉克斯坦第一次获此成绩，而卡什卡尔墓地也将成为中国考古工作者在塔吉克斯坦发掘的第一个文化遗址。

考古队决定先对图尔喀、阿鲁克陶和考库姆等几个墓地进行勘察和测绘。

图尔喀墓地位于贝希肯特谷地的中部，在山前一个布满荆棘的台地上，南北长800米、东西宽400米左右的范围内分布着348座墓葬。墓葬按照集中程度，被分为18组。当年，苏联考古学家共发掘了219座墓葬。图尔喀墓地是贝希肯特谷地规模和数量最大的墓葬群。

阿鲁克陶墓地则位于贝希肯特谷地的北端东侧，那里也是山前平缓的延伸地带，不过地表没有任何植被，暴雨山洪冲刷出的沟壑向天裸露，就像一道道皮肉绽开的伤口。阿鲁克陶墓地非常分散，在南北长1200米、东西宽500米的区域，散落着286座墓葬，考古发掘了125座。

考库姆墓地是贝希肯特谷地第三大墓地，也是距离卡什卡尔村最近的一个墓葬群。它在谷地的北端，大概有120座以上墓葬分布在山前一个稍高的台地上，但被水流冲蚀和人为破坏严重。

除了这三个规模较大的墓葬群之外，贝希肯特谷地还分布着一些零散的墓葬群，中塔联合科考队也进行了勘察和测绘。

根据发掘现场、出土文物和发掘报告等资料，考古队对贝希肯特谷地已经发掘的墓葬有了一个详尽的认识。

图尔喀墓地、阿鲁克陶墓地和考库姆墓地绝大多数是偏洞室墓，占比达到80%以上，墓葬形制和我国境内东天山以及乌兹别克斯坦拉巴特墓地偏洞室墓相似。墓葬封堆为低平的土石混筑封堆，封堆体积的大小跟墓主的性别和年龄有关，男性死者的封堆比女性死者的封堆大，年长死者的封堆比年轻死者的封堆大。图尔喀墓地的洞室大多数位于墓道的东侧，而阿鲁克陶墓地的洞室则开于墓道的西侧。遗骸葬式以单人仰身直肢葬为主，头向大多为正北，部分为北偏西或者北偏东。除了主流的偏洞室墓葬之外，贝希肯特谷地的墓葬还有竖穴土坑墓、竖穴石室墓，以及少量的瓮棺葬。这些墓葬普遍存在殉牲现象，殉牲以羊为主，多发现于洞室北部头端。

◆ 贝希肯特谷地月氏时期墓葬分布图

当然了，出土文物也非常丰富，包括各种日用陶器、铜铁和金银饰品、铁刀铁剑铁镞武器等等。

苏联考古学家通过对墓葬形制、出土文物的研究，断定贝希肯特谷地墓葬的时间段大概在公元前2世纪中叶至公元1世纪初期，墓葬中的随葬品除过陶器具有本地希腊化特征之外，其他随葬品的特征均以外来因素为主。1954年和1961年，他们对墓地出土的100余个颅骨进行了骨骼学分析，发现贝希肯特谷地墓葬人群不同于本地人群，具有高加索人和蒙古人的混合特征，是一支外来人群。文献记载，公元前2世纪中叶至公元1世纪初，占据和定居北巴克特里亚的正是大月氏人。梁云因此认定贝希肯特谷地的墓葬是大月氏人的墓葬，这里曾经是大月氏人活动的重要区域。

中塔考古队对贝希肯特谷地的大月氏墓葬进行了系统的勘察、测量、绘图、摄像和文物研究，对大月氏在北巴克特里亚地区活动期间的文化特征有了一个较为全面和深刻的掌握。这对中国的考古工作者来说，是第一次。不仅如此，通过勘察测绘和研究，考古队还有了一些新的认识。

梁云他们对图尔喀墓地、阿鲁克陶墓地和考库姆墓地进行了整体研究，新发现了一些大月氏在社会组织形态和文化习俗方面的秘密。

三大墓地的墓葬结构、墓向、随葬品几乎一致，都属于大月氏人群。从墓地的空间布局来看，整个墓地是由界限分明的数个墓葬组团构成，各组团从墓地使用之初就是有意安排的，是一个稳定且具有内在秩序的单元，体现着明显的血缘关系或家族关系。各组团分隔明显，分隔原因并非地理因素，而是家族界限。所以，墓地的形成遵从血缘关系，各组团很有可能是在家庭结构单元上形成的，并在其基础上不断发展。从随葬品和墓葬规格来看，这些墓葬的随葬品大致相同，墓葬规格也基本相似，这些墓地应为社会地位相似的平民阶层的公共墓地。

考古队对比了几个墓地男性与女性的随葬品，以及墓室与封堆规格的大小，发现阿鲁克陶墓地女性死者的地位要高于图尔喀墓地的女性死者，说明在现实生活中，阿鲁克陶女性具有更多发言权和财产支配权。还有就是，图尔喀墓地的洞室在墓道东侧，而阿鲁克陶墓地的洞室在墓道西侧，这些都证明大月氏内部不同部落或者氏族之间，仍然固守着自己特有的一些风俗与观念。从而也再次证明，月氏并非一个单一人群，它是一个多人群综合体。

总体看来，大月氏来到北巴克特里亚的初期，原有的社会组织并未发生根本性改变，仍然是一个强大的综合体，内部仍然传承着游牧人群传统的部落制

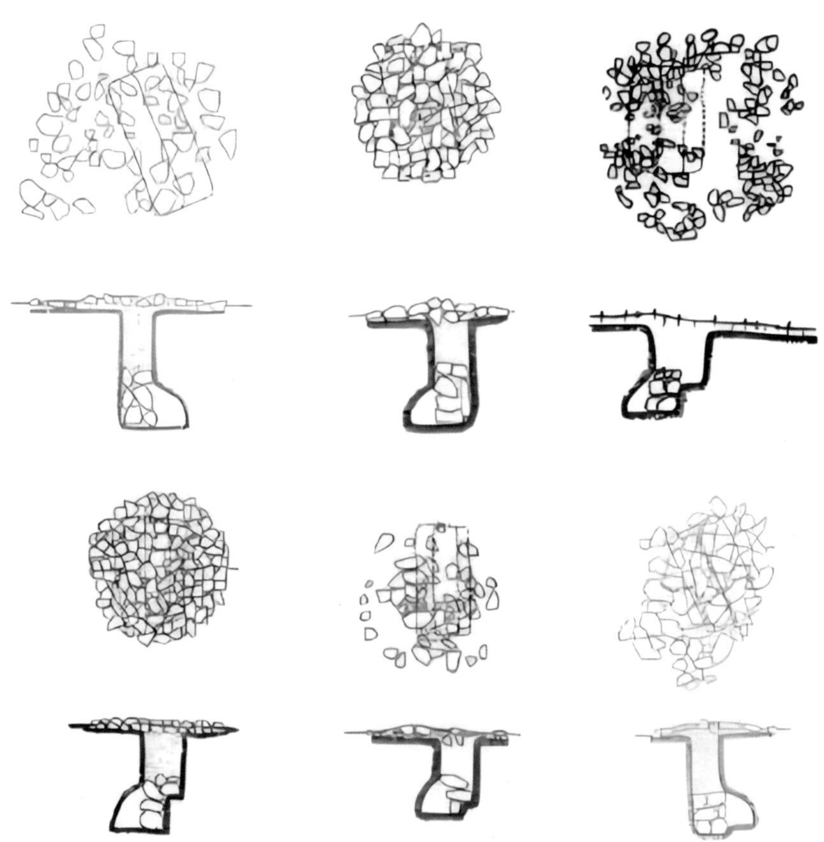

◆ 图尔喀、阿鲁克陶、考库姆墓地的偏洞室墓平、剖面图

和领有制。他们在贝希肯特谷地的生活方式也没有发生根本性变化，依然游牧于山前和山地牧场，控制着河谷绿洲上的农业人群，以此获取粮食和其他生活物资。

另一个问题随之而来。大月氏占据北巴克特里亚之后，这里原有的居民发生了什么变化？逃逸而去？整体灭族？还是仍然居留原处与大月氏人和平相处？

谁也没想到，这个问题在发掘卡什卡尔墓地之后就得到了解答。梁云总是那么有好“运气”。

考古队在卡什卡尔墓地发掘了4座墓葬：在1号地点发掘3座，在4号地点发掘1座。

干旱地区的白土，板结的时候坚若磐石，铁镐挖下去好像凿在了顽石上，只能溅起一股烟尘，还让人手掌酥麻，虎口生疼。但挖开之后，所有的坚硬就崩化成了粉末，工地变成了细尘之池，队员们只能行走其中，匍匐其中，挥汗其中，呼吸其中。还好，发掘工作进展得还算顺利，多年来在中亚的发掘经历让考古队对中亚的地理环境有了相当的认识，也积累了很多应对经验。

中塔双方的合作也很愉快。塔方领队努力金教授是一位热情豪爽的大汉，他的语速和他的性子一样急，爽朗的笑声像原野上骤起的疾风，咧嘴一笑就露出两颗虎牙的刘斌和他成了要好的朋友。在发掘过程中，大家发现塔方考古人员不会使用手铲、毛刷，不会根据土层辨别年代和叠压关系，这时候中方考古人员就会向他们讲授这方面的知识，特别是刘斌，他是这方面的专家，腼腆而谦逊的他总是很耐心地解答塔方人员的疑问。一段时间过后，塔方的考古人员也都慢慢掌握了这些方法。

4座墓葬发掘完毕，考古队发现4座墓的葬俗各不相同。1号地点，有一座墓为墓主上半身二次被扰的竖穴土坑墓；另一座也是竖穴土坑墓，但坑内不同深度连续瘗埋了多个不同个体不同部位的骨骼，至少有8例，每例个体骨骼均不完整，骨骼平面分布散乱，还有颅骨置于罐内现象，属多人二次迁葬；第三座墓为三足罐内缺失下颚的成年人颅骨，可称之为“纳骨葬”。4号地点发掘的是一座殓置夭折婴幼儿的瓮棺葬。

4座墓葬出土陶器数10件，铜钱、铜镜、铜铃等若干个，铁器三四个、金泡3枚，还有一些绿松石串珠、滑石珠、玻璃珠等等。

对比研究出土文物，以及对人骨进行AMS加速器质谱仪测年，考古队发现，卡什卡尔墓地的年代范围大概在公元前2世纪至公元1世纪中叶，基本与月氏时期相同，只是上限更早。

那么这些墓葬的主人是谁呢？谜底还得从葬俗之中寻找。

多人多次扰乱葬和纳骨葬属于琐罗亚斯德教的迁葬习俗，死者尸体经过预先处理，清除掉皮肉，待白骨化之后再迁置到墓葬内。这种习俗在波斯阿契美尼德王朝征服中亚后就开始在当地兴起并沿袭，由此可见，遵循这种葬俗的人群应为当地土著，并非大月氏人。

而局部（上半身）二次扰乱葬却不属于琐罗亚斯德教习俗。早期铁器时代，这种扰乱葬流行于伊犁河流域，但卡什卡尔墓地的这种葬俗具体来源于何地，此时并不好判断，只能说可能来自北方草原。此外，墓葬的石结构封堆和竖穴土圹墓形，也带有游牧文化葬俗的色彩。

无论是琐罗亚斯德教的迁葬，还是局部二次扰乱葬，均与图尔喀、阿鲁克陶等月氏文化墓地流行的单人一次葬明显不同。梁云最后判断："卡什卡尔墓地属于本地居民，在月氏进入该地之前已经繁衍生息于此，但其人口构成可能并不单纯，文化上既沿袭了当地由来已久的宗教礼俗，也吸收了一些外来因素。"

从卡什卡尔墓地遗址可以看出，大月氏征服北巴克特里亚之后，并没有驱走或者灭绝当地居民，当地居民依然保留着自己的文化传统和生活习俗。史籍记载，月氏王把土地和民众分给5个部落统辖，每个部落任命一位酋长，称为翕侯。公元前30年，五翕侯中彪悍而有谋略的贵霜翕侯丘就却迅速崛起，逐步消灭其他翕侯，统一5个部落，建立起了贵霜帝国，并延续和继承了波斯的中央集权君主专制制度。在那个历史时期，这种封建中央集权制明显优越于大月氏的游牧部落制。在应对北巴克特里亚地区的农耕文明和商业文明时，大月氏的游牧部落制对社会的治理和掌控显得捉襟见肘、力不从心。丘就却西战安息，南侵兴都库什山，奠定了帝国的基础。丘就却死后，儿子阎膏珍继位，一样雄图

◆ 卡什卡尔墓地封堆

◆ 卡什卡尔墓地发掘图

大略，一样穷兵黩武，他继续向南用兵，占领了恒河上游地区。之后，迦腻色伽一世继位，这是贵霜帝国历史上文治武功最为卓越的君王。在迦腻色伽的治理之下，贵霜帝国走向极盛，与罗马帝国、安息帝国、大汉帝国并列世界四大帝国。当时，贵霜帝国在丝绸之路上的地位举足轻重，它不但是商品中转地，同时也是文化汇聚与传播的中心，更是东西方的联结者。

月氏和贵霜的关系问题，学术界一直存在争议，一说贵霜人就是大月氏人，贵霜帝国为大月氏人所建，这一观点占据主流，被全球大多数历史教科书所采用。另一说则认为，贵霜人并非月氏人，贵霜人是当地人，贵霜帝国为贵霜人而非月氏人建立，这一观点为少数人坚持。卡什卡尔墓地所揭示的当地居民与月氏人共存的状况，为这一问题掀开了第一层帷幕。

月氏与贵霜的问题正是王建新他们准备解决的重大学术问题之一。伴随着对这一问题的考古学研究，王建新所带领的西北大学中亚考古队已经进入了对世界历史重大疑难课题的探索，而他们的研究成果有可能会颠覆世界历史教科书中的定论。

中国声音和中国气派已经锋芒展露。

新局面与新征程

打开新局面

2019年，是王建新进入中亚开展考古工作的第10年，也是他开启丝绸之路考古以来的第20个年头。这一年注定不平凡。

2月22日，中国阴历己亥猪年正月十八，元宵节刚刚过去三天，国内的“年味”还未散尽。而乌兹别克斯坦的“春节”纳乌鲁斯节将在一个月以后的3月21日来临，塔什干城的节日气氛已经开始酝酿。城市角落里，都塔尔、弹布尔和热瓦普已经弹了起来，手鼓敲了起来，巴拉曼吹了起来。男人们开始为家里挑选肉羊，女人们开始打扫屋舍和庭院。喜庆的气息正从广场、街巷、商店、居民点、清真寺里慢慢滋生并向全城蔓延。

这一天是一个春光初绽、欢快愉悦的日子，“中乌联合考古成果展——月氏与康居的考古发现”开展仪式正在乌兹别克斯坦国家历史博物馆举行。

展览分为“康居文化的考古发现”和“月氏文化的考古发现”两个部分，首次展出了从萨扎干康居墓地和拉巴特月氏墓地出土的80组（件）金银器、铜器、铁器、玻璃、玉石、玛瑙等文物。这次展出活动对王建新和中亚考古队来说无疑具有重大意义。为了做好筹备工作，王建新正月初三就赶到了塔什干。

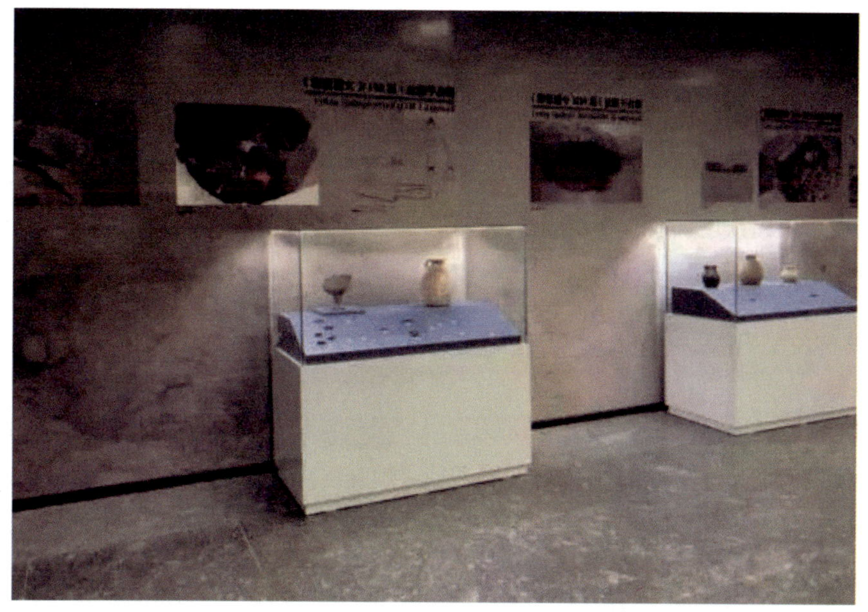

◆ 中乌联合考古成果展

当然了，成果展的意义不仅仅在于展示王建新和团队所取得的学术成果，也不仅仅在于让中国学者的跨国考古成果第一次在世界面前亮相，更重要的是中国和乌兹别克斯坦两个国家通过学术合作建立起了民间的相互信任，而这种模式在中亚乃至丝绸之路沿线国家的交往中具有示范引领效应。

中乌联合考古成果展的消息一经传出，就受到了中国和乌兹别克斯坦的高度重视。开展仪式盛大而隆重，时任中国驻乌兹别克斯坦大使姜岩，乌科学院人文科学局局长拉西莫夫、国家博物馆馆长伊斯莫伊洛娃、科学院考古所所长马克苏多夫出席开展仪式。来自乌兹别克斯坦科学院、各博物馆和塔什干大学、塔什干东方学院、塔什干艺术学院、费尔干纳国立大学、铁尔梅兹大学的考古学家和师生们及中国在乌人员等数百人前来观礼。塔什干第59十一年制学校的学生还在开展仪式上表演了具有中国风情的歌舞。

展出活动在乌兹别克斯坦引起了轰动，塔什干市民们纷纷携家带口饶有兴致地前来参观，他们好奇和感兴趣的不仅仅是出土的文物和文物背后的历史，还有陌生而神秘的中国考古学家们。乌兹别克斯坦的媒体进行了连续的跟踪报道，展览的热度一直不减，塔什干街头刮起了一阵“中国风”，“中国”成了这年纳乌鲁斯节塔什干人们走亲访友时谈论最多的话题。

这些年来，乌兹别克斯坦民众通过琳琅满目的中国商品来认识中国，他们看到了经济腾飞的中国、走向富强的中国。现在，中乌联合考古成果展给乌兹别克斯坦民众增加了一个新的观察视角，让他们看到了“另一个”中国，学术繁荣的中国、科技发达的中国、包容仁厚的中国。他们对中国和中国人有了更全面的认识。

中乌联合考古成果展持续火热，背后其实是乌兹别克斯坦全国上下对文化回归的渴望。独立将近30年的乌兹别克斯坦，正在努力追求文化上的自立和独立。他们极力摆脱俄罗斯文化的影响，大张旗鼓地开展去斯拉夫化运动，将官方语言改回乌兹别克语，将拼写字母从西里尔字母改为拉丁字母，并不遗余力地在文化传统和文化遗产里重构民族的“自我”和“自信”，中乌联合考古成果展正应其景。

中乌联合考古成果展的热度引起了米尔季约耶夫总统的注意，他在一次议会演讲中，高度肯定了中乌联合考古队的工作和取得的成果，对中方工作人员表达了由衷感谢。

当然了，中乌联合考古成果展也受到了国际学术界的高度重视，学者们惊诧于中国考古学家在中亚竟然“悄无声息”地有了如此重大的发现。此外，注意这次展览的还有全球各大媒体，特别是西方国家的媒体，他们怀揣各种心思对此次成果展给予了超乎寻常的关注。

成果展之后，中国考古学家也得到了乌兹别克斯坦学术界的认可和赞赏。乌兹别克斯坦资深考古学家阿斯卡洛夫院士称赞道：“中国考古工作者在此次联合考古发掘中所展现出来的刻苦勤奋、考古学理论和研究的专业水平以及取得的丰硕研究成果是十分让人钦佩的。当我在拉巴特墓地考古工地参观的时候，内心一直在想，中方的考古工作者究竟具有怎样的一种精神，才能够取得如此卓越的成果。”塔什干大学教授苏莱曼诺夫讲道：“我非常欣慰地看到，王建新教授和中乌联合考古队取得了如此丰硕的关于月氏的考古学成果。月氏的考古学文化区域分布范围很广，在乌兹别克斯坦东南部和塔吉克斯坦西南部都有分布，分布面积约30万平方千米。昨天我们见到了月氏的墓葬（拉巴特墓地），墓葬的结构同蒙古国乌兰固木发现的公元前2世纪的墓葬非常相似，时代上也比较接近。”

这次展览是对中亚考古工作的一次总结，但绝对不是结束，也并非结局。恰恰相反，这是新的开始，中亚考古工作从此会打开新的局面，谱写新的篇章。

2019年3月，西安已经李白桃红、春意正浓，中亚考古队喜事连连。

3月21日，乌兹别克斯坦传统节日纳乌鲁斯节当天，铁尔梅兹大学校长阿卜杜科迪尔·托什库洛夫一行前来西北大学交流访问。在古老而充满文化底蕴的西北大学太白校区，西北大学校长郭立宏和西北大学丝绸之路考古文化研究中心主任王建新会见了阿卜杜科迪尔·托什库洛夫一行。经过商议，铁尔梅兹大学与西北大学签署了校际合作协议和合作建设孔子学院的执行协议，并议定，将铁尔梅兹大学孔子学院作为中乌联合考古的工作基地。

铁尔梅兹的地理位置非常重要，它可以辐射到包括阿富汗北部、塔吉克斯坦西部、土库曼斯坦东部的巴克特里亚、马尔吉亚那（以马雷绿洲为核心的地区）、索格底亚那等文化遗产区，在铁尔梅兹设立考古基地，将直接拓展中亚考古工作的空间想象。

阿卜杜科迪尔·托什库洛夫校长走访了西北大学文化遗产学院、经济管理学院等院系。和乌兹别克斯坦所有的精英一样，他对中国的高等教育、中国的发展道路以及中国文化表现出了浓厚的兴趣，发出了由衷的赞叹。在阿卜杜科迪尔·托什库洛夫访问的整个过程中，王建新的博士生热娜一直陪同并担任翻译，这是乌兹别克语与汉语的直接对话。

3月26日，乌兹别克斯坦国家科学院普通与无机化学研究所、核物理研究所、考古研究所的三位所长对西北大学进行了访问，双方召开座谈会，就共建“丝绸之路人类与环境国际联合实验室”进行了长达3天的研讨和商议。这是一个规格更高、人数更多的重量级学术会议，双方就如何开展更广泛和更紧密的学术合作进行了深入探讨。王建新可能也没有预料到，中亚的考古工作会带来乌兹别克斯坦科学界对中国科学界的认同和信任，而双方的合作也会从考古拓展到其他领域，丝绸之路上的学术和文化交流迅速燃起。

王建新一直筹划的另一个重大事件也最终尘埃落定。

3月30日，王建新邀请乌兹别克斯坦、塔吉克斯坦、吉尔吉斯斯坦以及我国国内的考古专家们在西北大学参加了“费尔干纳盆地考古座谈会”。

费尔干纳盆地是上苍和大地之间的一个“契约”，上苍在西天山和帕米尔高原寒冷、荒凉、高耸的群山之中“按下手印”，形成一个大小如同关中盆地的山间河谷。它本身就是上苍的“承诺”，注定是一个受到庇佑和呵护的福地。这里气候宜人，雨水丰沛，锡尔河从盆地之中款款流过，把土壤浇灌得肥若膏脂。费尔干纳，就是中亚最为肥沃富庶之地，人口密集、城池林立。

费尔干纳盆地的原始居民一直从事农业生产，波斯、希腊占据中亚之时，费尔干纳盆地的人民保留着一定的自治权利。希腊—巴克特里亚王朝时期，国王攸提德谟斯曾占领此处，虽然只有短短的几十年，但他在费尔干纳的各个村镇修建了众多希腊式坞堡。公元前2世纪中叶，希腊—巴克特里亚王朝崩溃前夜，费尔干纳走向独立，这就是中国史书中记载的大宛。张骞前往中亚寻找大月氏时，曾经途经大宛，得到大宛国王的礼遇和帮助。

大宛出产汗血宝马，这是一种优良的战马，矫健而有耐力，速度要比匈奴的矮种马快很多。战马奔驰之后，身上会流出血色的汗液，所以被称为汗血宝马。据传，汗血宝马有严格的谱系图，马可·波罗途经此地时，曾听说汗血宝马的谱系可以追溯至亚历山大大帝的坐骑——那匹塞萨利安战马布尔法罗。是否讹传，已经无法考证，但古代战马的重要性却无可置疑，它甚至可以决定一场战争的胜负。

所以汉武帝一直希望获得汗血宝马——在与匈奴的战争中，大汉帝国的军队总是对飘忽不定的匈奴骑兵束手无策。如果有了汗血宝马，匈奴士兵将无可逃遁。

太初元年，公元前104年，汉武帝派遣使臣携带重金，以及一匹用黄金铸成的金马，前往大宛购买宝马，结果双方意见不合，使臣被杀。汉武帝盛怒，派贰师将军李广利远征大宛。李广利克服众多困难，三年之后攻破大宛都城，诛国王毋寡，另立君主，大宛遂服，良马输入大汉。从此之后，中原与中亚建立起了直接的马匹交易联系，不再像以往那样，马匹的贸易被月氏、乌孙等丝绸之路上的中转商所控制。汉宣帝时设立西域都护府，大宛国由西域都护府管辖。

古大宛国与中国来往密切，在丝绸之路上占有很重要的地位。在以后的任何一个历史时期，费尔干纳盆地总是作为一个独立完整的地理单元和文化空间发展，它的文化也具有完整性和独立性。

但一切都在中亚各国独立之后改变了。费尔干纳盆地被分给了3个国家，国境线和蜿蜒其上的铁丝网、哨卡把费尔干纳盆地切割得支离破碎。乌兹别克斯坦取得了费尔干纳盆地大部，吉尔吉斯斯坦拥有盆地东部的奥什地区，而塔吉克斯坦则占据了盆地西部出口处的苦盏地区。费尔干纳盆地也成了中亚的风暴中心，民族、边境、宗教等问题和矛盾在这里交织纠缠，冲突不时爆发，枪击流血事件时有发生，使这里成为中亚最不稳定的地区之一。在这样的情况下，三国在费尔干纳盆地的考古工作也是各干各的、各说各的。如古代大宛国的重镇贰师城，有说在乌兹别克斯坦的安集延，也有说在塔吉克斯坦的苦盏，还有说在吉尔吉斯斯坦的奥什。这样的分歧必须通过学术合作与交流才能消除。

要完整地进行费尔干纳盆地的考古工作，必须走国际联合的路子。和乌兹别克斯坦、塔吉克斯坦，王建新团队已经建立起了非常密切的学术联系。和吉尔吉斯斯坦也一样，从2014年开始，王建新团队的重要成员张建林教授就曾前往吉尔吉斯斯坦进行考古调查，此后便与吉尔吉斯斯坦科学院历史、考古与民族学研究所，吉尔吉斯斯坦民族大学历史学院建立了双边合作的关系。2016年以来，乌、塔、吉三国的关系趋于好转，为三国在考古研究领域的交流与合作提供了有利的条件。三国的学者们在苏联时期都是同一国家的同行，很多人都互相熟悉，有开展合作交流的意愿。这时候，与三国学术机构都已分别建立了双边合作关系的王建新，正好可以居间沟通协调。

当四个国家的考古学者们坐在中国西北大学的会议室里，就费尔干纳盆地的考古研究进行协商的时候，它的意义不仅仅在于王建新和他的团队将中亚考古的学术领域扩展到了“月氏”之外，更在于他的学术组织活动已经开始向多国联合迈进。这是中亚各国自独立以来的第一次，也是中国考古学者在丝绸之路沿线国家所取得的重要突破。

发现谢尔哈拉卡特遗址和德赫坎遗址

当王建新他们发掘拉巴特墓地的时候，一帮日本学者正在苏尔汉河河谷平原的达尔弗津特佩古城遗址开展考古发掘。这座古城最早是希腊—巴克特里亚时期的一个小型堡垒，到贵霜时期（公元1世纪至公元3世纪）迅速繁荣壮大，后来毁灭在嚈哒人的铁骑之下。一名日本学者拿着一沓照片来找王建新，这些照片是他们从达尔弗津特佩古城遗址发掘的贵霜早期和贵霜时期陶器的照片。他质问王建新："你们在拉巴特发掘的陶器与我们在达尔弗津特佩古城遗址发现的陶器是一样的，为什么说你们发掘的是月氏的，我们发掘的是贵霜的？"

日本考古学者一直热衷于丝绸之路的研究，有些学者毕其一生钻研大月氏和贵霜，做了很多工作，也取得了许多成果，因此这名日本学者的提问充满挑衅和进攻的意味。

王建新笑了，这个日本学者陷入了器物决定论的泥沼之中。器物的制作、选择和使用是文化表征的一部分，但不是全部，而且器物可以通过交易或者仿制在不同人群之间流动和流传，并不具有固定性和唯一性。所以，同一时空下的同类文化人群，可能未必使用相同的器物，而不同的人群在不同时空下却有可能使用相同的器物。只依靠器物这个单一要素，特别是游牧人群的陶器去判断文化类型，极其容易误入歧途。

王建新团队通过对古代农牧关系的研究早就发现，因为生活方式、生产技术和原料来源等因素，古代游牧人群不可能像农业人群那样大量使用和普遍制作陶器，他们使用的陶器大都来自当地农业人群的作坊，所以不能因为贵霜人和月氏人使用的陶器一样就认为他们是同一文化、同一人群。但日本学者的问题却提醒了王建新，"在找到月氏遗存后，需要进一步厘清古代月氏与贵霜的关系"。

乌兹别克斯坦苏尔汉河流域的谢尔哈拉卡特遗址和德赫坎遗址的发现和发掘，让这一问题的答案越来越清晰。

乌兹别克斯坦的考古调查和发掘工作未曾停歇，苏尔汉河流域的调查勘探工作一直在持续进行。早在2017年冬季的时候，王建新就邀请同事赵丛苍教授前往乌兹别克斯坦参观指导。经验丰富的赵丛苍虽然只比王建新大一岁，但从事夏商周考古、科技考古研究已40余年了，近年来又涉足了军事考古领域。满头银发的赵丛苍当时建议，不要只在山前地带寻找游牧人群的聚落和墓葬遗存，应该把考察的地域向河流附近的台地和河谷平原扩展。

当贵霜问题成为王建新的关注点之后，他很快就想起了多次考察过的卡尔查延古城遗址。

卡尔查延古城遗址位于苏尔汉河州的北部，那里属于乌尊地区，已经靠近乌兹别克斯坦和塔吉克斯坦边境。这里的地形地貌是典型的河谷冲积形态：苏尔汉河由北向南滚滚奔流，河流两侧依次是河谷平原、台地、丘陵、山地，西边的山是吉萨尔山，东边的山是乌塔边境的巴巴塔格山。拉巴特遗址位于苏尔汉河西侧吉萨尔山的山间盆地之中，而卡尔查延古城遗址则位于苏尔汉河西侧的河谷平原上。

2018年4月，在拉巴特墓地第二年度发掘工作开始之前，王建新就早早赶到拜松城，安排好拉巴特的发掘工作之后，他带领自己的博士生唐云鹏和两名洛阳的考古技工前往乌尊地区的卡尔查延古城遗址进行考察。卡尔查延古城始建于希腊化时期，在早期贵霜时期进行大规模扩建并成为显赫的宗教、文化和政治的中心。1959年至1963年，苏联学者普加琴科娃主持了对此地的考古发掘，发现了宫殿、神庙等高等级建筑遗迹，精美的建筑装饰构件，以及彩绘人物雕塑和表现战争、狩猎、王家生活场景的壁画等。

既然有城，就必然有墓葬。王建新期望在卡尔查延古城遗址附近找到早期贵霜和贵霜时期的墓地，因为找到河谷平原地区早期贵霜至贵霜时期农业人群的墓地，并与同时期河谷平原周边山前和丘陵区域的游牧遗存进行对比研究，是厘清该地区人群关系的重要突破点。其实，欧洲和日本的考古学家在中亚已经发掘了大量的早期贵霜和贵霜时期的城堡遗址，出土了数量巨大、价值不菲的文物，按说研究大月氏和贵霜关系的考古资料并不缺乏。但是，王建新一直认为，我们不能吃西方的学术剩饭，中国人既然到了中亚，那就必须亲手发掘一个早期贵霜和贵霜时期的文化遗存进行研究。更何况西方人只重视城堡的考古发掘，墓葬的发掘和研究尚属薄弱环节。

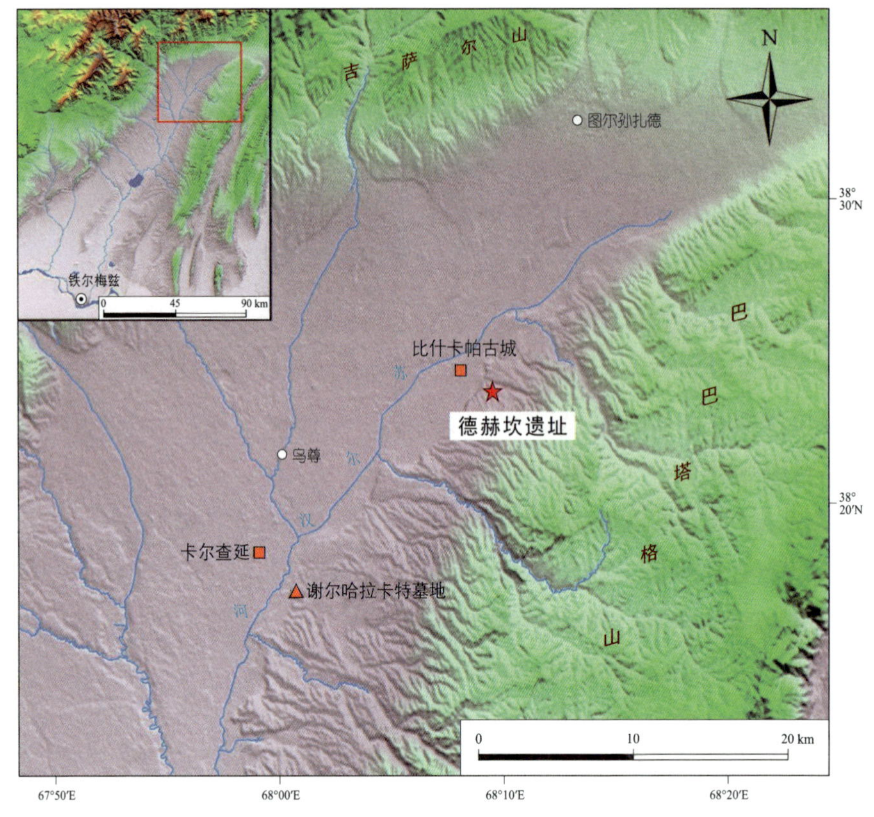

◆ 谢尔哈拉卡特遗址和德赫坎遗址位置图

持续一周的田野调查并不顺利，他们跑遍了卡尔查延古城遗址周边地区，也在几个地点进行了钻探，结果了无发现。卡尔查延古城的墓葬到底在哪里呢？这仍然是一个谜。

好在通过这次考察，王建新对乌尊地区的地形地貌和文化遗址的概况有了一个明确的掌握，为后面的调查和勘探打下了基础。

2018年11月，拉巴特墓地发掘结束之后，王建新、穆塔力夫、唐云鹏、苏荷，以及4名中国考古技工再次前往乌尊地区进行调查勘探。苏尔汉河平原的11月温暖多雨，唐云鹏一直觉得这里的气候跟地中海式气候有些相似，冬春温暖湿润，夏秋干旱炎热，这可能也是亚历山大大帝征服此地之后，希腊人能够长期移民定居此处而并无不适的重要原因。是的，文化向来跟自然环境密切相关，地域性到底是文化的属性特征还是它源发的决定因素，其实一直是学界争论不休的问题。

王建新他们扩大了调查的范围，平原、台地再到丘陵地带，他们都跑了一遍。这次有了喜人的发现。

在卡尔查延古城遗址东南2公里，苏尔汉河东岸第一阶台地上一个村庄的苹果园里，他们发现了埋有烧骨的墓葬。烧骨墓葬是琐罗亚斯德教葬俗的典型特征之一，这说明这里可能存在早期贵霜或贵霜时期的墓葬。王建新一下子来了精神，他抬头看向第二阶台地的崖壁，发现崖壁上挂有人骨，有洞室墓葬的遗迹。王建新兴奋了，他高兴地招呼大家到第二阶台地上面去看看。

第二阶台地上面坐落着一个规模较大的村子，这就是谢尔哈拉卡特村，是苏联在20世纪70年代建设的居民点，居民以乌兹别克族为主。整个谢尔哈拉卡特村其实就建在一个古代墓葬群的上面，让人发愁的是，居民的院子和房屋几乎占据了所有空间，考古队很难找到面积较大的空地进行钻探。王建新四处走了走，发现每家每户门前的菜地还算空阔，可以打铲勘探。这时候，村民已经在地里种下了土豆，有些土豆苗都有几寸高了，但热情爽朗的谢尔哈拉卡特村村民们没有丁点犹豫和为难就同意考古队在自家的土豆地里勘探，他们还端来茶水和馕，像接待客人那样接待考古队。

考古队选取两处地方，用洛阳铲进行探测，在其中一处400平方米的田地上，竟然探出了20多座墓葬。大家都预感这里存在着一个规模巨大的墓葬遗址，最后商定，现在停止勘探，来年春季再度前来，勘探和发掘工作同时进行。谢尔哈拉卡特遗址就这样被发现了。

有一个问题却在王建新的脑海里挥之不去：谢尔哈拉卡特墓葬并不位于山前的草原地带，显然不是游牧人群的墓葬，但是，如果它是农业人群的墓葬，为什么要建在河谷二三阶台地上，而不是河谷平原上呢？

王建新一路思索这个问题，最终从当地人的丧葬习俗里得到了启示。

王建新发现，苏尔汉河平原上从事农业生产的现代居民，他们的墓葬都建在河谷的第二三阶台地上，原因是河谷平原上可灌溉的农田非常有限，在可耕地上建造墓葬会加剧土地资源紧缺。同时，河谷平原地下水的水位较浅，不能建造太深的坟墓，况且河谷平原都采用大水漫灌的浇灌方式，祖先的坟茔修建在此，难免会有水淹之虞。这些原因不仅仅存在于现代，也存在于古代，因此他推测，苏尔汉河平原上从事农业生产的古代人群也是因为这些原因才把墓地建在河谷的第二三阶台地上的，特别是当平原上的人口增多之时，更是如此。

考古队又在乌尊的西北部，靠近乌塔边境的地方发现了德赫坎遗址。

这是一个丘陵地带，大地被洪水切割得沟壑遍布、支离破碎。考古队听说那里的比什卡帕村有一座中世纪古城堡遗址，就前往考察。乌兹别克语中，比什卡帕是7座土丘的意思。考古队经过仔细踏勘，发现这座古城建于公元9世纪至10世纪阿拉伯占领时期和萨曼王朝时期，是一座伊斯兰古城遗址。

考古队在古城遗址的顶部四处瞭望时，突然发现沟壑对面的台地上散落着大量的石头。王建新心头一震，平坦的台地上为何会无缘无故散落这么多石头？石头是游牧人群最常用的建材，他们用石头建造石圈墓葬和石围居址，难道这里存在一个游牧人群的文化遗存？王建新催促大家快速赶往对面的台地。

看似近在咫尺，抵达那里却要绕过几道沟，车子转了半天才到达对面的台地上面。首先映入眼帘的是一座当代墓园，考古队发现，几乎每座墓葬的封堆顶部都放着一个陶器，而这些陶器既有公元前后的也有中世纪阿拉伯时期的。询问当地村民，他们说这些陶器都是在修建坟墓时从地下刨出来的，考古队判断，这座现代墓园之下有一座古城遗址或者一个墓葬遗址。

来到遍布石头的那块台地，王建新和考古队惊喜万分，这里的地面上不仅仅布满河卵石，而且四处散落着残陶和陶片。经过踏查和勘探，考古队确认这是一处以墓葬和居址为主的大型遗址，遗迹主要分布在 5个相对独立的区域。这个地方被当地老百姓称为“德赫坎”，意为“农场，大片农田”，考古队就将该遗址命名为德赫坎遗址，并议定来年和谢尔哈拉卡特遗址同时发掘。

月氏与贵霜

2019年3月初，中乌联合考古队开进了乌尊，准备对谢尔哈拉卡特遗址和德赫坎遗址进行发掘。中乌联合考古队中方人员有王建新、唐云鹏、苏荷、洛阳文物考古研究院的年轻人于柏川和几位考古技工、中国人民大学的几位研究生。王建新还邀请了自己的老友，四川大学历史文化学院考古系的李永宪教授前来襄助。乌方人员是王建新的老朋友穆塔力夫，还有乌国家科学院考古研究所的老所长阿穆尔丁和几位博士生。

他们将驻地选在了乌尊的一家铁路旅馆里。这个旅馆是向塔吉克斯坦贩运货物的卡车司机们的歇脚之处，院子里的停车数量和热闹程度显示着乌兹别克斯坦和塔吉克斯坦经济贸易的凉热。这段时间正是旅馆生意萧条之时，院子里偶尔有几辆卡车出入，平时了无顾客。虽然冷清了一些，但这种无人打扰的安静却正合考古队之意。这里还有一个好处，就是它的位置正好处于谢尔哈拉卡特遗址和德赫坎遗址的中间位置，去任何一处都很便利。

谢尔哈拉卡特墓地在一个较为独立的自然台地上，北邻谢尔哈拉卡特河，西北和西南为现代灌溉引水渠，东南部为自然冲沟。墓地大部被谢尔哈拉卡特村居民住房占压，所以发掘区只能选在村落西南部未被房屋占压的耕地上。王建新带领唐云鹏和技工们布下了16个5米×5米的探方。掀开地表土之后，大家发现，这里的地层堆积非常简单，上面是一层黑褐色细砂耕土，厚度不过30厘米，下面则是黄褐色细砂土。现存遗迹开口均在表土层下，遗迹上部因近现代居民生产、生活活动遭到不同程度破坏，保存不甚完整。

谢尔哈拉卡特遗址的发掘工地开工之后，王建新留下几个人，其他人员则前往德赫坎遗址。

按照自然地貌，考古队把德赫坎遗址分为5个相对独立的区域。第一区经初步勘探，确认有12座墓葬，考古队布下5米×5米和10米×10米的探方各一个，发掘其中4座墓葬。第二区边缘地带的冲沟断面上发现了一座墓道填充河卵石的偏室墓，考古队布下3米×3米的控制方，清理已经暴露的墓葬。第三区经初步勘探，发现了 3 座墓葬，其中 2 座可以确认为竖穴偏室墓，墓室位于墓道西侧，墓道内填充河卵石，此次不实施发掘。第四区发现了数个石构建筑遗存，但形状不甚规整。考古队为探明该类遗存的性质，布设了1.5米×2.5米的控制方，对其中一个石构建筑局部进行小规模发掘。在这个区域的南侧靠近沟边的断面上还发现了 1 座竖穴偏室墓，跟前面的墓葬一样，墓道里填充的是河卵石。第五区未被现代耕作活动侵占，地表遗迹保存稍好。从少量可辨识的遗迹来看，这类遗迹外圈均用河卵石构筑，石围边缘相对清晰，中部填充小型卵石。遗迹大致呈带状分布，有一定的规律性，应该是墓葬遗存，但由于表层土壤较厚，暂时还无法统计具体数量。

两个考古工地同时开工，王建新邀请四川大学李永宪教授在现场指导，他匆忙返回国内——三月下旬有一系列的国际学术活动正等着他张罗。

这一年，李永宪教授已经65岁了，头发花白，但他精神矍铄，在工地上忙忙碌碌，走路时脚下都带着风，干劲不比年轻人差。

有一天，李永宪爬上立梯给一个探方的现场拍照，拍完照走下梯子时，最后一档踏空了，摔了下来。大家赶紧围过去扶起他，拍去他身上的尘土，问他有没有摔伤。李永宪站起来走了走，说："除了脚踝还有点疼，其他都好着呢，我没事，大家都忙吧。"

过了一夜，唐云鹏听说李永宪的脚踝还是很疼，到他的房间一看，脚腕已经肿胀得透亮了。唐云鹏赶忙喊来几个人，把李永宪送往医院。乌尊的医院在市区的另一头，与铁路旅馆相隔4公里左右。到了医院，大夫们听说是考古队的中国专家受伤了，马上安排接诊，拍了透视片查看之后，发现李永宪的脚踝部已经骨裂了。一帮大夫围着李永宪，又是裹石膏绑绷带，又是兑药打消炎针。等到一切妥当，唐云鹏他们去结算医疗费，却被告知，乌兹别克斯坦实行的是全民免费医疗制，不用缴纳任何费用。唐云鹏感到非常过意不去，这位清秀儒雅的博士被乌尊医院里热情周到的大夫们深深感动了，他真心希望留下一笔不多的费用以表达感激之情，结果被那些大夫回绝了。

李永宪的脚伤需要每天打针换药，医院看到他的年纪比较大，行动不便，加之考古队驻地距离医院比较远，于是专门安排了一名满腮胡须但白白净净的中年大夫上门给他做治疗。每天下午4点左右，这名敬业的大夫穿着白大褂提

◆ 谢尔哈拉卡特遗址示意图

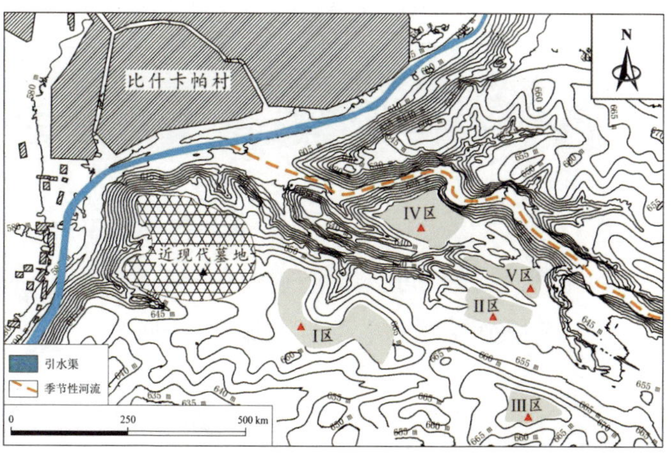

◆ 德赫坎遗址分区图

着药箱，穿过大半个乌尊城来到铁路旅馆为李永宪换药。他一路跟熟人打着招呼，说着“我去给中国的考古专家治疗”。对他来讲，为中国专家换药，不仅仅是职责所在，也是他在老婆孩子和朋友们面前炫耀的噱头。就凭这一点，在小小的乌尊城里，他已经声名鹊起。所以，即便是某个中午，他和朋友们已经喝至微醺，也不会忘记按时前往铁路旅馆为中国专家打针换药。但这让李永宪心惊胆战，害怕絮絮叨叨不停说话的大夫会扎歪了针。还好，大夫一如清醒时那样认真而专业。李永宪教授后来说，那个可爱的家伙可以做朋友。

到了4月下旬，谢尔哈拉卡特遗址和德赫坎遗址的发掘工作基本结束了，考古队收获颇丰。

经过认真勘探，考古队确认，谢尔哈拉卡特遗址的墓地面积有5万多平方米，这是苏尔汉河流域迄今发现的青铜时代之后规模最大的墓地。考古队发掘了其中38座墓葬和15个灰坑，根据出土的文物和墓葬形制，王建新判断，“谢尔哈拉卡特墓地从青铜时代一直使用到中古世纪，时间长达2000余年”。

◆ 谢尔哈拉卡特遗址发掘的偏室墓葬

在谢尔哈拉卡特遗址，考古队最重要的收获是发现了23座早期贵霜至贵霜时期的墓葬。其中竖穴偏室墓数量最多，共有14座，墓葬形式与拉巴特墓地为代表的游牧人群墓葬相似，随葬品与同时期的平原农业墓葬相同，也与拉巴特墓地相似。但是，与分布在河谷平原周边的山前和丘陵地带游牧人群墓葬不同的是，谢尔哈拉卡特墓地分布于紧邻河谷平原农业区的河旁阶地上，墓葬形式相似但随葬品较为匮乏，陶器形式相似但器形普遍偏小且无使用痕迹，具有显著的明器特征，这是典型的农业人群的葬俗。游牧人群的陪葬陶器一般都是死者生前使用过的日用器皿，他们并不会为了陪葬而专门制作新的器物。

王建新推测："这批墓葬可能属于受游牧文化影响的农业人群，也可能是进入农业区域后在农业人群统治下地位下降的游牧人群的遗存。"

谢尔哈拉卡特遗址中的第二类墓葬为竖穴墓道和斜坡墓道的端室墓，共有9座。这些端室墓中，单人葬和多人葬、一次葬和二次葬均有。以前发现的这类墓葬均分布在河谷平原地带，有可能是该区域绿洲农业人群的埋葬形式。对比以往考古资料并结合碳-14测年数据，考古队初步判断这些墓葬的主体年代在公元前2世纪末至公元2世纪期间。这个时间段正好是中亚北巴克特里亚地区大月氏统治下的早期贵霜时期和贵霜帝国时期。王建新认为："这一时期多种墓葬形式和多种葬式并存，反映了早期贵霜

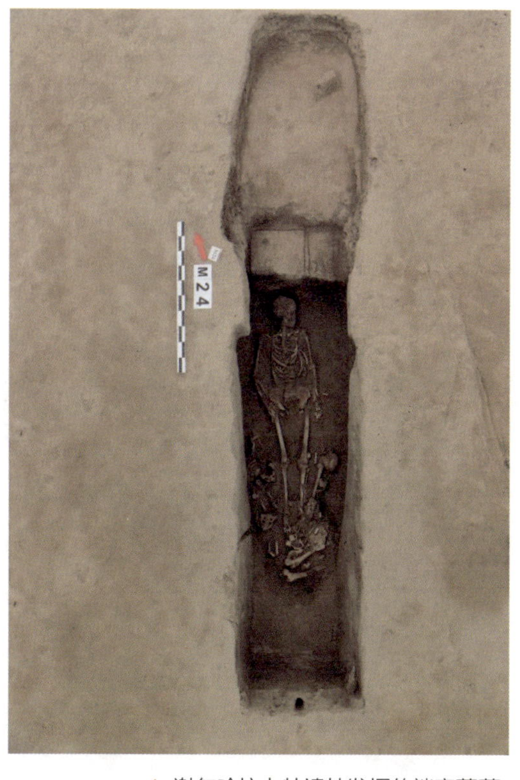

◆ 谢尔哈拉卡特遗址发掘的端室墓葬

至贵霜帝国时期河谷平原区域多个人群、多元文化的历史，与以拉巴特墓地为代表的游牧人群的墓地内墓葬形式、葬式葬俗等相对单一的文化面貌形成鲜明对比。”

对乌兹别克斯坦来说，谢尔哈拉卡特墓地的发现，填补了苏尔汉河流域早期铁器时代至贵霜时期大型墓地发现的空白，对建立和完善该地区考古学文化的年代序列具有巨大意义。

考古队在德赫坎遗址发掘的5座墓葬均为竖穴偏室墓，其墓葬形制、葬式葬俗、随葬品组合等与拉巴特、谢尔哈拉卡特等墓地发现的同类墓葬相似。结合偏室墓的墓葬形制、出土文物，以及人骨测年，考古队判断，德赫坎遗址的主体年代应在公元前1世纪至公元2世纪，属于早期贵霜至贵霜时期遗存。

考古队还发现，德赫坎遗址上的石构建筑遗存分布较为密集，且都分布在海拔相对较低、靠近河谷水源的台地上。在石构建筑遗存的发掘过程中，发现出土的陶片有使用过的痕迹，王建新初步推测这类低矮的石构建筑遗存为居址。如果真的是石构居址，这跟东天山石人子沟遗址、岳公台遗址发现的石构居址是否有关联呢？这是一个非常有趣且具有重要价值的问题。

然而遗憾的是，因为发掘面积有限，且未出土可判定年代的关键证据，其

◆ 谢尔哈拉卡特遗址出土的吊坠

年代、性质以及与墓地之间的关系还有待进一步研究确认。就像德赫坎墓地的偏室墓葬，现在也还不好判断其是否为大月氏的文化遗存，因为本次调查和发掘工作并未全面展开，所获的信息也非常有限。

有趣的是，德赫坎墓地出土的一把铁短剑的剑柄上有一层红色的漆皮。那个时代，只有中国的楚地才产漆，中国汉代的漆器和铜镜作为最能代表身份的奢侈品，出现在丝绸之路沿线，是所有贵族和富商趋之若鹜的昂贵之物。德赫坎遗址出土的这把铁短剑，也许是它的主人为了显示自己的与众不同，在一个无聊的下午用红色的中国漆涂染了剑柄。然而这个举动却无意之中记载了北巴克特里亚地区和中国之间的贸易往来。这些漆是从丝绸之路直接运来，还是通过印度转手而来，其实都无关紧要，紧要的是，北巴克特里亚地区一直与中国存在着稳定的商业贸易。2000多年后，当这柄剑拿在唐云鹏手上的时候，他感慨万千。唐云鹏始终觉得，如果以后有机会，德赫坎遗址应该好好发掘一下。

2019年的故事不止这些，也并未就此结束。

6月10日，中共中央办公厅致电中共陕西省委，转达了习近平总书记对西北大学中亚考古队全体成员的亲切问候。

9月10日，在庆祝2019年教师节暨全国教育系统先进集体和先进个人的表彰大会上，西北大学中亚考古队荣获全国教育系统先进集体称号，任萌代表中亚考古队参加了在人民大会堂举行的大会。会后，他与全国受表彰代表一同接受了中共中央总书记、国家主席、中央军委主席习近平的亲切会见。

11月上旬，中乌联合考古队再次出征，他们继续沿着苏尔汉河上游东岸进行系统考古调查，发现和确认了提什克特佩、契纳尔特佩、库尔干特佩、卡拉伊尔特佩等包含贵霜时期遗存的遗址。这些遗址均位于苏尔汉河东侧的三级阶地上，沿台地边缘呈等距离链状分布。其中，库尔干特佩和契纳尔特佩是首次被发现。

考古队对保存较好的契纳尔特佩进行了测绘、勘探和小规模发掘。契纳尔特佩的拉丁名为Chinar-Tepa，里面包含“中国”的英文名字“China”，这让王建新他们对这个遗址抱有一种特殊的情怀。但其实，契纳尔的俄文含义是“梧桐树”的意思。

◆ 德赫坎遗址的地形地貌

◆ 德赫坎遗址的石构建筑遗迹

◆ 德赫坎遗址的墓葬

◆ 德赫坎遗址出土的剑柄带红色漆皮的铁短剑

契纳尔特佩是位于苏尔汉河东岸河旁台地边缘的一座小型城址，考古队初步判断，整个遗址区面积约10万平方米。考古队在遗址区内采集了早期贵霜和贵霜时期的钱币以及陶器等文物，从居址采集的土样中浮选出稻米和葡萄种子碳化遗存，经加速质谱测年，测出其年代范围分别在公元前45年至公元85年和公元前85年至公元75年。

更为重要的是，考古队在城址南、北两侧的台地上发现两处公共墓地，已探明40余座墓葬，在北侧墓地发掘了一座残存的墓葬。该墓葬仅存墓室底部，四壁用泥砖平铺砌筑，墓室内散乱堆积大量人骨，出土了带有熏烧痕迹的陶片和少量玻璃珠饰。经鉴定，墓室内至少埋葬了4个个体，并且人骨残缺不全，均为二次迁入葬。根据墓葬形制和埋葬习俗判断，该墓葬是被破坏的地面式龛室墓，为贵霜人的典型墓葬。采集自该墓葬内的人骨标本的测年数据显示，其年代范围是公元前20年至公元130年。调查勘探发现，墓地内除已经确认的地面式龛室墓外，还存在地下式的端室墓、竖穴土坑墓等形式的墓葬。

王建新惊喜地讲道："契纳尔特佩贵霜时期城址和多种类型墓葬的同时发现，在巴克特里亚早期贵霜和贵霜帝国时期考古的历史上尚属首次。这样的发现，为探讨贵霜聚落空间布局、墓葬特征及多元文化面貌提供了更全面的考古资料。"

十年中亚考古，这时候王建新对自己一直孜孜以求的学术问题给出了答案。

他讲道："根据目前所掌握的考古新资料，并参照东西方古代文献和考古出土文献的记载，可以认为，公元前2世纪后半叶至公元1世纪前半叶，北巴克特里亚地区河谷平原周边的丘陵、山前地带分布的以拉巴特墓地为代表的遗存，在时间、空间和文化特征上，与中国古代文献所记大月氏西迁巴克特里亚地区的历史相合，应该是大月氏留下的考古学文化遗存。

"同时期北巴克特里亚地区苏尔汉河流域河谷平原地区分布的以卡尔查延、达尔弗津特佩等遗址为代表的农业文化遗存，虽与周边的游牧文化遗存关系密切，但却是经济形态和文化特征完全不同的人群。这类遗存在经济、文化、政治方面都继承了希腊—巴克特里亚的传统。因此，可以认为，这类遗存是大月氏统治下的早期贵霜的考古学文化，贵霜人是希腊—巴克特里亚遗民的

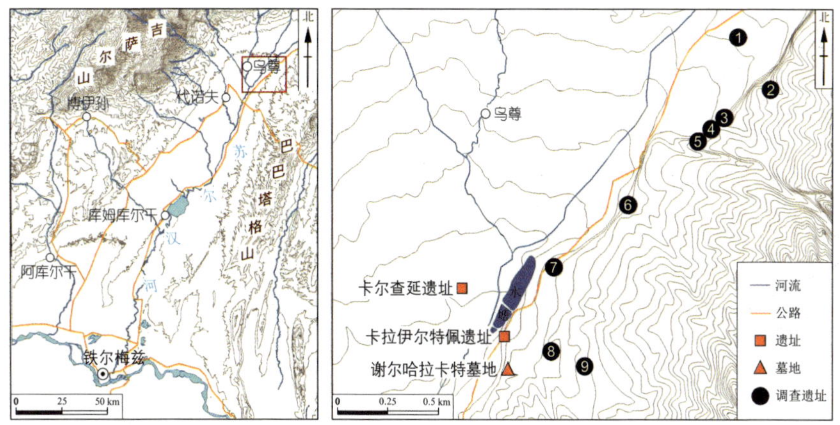

◆ 2019年冬乌尊地区考古调查的遗址位置图（1.比什卡帕 2.德赫坎 3.提什克特佩 4.卡拉库尔 5.欧特楚帕尔 6.契纳尔特佩 7.库尔干特佩 8.楚尔噶里特佩 9.谢尔哈拉卡特东）

一部分，并不是月氏人的分支。其后的贵霜帝国延续的是早期贵霜的文化传统而不是月氏文化，建立贵霜帝国的应该是贵霜人而不是月氏人。”

结合100余年来的考古资料来看，苏尔汉河流域发现的从早期贵霜至贵霜时期的文化遗存最为丰富，且两个时期文化连续发展的脉络清晰。因此，王建新判断：“苏尔汉河流域是早期贵霜人的主要活动地域。”

至此，大月氏问题、月氏和贵霜关系问题，王建新团队给出了最终的研究结论。他们的结论也向国际学术界的主流观点发出了挑战。下一步，王建新说：“要通过多学科的方法和技术手段，完善证据链条，力求使全新的研究结论获得国际学术界的认可。”

开启新征程

当一切都已准备就绪，中亚的考古工作就要全面铺开、多点推动之时，2019年12月19日，全球新冠肺炎疫情暴发，无奈之下，现场考古发掘工作不得不暂时停下。但研究工作并没有陷入停顿，这正是一个进行总结的好时机，中

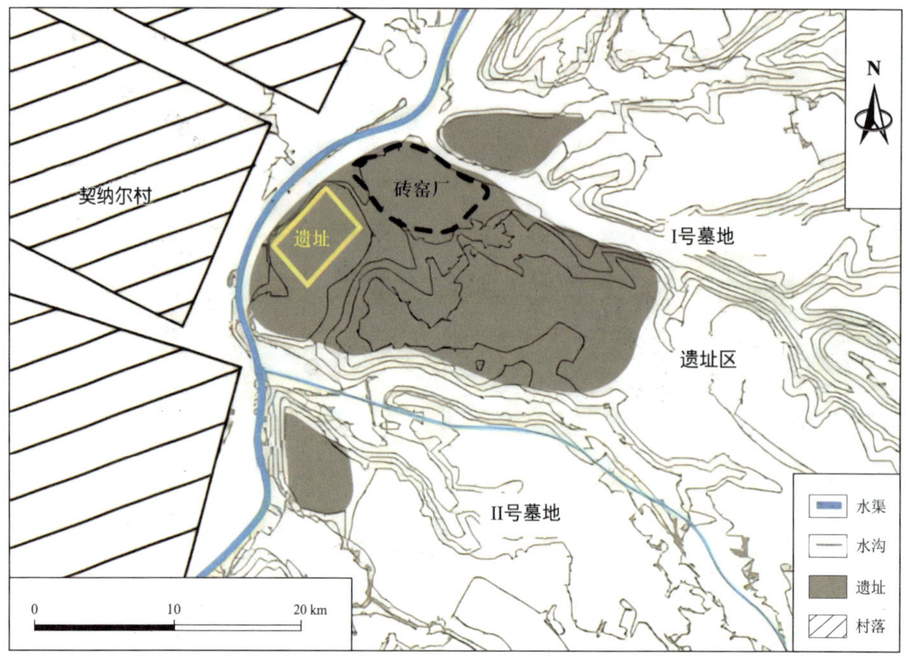

◆ 契纳尔遗址示意图

◆ 契纳尔遗址鸟瞰图

◆ 契纳尔遗址试发掘

亚考古队在王建新的带领下，开始整理近几年来的考古资料，撰写发掘报告和研究论文。

2020年8月21日，王建新被评为陕西省第六届敬业奉献道德模范。2021年2月，王建新带领的西北大学中亚考古队当选陕西省第七批“三秦楷模”。荣誉接踵而来，但王建新依然把所有心思都放在学术上，没有什么能够打断或者打乱他对考古研究的痴迷和沉醉。

王建新也没有中断与中亚同行们的联系。在他的组织联络下，2020年12月25日，西北大学与吉尔吉斯斯坦民族大学召开视频工作会议，专题讨论开展丝绸之路考古研究合作事宜——吉尔吉斯斯坦民族大学是吉尔吉斯斯坦顶级的大学，创办最早，而且办学实力最强，吉尔吉斯斯坦部长以上的领导人中，90%以上都是该校培养的。

除了学术联系之外，考古研究工作也一直持续进行着。2021年9月，王建新和付巧妹主持的“天山地区古代人类遗传演化研究”项目取得了重大学术成果。

2007年毕业于西北大学文物保护技术专业的付巧妹，是一位1983年出生的江西女孩。她在中国科学院古脊椎动物与古人类研究所获得硕士学位后，又去德国马克思·普朗克进化人类研究所攻读演化遗传学博士学位，导师是2022年诺贝尔生理学或医学奖得主斯万特·帕博。2016年，付巧妹被*Nature*评为“中国十大科学之星”之一。2020年9月11日，全国科学家座谈会上，坐在习近平总书记对面并发言的那位消瘦的长发女孩正是付巧妹。现在，付巧妹是中国科学院古脊椎动物与古人类研究所研究员、脊椎动物演化与人类起源重点实验室副主任、古DNA实验室主任。

王建新和付巧妹团队从拉巴特墓地、谢尔哈拉卡特墓地和德赫坎墓地的人骨样本中成功捕获测序的铁器时代（公元前1世纪至公元2世纪）的27例人类古基因组。通过对古人类的基因研究发现，铁器时代的拉巴特月氏人群含有更多青铜时代晚期欧亚草原牧民的遗传成分，同时也显示苏尔汉河流域从青铜时代到铁器时代基因遗传的连续性，说明这一地区并未出现人群更替的现象，呈现的是外来人群与本地人群以及他们的文化不断融合的样貌。研究还发现，铁器时代谢尔哈拉卡特古人群与拉巴特古人群的遗传结构相似，具有较近的遗传关系，说明月氏与贵霜人群之间有着密切互动。

2022年7月，丝绸之路考古合作研究中心正式成立，这是中国和中亚各国联合成立的开展国际间合作的学术机构。8月，王建新率领丝绸之路考古合作研究中心代表团再次访问乌兹别克斯坦，与乌学术机构开展合作交流。乌文化遗产署第一副署长图尔苏纳利·库齐耶夫希望中方在文化遗产保护，特别是考古遗址保护方面向乌方提供帮助。王建新也认为，我国本世纪以来逐渐形成的、具有中国特色的大遗址保护和大遗址考古的理念和实践，值得与乌方分享，这会成为未来中乌联合考古工作的新方向。中亚考古工作马上就会重启。

时光荏苒，仔细算下来，从王建新开始丝绸之路考古工作到现在，已经过去了22年。20余年里，王建新和自己的团队培养了青年教师8人，培养了硕博士研究生98人。他们传承黄文弼先生丝绸之路考古的学术传统，为中国考古学界保持和延续了这一学科方向，而且开拓了中国考古学的视野，将我国考古学界的目光引向世界。他们在游牧文化考古研究方面走在了世界前列，取得了国际学术话语权。他们不畏艰险进入中亚，开始用东方视角研究丝绸之路，用东方话语体系讲述丝绸之路的故事，在这一领域为中国争得了一席之地，发出了中国声音，彻底改变了世界丝绸之路研究的学术格局。他们参与世界历史的研究，面对疑难问题，大胆提出自己的观点，挑战所谓的定论，展现出中国气派的学术自信和文化自信。他们在丝绸之路上回望中华文化，在文化比较中对中华文化的系统性、优越性，以及强大的塑造力、凝聚力、生命力、组织力和动员力有了更深刻的认识。他们以文化遗产为载体，通过联合考古实现了与中亚各国的人文交流合作，促进了民心相通、文明互鉴，为丝绸之路经济带建设做出了实实在在的贡献。

不仅如此，王建新和团队成员身上所展现的爱国精神、科学精神，以及勇

◆ 唐萍、孟欣的油画《中亚考古队》

于担当、敢为人先、不畏困难、勤奋上进、坚韧不拔、敦厚包容的个人品质和精神品格，更具有弥足珍贵的榜样力量和教育意义。

有人说王建新就是当代的张骞，他开启了丝绸之路考古的凿空之旅。正如西北大学艺术学院和西安美术学院的年轻画家唐萍和孟欣所创作的油画《中亚考古队》中所描绘的那样，王建新和考古队队员们站在考古工地上翘首西望，神情笃定，像张骞那样跋涉在丝绸之路上。

但王建新又跟张骞不一样，他并没有像张骞那样止步中亚。作为一名战略科学家，王建新的视野早已超越了中亚，他已经将巴基斯坦和阿富汗列入了工作计划，并对巴基斯坦和阿富汗进行了初步的考古调查。不远的将来，王建新给团队所规划的工作蓝图里还包括了土库曼斯坦、伊朗、土耳其，甚至欧洲。他希望中国的考古学科和考古学人能够沿着丝绸之路走向世界。

新征程已经开启，未来丝绸之路考古必定会是中国式的。

我的丝绸之路考古学术梦

——读万卷书，行万里路

由于从小生活在军队大院，幼时我最大的梦想是将来成为一个驰骋疆场的军人。后来读了李四光、华罗庚、茅以升等科学家参与编写的《科学家谈21世纪》，又幻想长大成为一个科学家。小学时最早看过的与历史有关的书，是一本讲春秋战国故事的少儿读物。五六年级时又看了历史小说《东周列国志》。童恩正的小说《古峡迷雾》，也是上小学时看的，很有意思，但并没有因此而想学考古。1966年小学毕业之后，有两年无学可上，到1968年才进入中学。

从1968年到1970年，在中学待了两年多，学工、学农、学军，还要挖防空洞，就没有多少时间上课了。当时的老师们是“臭老九”，是被批判的对象，动不动就会被学生们赶下讲台。但我所在的中学有一位教历史的胡伯才老师，学生们不会赶，因为他讲的历史课实在是太有趣了，如果哪个同学在胡老师上课时不遵守课堂纪律，其他的同学都不答应。这也许是我后来喜欢学历史、学考古的重要原因之一。

从1970年到1977年，我离开中学后修了将近7年的铁路。先是作为学生民兵被编入铁道兵部队参加襄渝铁路建设，1972年12月又参军成为铁道兵，1974年起赴青海修建青藏铁路，1977年3月复员回西安。在部队期间，我用每月几块钱的津贴买了一些中国历史和世界历史方面的书，没事就拿出来看。1974年的时候还学会了读古代汉语。

1976年3月至5月，我和战友罗中一起出差到北京待了将近3个月，任务是在天津港接两辆进口汽车吊，在丰台等车皮运往青海。我们每天闲得没事干，罗中的姐姐介绍了一位叫刘德林的朋友，带着我们骑自行车或坐公交车，跑遍了北京的名胜古迹。刘德林虽然是研究天文学的，但他父亲是老燕京大学的教授，家学底子深厚，对北京名胜古迹的来龙去脉知根知底，给我留下了深刻的印象。所以1978年考大学报志愿时，我的第一志愿毫不犹豫地报了西北大学考古专业。大学毕业留校工作后，1983年我在北京大学进修时，专程去了一趟刘德林家，感谢他把我引进了考古之门。

1982年留校，考古教研室安排我承担秦汉考古的教学工作。同时，作为青年教师，我还需要承担指导学生田野考古实习的工作。适合学生考古实习的多是以新石器时代为主的早期遗址，所以20世纪80至90年代，我先后多次带学生去陕西扶风案板、河南渑池班村等史前遗址实习。指导实习虽然是教学任务，但考古发掘资料不能不整理，不能不研究，所以这一段时间我的研究成果主要是新石器考古的，以至后来我不太写新石器考古的文章了，张忠培先生见到我，还问我为什么要转行。我只好对张先生说，我本来就不是搞新石器考古的，只是客串了一把。但是，这一段的学术经历，仍然使我受益终身。现在想来，其实很多人在年轻时都会经过这一段：不是你想干什么就能干什么，而是让你干什么你就必须干什么。这时候，你愁眉苦脸被动应付地干也是干，高高兴兴积极主动地干也是干。前者虽然也能完成任务，但自己没有收获，没有提高，可惜不少人一辈子都处在这样的状态。我课堂教学秦汉考古，指导实习研究新石器考古，但我都产生了兴趣，都努力去研究。当然，有一个很重要的原因是，在北京大学进修时，俞伟超先生指导我学习了秦汉考古，严文明先生指导我学习了新石器考古。

有的学者一辈子做一个领域、一个专题的研究，获得很有价值的成果，学术发展需要有这样的人存在。但我不是这样的人，我的兴趣面比较宽。上大学时我除了学历史、考古外，还抽时间在图书馆里通读了当时的《马克思恩格斯全集》（共46卷）和一些哲学方面的书。在考古领域中，其实我最喜欢的是青铜时代的考古研究，因为这一段考古最有难度也最有魅力。为此，我跟着高明先生认真学了古文字学，跟着杨春霖先生认真学了音韵学。但是，我在国内一直没有碰到搞青铜时代考古的机会。20世纪80年代，我赴日本奈良教育大学留学1年半，90年代又在日本茨城大学任教1年，对包括中国东北、朝鲜半岛和日本列岛在内的东北亚地区的历史和考古产生了兴趣，搞了一段时间的东北亚青铜时代考古研究，也算部分满足了自己的心愿。在北京大学进修时，我还认真听了宿白先生佛教考古的授课，对佛教考古也产生了兴趣。后来，我利用各种机会跑遍了国内各大佛教石窟，有了一定的积累，所以到90年代后期，碰到与日本学者冈田健、加岛胜等人合作的机会，就搞了一段佛教考古研究。当然，与一些跨学科的学者不同，我的兴趣主要还是在考古学科领域内的。

20世纪90年代，我参加了俞伟超先生领导的班村遗址多学科综合考古研究工作，这是国内首次尝试开展的多学科田野考古工作。与地质学、地理学、动物学、植物学、人类学、土壤学、物理学、化学等多学科学者的合作，大大开阔了我的眼界。虽然我不可能成为这些学科领域的专家，但我了解了这些学科的基本原理、方法和技术，知道了这些学科能为考古学做什么。这为我此后的学术发展奠定了重要的基础。

1994年，时任考古教研室主任的戴彤心老师因病去世，学院让我担任考古教研室主任，我开始负责西北大学考古学科的建设。我校的考古学科从1938年的西北联合大学时期开始，1956年继北京大学之后在全国大学中第二个设立考古专业。60年代，全国只有北京大学、西北大学和四川大学设有考古专业。到了70年代，吉林大学、山东大学、南京大学、武汉大学、郑州大学、山西大学、中山大学、厦门大学先后开设了考古专业。在此后兄弟院校考古学科大发展的时期，我校考古学科的发展却举步维艰。其原因有多种，其中一个重要原因是保守。西北大学所处的陕西省，是历史文化遗产和考古资源丰富的地方，这本来是有利于考古学科发展的，但这却造成我们长期守在陕西，很少出门，好事变成了坏事，严重影响了我们的发展。俞伟超先生和严文明先生都向我明确指出了这个问题，李学勤先生则托田旭东老师给我带话说："西北大学考古一定要搞丝绸之路考古！"

说起丝绸之路考古，其实西北大学是有传统的。早在20世纪30至40年代，任西北大学历史系和边政系教授的黄文弼先生，就已在丝绸之路沿线的新疆、甘肃等地开展了多次考古调查和发掘，被誉为中国丝绸之路考古的先驱者。此后，我国有不少学者都参与了丝绸之路考古研究。但是，我们必须清醒地看到，丝绸之路的概念是西方学术界提出来的，100多年来，欧美国家以及日本的学者和探险家在丝绸之路沿线做了大量的工作，积累了大量的考古资料和成果，占有丝绸之路考古研究的话语权。与此相比，长期以来，中国学术界对丝绸之路的考古研究主要限于境内。不仅如此，直到20世纪末，中国考古学界还基本没有走出国门。我们只有研究中国的考古学家，在中国考古以外的研究领域，我们几乎没有发言权。所以，在1999年成都召开的中国考古学会年会上，我呼吁中国考古学界走出国门。我主要基于两点理由：一是对中国以外的考古缺乏研究，与我们这样一个大国考古学科的地位不相称，会影响到学科发展。二是研究中国文明的特征和形成演变过程，不能不了解其他国家特别是我国周边国家和地区文明的特征及其与中国文明在形成演变过程中的互动关系。

这样，在世纪之交，我面临着一个重要问题：怎样弘扬西北大学的传统，重启丝绸之路考古研究？怎样走出国门？这时，我想起了1991年日本著名考古学家樋口隆康先生来西北大学的讲学，我当时负责樋口先生讲学的接待和翻译工作。这次讲学他以阿富汗考古为主题，先后讲了阿富汗的贝格拉姆、阿伊哈努姆等古城和提利亚特佩“黄金之冢”的考古发现、巴米扬石窟的考古调查和测绘。1977年提利亚特佩“黄金之冢”的发现，引发了80年代国际上的月氏研究热。月氏人是历史上第一支从中国迁到中亚的古代游牧人群，但这只见于《史记》《汉书》等中国文献的记载，而当时，无论是在中国境内还是在中亚，月氏的考古学文化遗存的特征和分布地域都没有被确认。因此樋口先生在讲学过程中多次问到，古代月氏人的故乡在中国，月氏人留下的考古学文化遗存究竟在哪里？我们无言以对。但这使我对月氏问题产生了兴趣，开始收集和了解月氏研究的已有资料和成果。

我认识到，月氏文化的考古学探索是一个非常好的丝绸之路研究的切入点。在当时出国考古的条件还不成熟的情况下，可以先做国内，打好基础；待条件成熟后，可以在国内工作的基础上开展国外的工作。这项研究从2000年至今，已经20多年了，基本是按照当初的设想走的。与我过去做过的研究的最大不同是：这个研究是白手起家，一切都是从头开始的，最初既无经费又无团队，机会也要靠自己创造，直到2004年之后情况才有所好转。

我们的工作从甘肃河西走廊的考古调查和发掘开始，重点逐步转移到新疆东天山地区。在这一过程中，我们否定了认为古代月氏故乡在河西走廊的传统观点；发现了游牧中有定居是游牧人群普遍的生活方式，否定了认为游牧人群“逐水草而居，居无定所”的传统观点。我们进而在实践中总结出游牧聚落考古研究的理论和方法，确认公元前5世纪至公元前2世纪以东天山为中心分布的古代游牧文化遗存应该是月氏人留下的。这时，要使我们的观点得到国际学术界的认可，走出国门寻找西迁中亚的古代月氏遗存，并将其与东天山地区的遗存进行系统比较，证明它们是同一群人留下的，就成为这项研究发展的必然选择。

2009年，我在当时留学美国的吴欣博士的帮助下，第一次前往乌兹别克斯坦和塔吉克斯坦考察。2010年，我们在西北大学举办了一次欧亚考古学国际学术研讨会，邀请了包括中亚各国和俄罗斯、蒙古等国的20多位国外学者参会，为在中亚开展工作奠定了良好的学术基础。2011年，西北大学和国家博物馆、陕西省考古研究院联合组队，在塔吉克斯坦和乌兹别克斯坦开展了两次考察，并与两国的考古学术机构建立了联系。但是，这一时期我们还没有开展境外考古工作的专项经费，还不可能在境外持续开展有计划的田野考古工作。

随着2013年“一带一路”倡议的提出，我们的工作得到了重视，获得了陕西省政府中亚考古专项经费的资助。这样，我们才开始与中亚各国的学术机构签订合作研究协议，并首先在乌兹别克斯坦和塔吉克斯坦南部的西天山地区开展工作。

在国内的实践中，我们逐渐形成了大范围系统区域调查与小规模科学精准发掘相结合的考古工作方式，在中亚地区的实践进一步表明，这样的工作方式是有效的。首先，通过系统的区域调查，我们逐渐熟悉了地理环境。对考古遗址的实地考察和对出土文物的实物观察，有助于我们在有严重语言障碍的情况下较好地消化和理解中亚地区已有的考古资料，逐步地掌握各时期、各类型考古学文化遗存的特征、分布状况和分布规律，并在此基础上发现已有研究的缺陷和空白，以针对这些缺陷和空白做工作。在中亚地区古代游牧遗存的研究中，已有的考古发现主要是墓葬资料，我们会去寻找过去被忽略的游牧聚落遗址；在中亚地区古代农业遗存的研究中，各国考古学家都关注着城址的研究，我们会去寻找长期没有被发现的与这些城址同时期的墓地。所以，我们在中亚的考古工作才会不断地填补空白，取得突破。

在系统区域调查的基础上，2015—2016年，我们选择乌兹别克斯坦西天山北麓、撒马尔罕盆地南缘的游牧聚落萨扎干遗址进行了发掘。发掘资料表明，与萨扎干遗址同类的遗存在公元前后分布于锡尔河南北至西天山以北的广大区域，应该是古代康居的文化遗存。萨扎干遗址的考古发现还表明，以撒马尔罕盆地为中心的索格底亚那（粟特）区域这一时期在康居的统治范围，月氏遗存应该在西天山以南的区域去寻找。

2016年冬，我们在西天山以南的乌兹别克斯坦苏尔汉河州拜松市调查的过程中发现了被当地居民盖房取土破坏的拉巴特1号墓地，并于2017—2018年对其进行了发掘。发掘资料表明，与拉巴特1号墓地同类的遗存，公元前2世纪后半叶至公元1世纪初广泛分布于西天山以南、阿姆河以北的今乌兹别克斯坦东南部和塔吉克斯坦西南部河旁平原周边的山前、丘陵地带，属典型的游牧文化遗存。以埋葬习俗为代表的文化特征在当地找不到源头，而与东天山地区公元前5世纪至公元前2世纪的游牧文化遗存关系密切。从时间、分布空间、经济类型和文化特征看，这应该就是古代月氏西迁中亚阿姆河流域后留下的遗存。

在我们发掘拉巴特1号墓地的过程中，日本学者也正在南侧苏尔汉河平原区域发掘早期贵霜和贵霜帝国时期的重要城址达尔弗津特佩，他们来拉巴特墓地发掘现场参观时，看到我们出土的陶器和他们出土的陶器几乎一样，就问我们：既然陶器一样，我们发掘的是贵霜城址，你们为什么要说你们发掘的是月氏遗存呢？这促使我们必须进一步探讨古代月氏与贵霜的关系。

对于公元1世纪至3世纪曾雄踞于中亚和南亚广大区域的贵霜帝国，国际学术界主流观点认为是由月氏人建立的，这样的认识现在仍被写在国内外的大学和中学的历史教科书中。为了了解贵霜文化的特征，我们将工作重点转移到苏尔汉河河谷平原地带。2018—2019年，我们在苏尔汉河上游东岸的二级、三级阶地上持续开展了拉网式的考古调查和重点勘探，发现了谢尔哈拉卡特、德赫坎、契纳尔特佩等早期贵霜和贵霜帝国时期的墓地，并进行了小规模的发掘。已有的考古资料表明，阿姆河北岸主要支流的苏尔汉河流域，在公元前2世纪后半叶至公元1世纪初的月氏统治时期是早期贵霜分布的主要区域。早期贵霜遗存主要分布于河旁平原地区，应该是古代从事灌溉农业人群的遗存，与同时期分布于河旁平原周边的山前和丘陵地带的月氏遗存不同。月氏人的埋葬方式单一，且在当地找不到源头，表明月氏人是外来的单一人群；贵霜人的埋葬方式多样，表明贵霜人有青铜时代以来的原住民、波斯人、希腊人和印度人等不同的来源，以及琐罗亚斯德教、佛教、希腊宗教等不同的宗教信仰。月氏人和贵霜人的陶器一样，是因为月氏人使用的陶器是贵霜人生产的，这种古代游牧人群使用农业人群生产的陶器的现象，在东天山地区、费尔干纳盆地等其他地方也有发现。早期贵霜在经济形态、文化特征、社会和政治形态等多方面，都是希腊-巴克特里亚王国的继承者，表明早期贵霜人是希腊-巴克特里亚王国遗民的一部分。公元1世纪以后贵霜帝国的文化主要来源于早期贵霜文化而非月氏文化。结合对历史文献资料的重新梳理，我们认为，建立贵霜帝国的是贵霜人，而非月氏人。目前，我们正在继续收集资料，通过多学科的方法和技术手段，努力完善证据链条，使我们的观点最终获得国际学术界的认可。

月氏与贵霜关系的研究并不是我们研究的终点，斯基泰人与塞人关系的研究、古代吐火罗真实历史的研究等，都是我们正在关注的学术新课题。回顾20多年的学术经历，我们总是在不断地挑战传统观点，解决了老问题，又会面临新问题，而且这样的研究也一步一步地从国内走向了国际。这样的研究很有挑战，很有难度，也非常有魅力。

如前所述，西方学术界在丝绸之路考古研究领域积累了大量的资料和成果，占有话语权。但我们也应该看到，西方学术界对丝绸之路的研究，自然而然地带有西方视角，一些人还会站在欧洲中心论的立场上发表认识。我已经多次在国际会议上说，丝绸之路研究不能只有西方视角，必须还要有东方视角，只有这样，对丝绸之路历史的认识才是真实的、全面的。西方视角下的丝绸之路研究，存在着一些明显的偏见和缺陷，需要我们东方视角下的丝绸之路研究去纠偏、完善，这就是我们坚持丝绸之路考古研究的学术意义所在。

在国际舞台上谈学术，过去学到的知识显然不够用了，需要我们头脑风暴，重新学习。中国有个怎样做好学问的老话，叫作“读万卷书，行万里路”。现在看来，“读万卷书”只读中国传统历史文献已经远远不够了，还必须读外国的历史文献。不仅要读英语、俄语、法语、德语、意大利语、伊朗语、阿拉伯语等现代语言的，还要读梵语、古希腊语、古波斯语等古代语言的。不仅要读历史文献，而且更要读各国、各语言的考古文献。此外，地理环境资料也是我们必读的。这样一来，只靠一个人的能力已经读不了了。从2003年开始，我就组织青年教师和同学们一起翻译、阅读和讨论外国文献。现在，我们每写一篇学术论文，都要组织老师和博士、硕士研究生在一起多次讨论，查阅不同语言的文献资料。当然，中国延续数千年的历史文献资料仍然是我们的安身立命之本，特别是中国文献中关于西域各国历史的记录，许多都是西方文献中没有记载的，这是我们东方视角下的丝绸之路研究的重要依据。但是，这些历史文献不能只坐在家里读，需要到历史事件发生的现场，去结合地理环境资料和考古资料重新梳理和解读。这就是现代的“行万里路”的意义。

20多年来，我们从河西走廊和天山山脉的东端，横跨我国新疆和中亚各国，走到了天山山脉的西端。每一次研究上的突破，都依托于长时间的野外调查和考古发掘工作获得的新资料、新认识。我们已经走遍了中亚五国中的哈萨克斯坦、吉尔吉斯斯坦、塔吉克斯坦、乌兹别克斯坦四国，很快就要去土库曼斯坦，走遍中亚五国。随着研究进展的需要，我们还要去伊朗、阿富汗、巴基斯坦和蒙古国。我现在常用略带贬义的话形容我们的研究是“得蜀望陇”式的研究，再说俗一点，是“吃着碗里看着锅里”的研究。这一方面表明了我们的研究没有止境，需要不断进取；另一方面也表明我们的研究是一步一个脚印的扎扎实实的研究，新的研究都基于我们已有的研究。丝绸之路考古研究这条路，我还要一直走下去，我走不完还有我的学生们，还有年轻一代的学者们赓续。

西北大学教授　王建新

2023年3月19日于西北大学长安校区教师公寓

参考文献

[1] 新疆文物考古研究所，西北大学文化遗产与考古学研究中心.新疆巴里坤县东黑沟遗址2006～2007年发掘简报[J].考古，2009（01）：3-27.

[2] 西北大学丝绸之路文化遗产与考古学研究中心，乌兹别克斯坦共和国科学院研究所.2015年度撒马尔罕萨扎干遗址发掘报告[J].西部考古，2017（01）：1-28.

[3] 任萌.从黑沟梁墓地、东黑沟遗址看西汉前期东天山地区匈奴文化[J].西部考古，2011（00）：252-290.

[4] 徐艳芹.从新近的考古发现看斯基泰人在中西交流中的作用和地位[J].平顶山学院学报，2015，30（06）：53-58.

[5] 任萌.东黑沟遗址全国十大考古发现诞生记[J]. 西部考古,2008（00）：343-352.

[6] 王建新，席琳.东天山地区早期游牧文化聚落考古研究[J].考古，2009（01）：28-37.

[7] 西北大学考古专业，甘肃省文物考古研究所，安西县博物馆.甘肃安西潘家庄遗址调查试掘[J].文物，2003（01）：65-72.

[8] 西北大学考古系，甘肃省文物考古研究所，敦煌市博物馆.甘肃敦煌西土沟遗址调查试掘简报[J].考古与文物，2004（03）：3-7.

[9] 内蒙古社会科学院草原文化研究课题组，李春梅，胡玉春，班布日.古代草原丝绸之路与东西文化交流——论草原文化与草原丝路沿线文化[J].实践：思想理论版，2017（10）：48-49.

[10] 杨富学，陈亚欣.河西史前畜牧业的发展与丝绸之路的孕育[J].新疆师范大学学报：哲学社会科学版，2015，36（03）：84-89.

[11] 高靖易，侯光良，兰措卓玛，朱燕，侯小青.河西走廊古遗址时空演变与环境变迁[J].地球环境学报，2019，10（01）：12-26.

[12] 吴永红，杨太保，于永涛，刘晓燕，安聪荣，李永飞，宿星.河西走廊全新世气候变迁与古文化响应[J].干旱区研究，2006（04）：650-653.

[13] 杨谊时，张山佳，Chris OLDKNOW，仇梦晗，陈亭亭，黎海明，崔一付，任乐乐，陈国科，王辉，董广辉.河西走廊史前文化年代的完善及其对重新评估人与环境关系的启示[J].中国科学：地球科学，2019，49（12）：2037-2050.

[14] 西北大学中亚考古队，洛阳市文物考古研究院，乌兹别克斯坦科学院考古研究所.乌兹别克斯坦撒马尔罕市撒扎干遗址M11-2发掘简报[J].考古与文物，2020（03）：27-36.

[15] 梁云，李伟为，韩烁.论北巴克特里亚的月氏文化[J].考古，2021（09）：95-108.

[16] 梁云.康居文化刍论[J].文物，2018（07）：71-80.

[17] 西北大学中亚考古队，乌兹别克斯坦科学院考古研究所 .乌兹别克斯坦拜松市拉巴特墓地2017年发掘简报[J].文物，2018（07）：4-30.

[18] 西北大学文化遗产学院，哈密地区文物局，巴里坤县文物局.新疆哈密巴里坤西沟遗址1号墓发掘简报[J].文物，2016（05）：15-31.

[19] 余太山.欧克拉提德斯王朝和希腊—巴克特里亚王国的灭亡[J].西域研究，2021（02）：1-10.

[20] 西北大学文化遗产学院，新疆文物考古研究所，哈密市文物局，巴里坤县文物局 .新疆巴里坤海子沿遗址2017年发掘简报[J].文物，2020（12）：21-36.

[21] 李琪.史前东西民族的迁移运动——关于卡拉苏克文化的思考[J].西北民族研究，1998（02）：85-92.

[22] 陈戈.苏贝希文化的源流及与其它文化的关系[J].西域研究，2002（02）：11-18.

[23] 孙少轻.苏贝希文化洞室墓研究[J].边疆考古研究，2021（01）：215-237.

[24] 西北大学丝绸之路文化遗产保护与考古学研究中心，中国国家博物馆，陕西省考古研究院 .塔吉克斯坦、乌兹别克斯坦考古调查——前贵霜时代至后贵霜时代[J].文物，2015（06）：17-33.

[25] 西北大学丝绸之路文化遗产保护与考古学研究中心，中国国家博物馆，陕西省考古研究院.塔吉克斯坦、乌兹别克斯坦考古调查——铜石并用时代至希腊化时代[J].文物，2014（07）：54-67.

[26] 西北大学丝绸之路文化遗产保护与考古学研究中心,中国国家博物馆,陕西省考古研究院.塔吉克斯坦、乌兹别克斯坦考古调查——粟特时期[J].文物，2019（01）：44-66.

[27] 西北大学中亚考古队，洛阳市文物考古研究院，塔吉克斯坦科学院历史研究所考古部.塔吉克斯坦卡什卡尔墓地2018年调查发掘简报[J].考古与文物，2020（03）:13-26.

[28] 西北大学中亚考古队，乌兹别克斯坦科学院考古研究所.乌兹别克斯坦拜松市拉巴特墓地2017年发掘简报[J].文物，2018（07）：4-30.

[29] 西北大学中亚考古队，乌兹别克斯坦科学院考古研究所，洛阳市文物考古研究院.乌兹别克斯坦拜松市拉巴特墓地2018年发掘简报[J].考古，2020（12）：53-80.

[30] 西北大学中亚考古队，乌兹别克斯坦科学院考古研究所.乌兹别克斯坦撒马尔罕市撒扎干遗址M11发掘简报[J].文物，2018（07）：31-41.

[31] 姚远.西北大学对汉博望侯张骞墓的发掘与增修[J].西北大学学报：哲学社会科学版，2006（06）：6-10.

[32] 任萌.西北大学考古学科大事记（2007～2017）[J].西部考古，2017（03）：421-455.

[33] 西北大学考古专业大事记[J].西部考古，2007（00）：299-307.

[34] 王建新.新疆巴里坤东黑沟（石人子沟）遗址考古工作的主要收获[J].西北大学学报：哲学社会科学版，2008（05）：86-91.

[35] 凌雪，陈曦，王建新，陈靓，马健，任萌，习通源.新疆巴里坤东黑沟遗址出土人骨的碳氮同位素分析[J].人类学学报，2013，32（02）：219-225.

[36] 西北大学文化遗产与考古学研究中心，哈密地区文物局，巴里坤县文管所.新疆巴里坤东黑沟遗址调查[J].考古与文物，2006（05）：16-26.

[37] 西北大学丝绸之路文化遗产保护与考古学研究中心，哈密地区文物局，巴里坤县文物局.新疆巴里坤红山口遗址2008年调查简报[J].文物，2014（07）：17-30.

[38] 温睿，赵志强，马健，王建新.新疆巴里坤石人子沟遗址群出土玻璃珠的成分分析[J].光谱学与光谱分析，2016，36（09）：2961-2965.

[39] 西北大学考古专业，哈密地区文管会.新疆巴里坤岳公台—西黑沟遗址群调查[J].考古与文物，2005（02）：3-12.

[40] 新疆文物考古研究所，哈密地区文管所.新疆哈密市寒气沟墓地发掘简报[J].考古，1997（09）：33-38.

[41] 新疆维吾尔自治区文化厅文物处，新疆大学历史系文博干部专修班.新疆哈密焉不拉克墓地[J].考古学报，1989（03）：325-362.

[42] 马迎霞.新疆伊吾拜其尔墓地年代分期及相关问题探讨[J].西部考古，2020（02）：105-115.

[43] 廖杨 .月氏族宗法文化论[J].河西学院学报，2004（01）：77-81.

[44] 曹建恩，孙金松.中国北方东周西汉时期偏洞室墓遗存及相关问题[J].边疆考古研究，2020（01）：219-238.

[45] 高启安.中国大北方弧形带岩画中的尖顶帽人[J].丝绸之路研究集刊，2021（00）：95-120.

[46] 中国考古学家在北巴克特里亚地区发现古月氏遗存[J].文物鉴定与鉴赏，2018（02）：113.

[47] 任萌，马健，习通源，王建新，李文瑛，田宜亮，艾合买提，蒋晓亮.新疆巴

里坤海子沿遗址考古发掘收获与思考[J].西域研究，2021（04）：141-148.
[48] 湖北省汉川县地方志编纂委员会.汉川县志[M].北京：中国城市出版社，1992.
[49] 杨富学.河西考古学文化与月氏乌孙之关系[M]//陕西师范大学历史文化学院，陕西历史博物馆.丝绸之路研究集刊：第一辑.北京：商务印书馆，2017.
[50] 马健，佟建一.天山北路墓地的发展与甘青地区文化交流[M]//北京大学考古文博学院，北京大学中国考古学研究中心.考古学研究：北京大学考古百年考古专业七十年论文集.北京：科学出版社，2022.
[51] 崔雪芹.研究揭示乌兹别克斯坦史前人群遗传演化[N].中国科学报，2021-09-10(004）.
[52] 韩建业.中华文明的起源、形成及其长存之道[N].学习时报，2022-07-11（003）.
[53] 任萌.公元前一千纪东天山地区考古学文化遗存研究[D].西安：西北大学2012博士学位论文.
[54] 陈小三.河西走廊及其邻近地区早期青铜时代遗存研究——以齐家、四坝文化为中心[D].长春：吉林大学，2012，博士学位论文.
[55] 热娜古丽·玉素甫.东天山地区史前墓葬研究[D].西安：西北大学，2022，博士学位论文.
[56] 邢咚琳.北巴克特里亚贵霜时期墓葬初探[D].西安：西北大学，2020，硕士学位论文.
[57] 张坤.东天山地区第二类早期游牧文化墓葬研究[D].西安：西北大学，2011，硕士学位论文.
[58] 申静怡.东天山地区青铜至早期铁器时代遗址陶器制作工艺与产地的相关研究[D].西安： 西北大学，2012，硕士学位论文.
[59] 王远之.柳树沟遗址研究[D].西安：西北大学，2015，硕士学位论文.
[60] 席琳.马鬃山区游牧文化遗存研究[D].西安：西北大学，2007，硕士学位论文.
[61] 雷婷婷.沙井文化出土陶器研究[D].兰州：西北师范大学，2018，硕士学位论文.
[62] 田汉.沙井文化偏洞室墓研究[D].兰州：西北师范大学，2020，硕士学位论文.

[63] 宋添力.疏勒河中下游地区考古学文化研究[D].兰州：兰州大学，2021，硕士学位论文.

[64] 潘祎.四坝文化墓葬及相关问题研究[D].兰州：西北师范大学，2020，硕士学位论文.

[65] 韩烁.塔吉克斯坦贝希肯特谷地月氏时期墓葬研究[D].西安：西北大学，2020年硕士学位论文.

[66] 李伟为.乌兹别克斯坦拜松区拉巴特墓地的初步研究[D].西安：西北大学，2019，硕士学位论文.

[67] 何军锋.新疆尼勒克穷科克岩画研究[D].西安：西北大学，2005，硕士学位论文.

[68] 丁岩.岳公台—西黑沟遗址群及相关问题研究[D].西安：西北大学，2003，硕士学位论文.

后　记

写这本书，其实是一个充满挫败和沮丧的过程。我每时每刻都能感受到自己的笨拙和平庸，无论是在叙事的方式上还是在描绘的笔法上。我恨自己没有新颖的表达方法完美展现我的老师王建新教授和他的团队所开创的丰功伟绩，我更恨自己无法用喜闻乐见的叙事手段将很专业的学术活动通俗易懂地陈述给广大读者。因而，我常常会陷入痛苦而不能自拔。

我还犯了一个几乎所有历史学者都会犯的错误，那就是拼尽全力地追求自己的著作成为一本文献，虽然我深知我在撰写一本非虚构文学作品。我奢望无论多久之后，那些对学术、对考古、对丝绸之路、对古代游牧文化和中亚历史文化感兴趣的读者翻到此书时，都会有一些惊喜的发现。所以，这本书尽量保持了学术性、知识性和思想性，而在可读性上可能不尽如人意。对此，我接受全部批评，并诚恳致歉。

郑重并衷心感谢穆涛老师，这个选题是穆涛老师策划并设计的，文章最初在《美文》杂志上连载刊发。这让我见识到了他的睿智、敏锐、认真和敬业。我并非职业作家，但穆涛老师大胆选用，敞开“大散文”的胸襟，包容并推荐我承担丝绸之路考古这一题材的写作任务。他的“大胆”让我时时感到“害怕”，也成为我写作的压力和动力。接受穆涛老师的任务，让我有机会得到散文大家的直接指导和教诲，此是三生有幸之事。无论本书成功与失败，无论给穆老师添彩或者添堵，穆涛老师于我有知遇之恩。

感谢陕西省作协的大力支持。作协的同志主动作为、认真负责的态度，以及为繁荣陕西文学所付出的各种努力让我非常感动，并深受鼓舞。衷心感谢李舫老师在百忙之中抽出时间阅读文稿，并撰文赐序。她的作品是我的案头书，她的文字和哲思对我影响巨深，李老师的鼓励让我激动万分。

感谢王建新老师，感谢梁云、刘瑞俊、丁岩、马健、任萌、习通源、席琳、何军锋、唐云鹏、热娜、韩烁、肖国强等诸位学兄学弟学妹。感谢他们的信任和宽容，他们经常挤出时间接受采访，并无私地提供资料和照片——这些资料和照片是本书的亮点。他们也没有因为我写作的拙劣而对我表现出嫌弃之意。感谢未曾谋面的刘斌、宋亦箫老师，他们用优美的文字记录下跟随西北大学考古队在塔吉克斯坦和东天山的考古经历，并发布到网上，这让我掌握了中亚考古队野外工作的诸多细节。还要感谢史翔老师，他是王建新老师的行政助手，也是我的大学辅导员，多少年来，无论我遇到什么挫折，他总是兄长般的支持我、鼓励我，在这本书的写作过程中亦是如此。特别致谢任萌和习通源两位师弟，他们一直陪伴我写作的始终，也是每篇文章送给王建新老师审阅之前的读者，为我指出和纠正了许多谬误。

感谢陕西师范大学出版总社刘东风社长，他的文化情怀、文化担当和文化作为让出版社光彩夺目。感谢郭永新主任，他的温良谦逊让我如沐春风。感谢为本书出版付出劳动的所有编辑，她们的专业和耐心是我学习的榜样。

最后我要祝福我的老师王建新教授身体健康，事业长青。祝福我的母校西北大学道路辉煌，永立潮头。

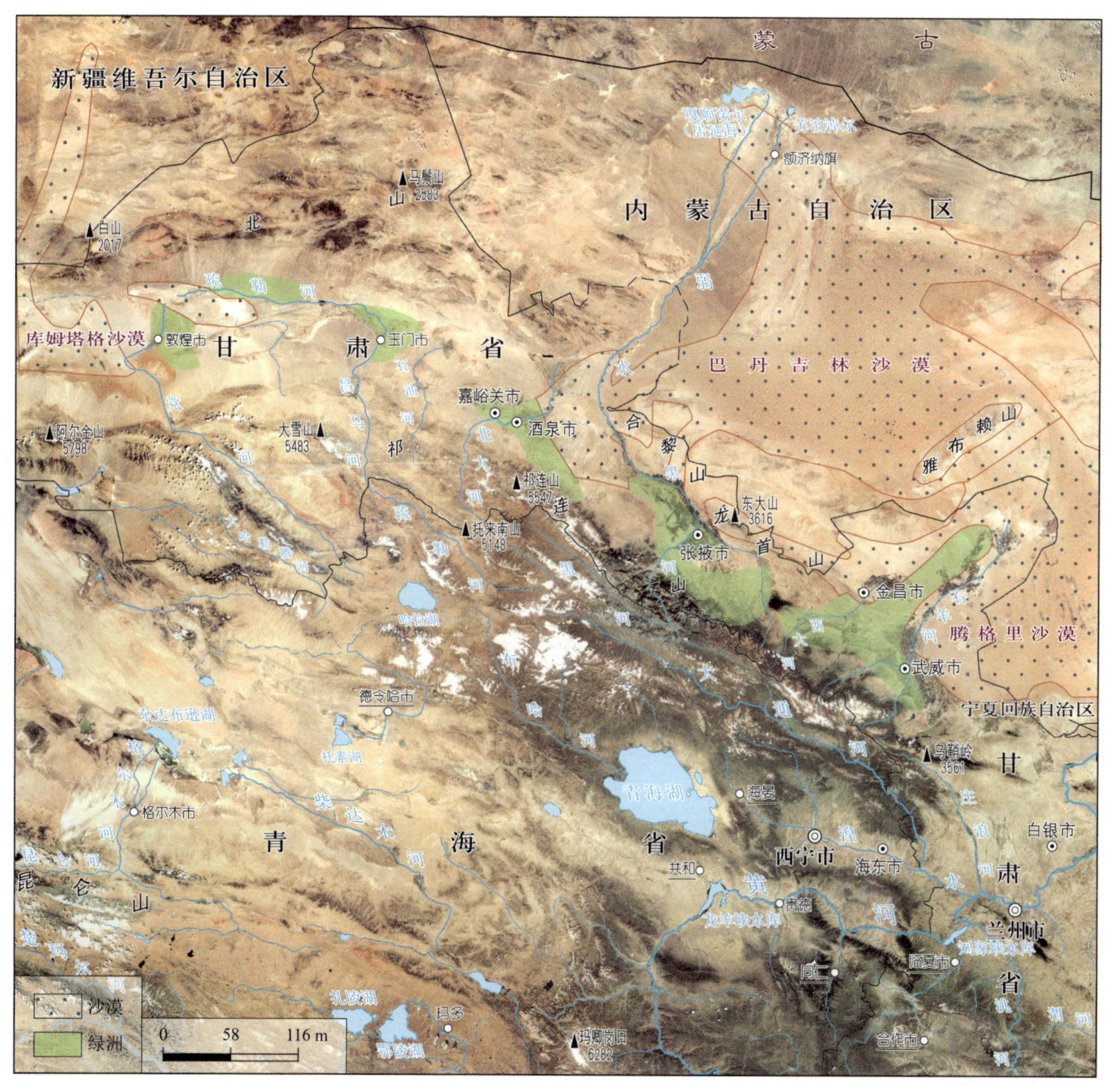

蒙古
新疆维吾尔自治区
内蒙古自治区
巴丹吉林沙漠
库姆塔格沙漠
腾格里沙漠
宁夏回族自治区
甘肃省
青海省
甘肃省
额济纳旗
马鬃山 2583
白山 2017
北山
疏勒河
敦煌市
玉门市
嘉峪关市
酒泉市
张掖市
金昌市
武威市
阿尔金山 5798
大雪山 5483
祁连山 5547
托来南山 5148
东大山 3616
龙首山
合黎山
雅布赖山
乌鞘岭 3561
弱水
党河
昌马河
北大河
黑河
石羊河
大通河
庄浪河
湟水
黄河
柴达木河
格尔木河
青海湖
哈拉湖
德令哈市
格尔木市
海晏
西宁市
海东市
共和
贵德
龙羊峡水库
兰州市
刘家峡水库
临夏市
同仁
合作市
白银市
昆仑山
扎陵湖
鄂陵湖
玛多
玛卿岗日 6282
沙漠
绿洲
0 58 116 m

◆ 河西走廊示意图

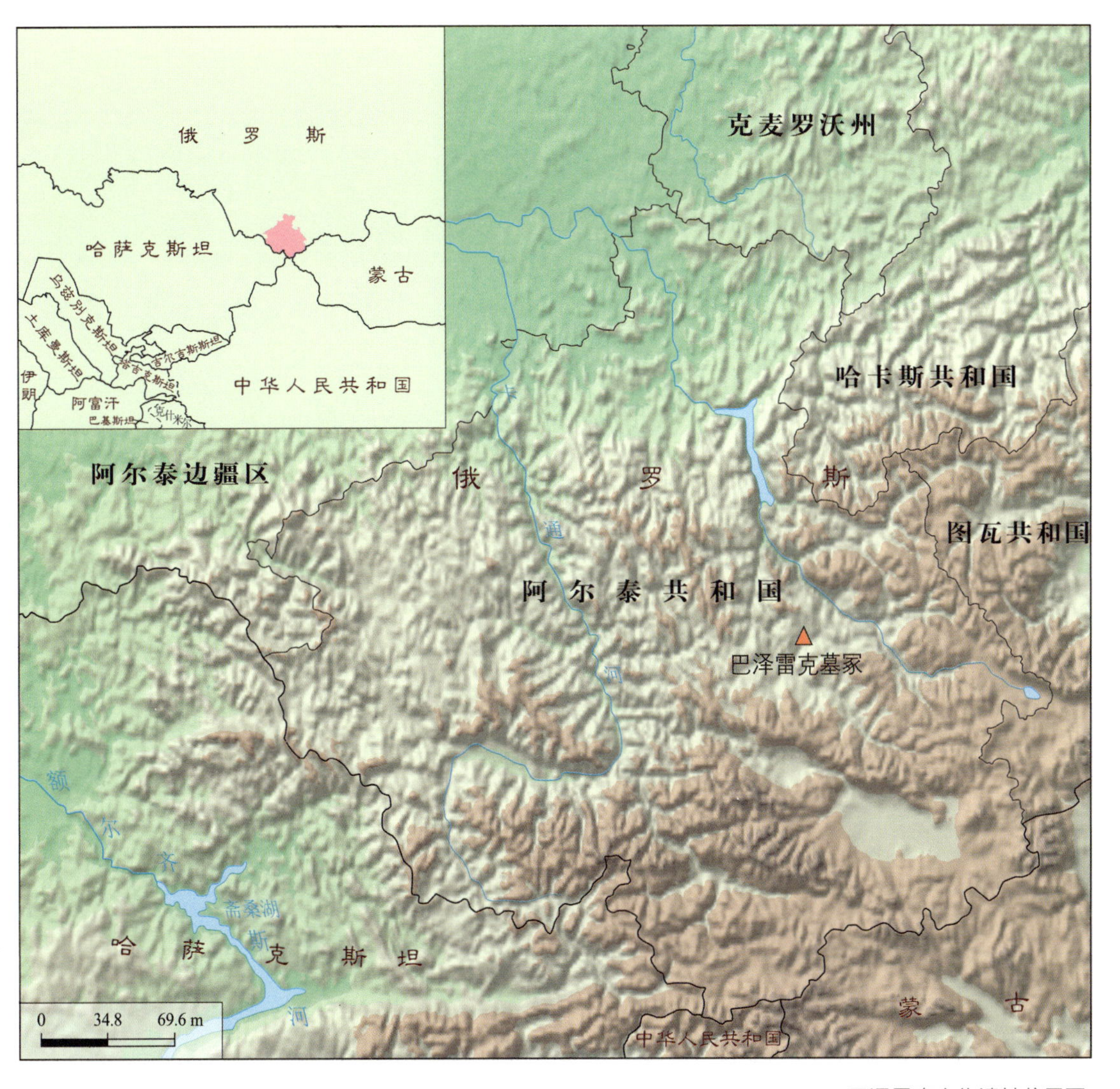

◆ 巴泽雷克文化遗址位置图